섬에 있는 서점

섬에 있는 서점

개브리얼 제빈 장편소설

엄일녀 옮김

문학동네

THE STORIED LIFE OF A.J. FIKRY
by Gabrielle Zevin

Copyright © Gabrielle Zevin, 2014
Korean Translation Copyright © MUNHAKDONGNE Publishing Corp., 2017

This Korean edition is published by arrangement with Sterling Lord Literistic, Inc.
through Danny Hong Agency, Seoul.
All Rights Reserved.

이 책의 한국어판 저작권은 대니홍 에이전시를 통해
Sterling Lord Literistic, Inc.와 독점 계약한 (주)문학동네에 있습니다.
저작권법에 의해 한국 내에서 보호를 받는 저작물이므로
무단 전재 및 무단 복제를 금합니다.

나의 성장기를 책으로 채워주신 부모님께,
그리고 어느 해인가 겨울
블라디미르 나보코프 단편집을
내게 준 남자아이에게.

어서, 그대여
그대와 내가
완전히 스러지기 전에
서로 열렬히 사랑합시다
―루미

차례

제1부

제2부

일러두기
1. 각주는 모두 옮긴이주이다.
2. 본문 중 기울임체는 원문에서 이탤릭이나 대문자로 강조된 부분이다.

제1부

도살장에 끌려가는 어린 양

로알드 달, 1953

냉동된 새끼양 다리로 남편을 살해한 후 여자는 경찰들에게 그 양고기를 먹여서 '흉기'를 감쪽같이 처리하지. 달의 이 아이디어가 썩 그럴싸하다면서도, 램비에이스는 의문을 제기했어. 과연 전업주부가 작품에 묘사된 방식으로 양 다리를 훌륭하게 요리할 수 있겠냐고. 해동도 시즈닝도 마리네이드도 안 하고 말이다. 그래 갖고서야 어디는 타고 어디는 설익은 질긴 고기가 되지 않겠어? 요리는(범죄도) 내 알 바 아니지만, 그렇게 꼬치꼬치 따지고 들면 전체 이야기가 흐트러지지. 어쨌든 이런 의구심에도 불구하고 이 작품이 최종 목록에 선정된 이유가 있어. 내가 아는 어떤 여자애가 달의 작품 『제임스와 슈퍼 복숭아』를 아주 좋아했거든.

— A. J. F.

하이애니스[1]에서 앨리스 섬으로 가는 페리 안, 어밀리아 로먼은 손톱에 노란색 매니큐어를 바르고 칠이 마르기를 기다리면서 전임자의 메모를 훑어본다.

'아일랜드 서점, 연매출 대략 35만 달러, 매출의 대부분은 휴가철 피서객이 몰리는 여름 몇 달에 집중.' 하비 로즈의 메모가 이어진다. '매장은 17평. 주인 외에 정규 직원 없음. 어린이 책이 매우 적음. 온라인 활동은 걸음마 수준. 주민을 위한 행사 등 거의 없음. 문학을 주로 취급해서 우리에게 유리한 편이지만 피크리의 취향이 아주 독특함. 안주인 니콜이 없는 상태에서 그의 판매 수완은 신통치 않음. 피크리에게는 다행스럽게도 아일랜드 서점은 섬 안의 유일한 책방임.'

어밀리아는 약간의 숙취 기운을 다스리며 하품을 하고, 쪼끄맣고 까다로운 서점 하나 때문에 이렇게 긴 여행을 감수할 가치가 있을지 고민한다. 하지만 손톱의 매니큐어가 다 말라갈 즈음 어밀리아의 못 말리는 긍정적 기질이 고개를 든다. 당연히 그럴 가치가 있지! 그녀는 쪼끄맣고 까다로운 서점 전문이고, 그런 서

1 미국 매사추세츠주 남동쪽의 항만 도시.

점을 운영하는 까칠한 주인들에게 특히 강하다. 그녀의 재능은 그뿐만이 아니다. 동시에 여러 가지 일 하기, 저녁식사에 어울리는 와인 고르기(또한 고주망태가 된 친구들을 어르고 달래서 화합시키는 요령), 화초 기르기, 길냥이랑 놀기, 그 밖에 딱히 쓸모를 논하기 애매한 능력들.

배에서 내리는데 휴대폰이 울렸다. 모르는 번호다. 어차피 친구들은 더이상 휴대폰을 전화 거는 용도로 사용하지 않으니까. 그래도 기분전환 거리가 생겨 반가웠고, 뜻밖의 상대로부터 걸려온 뜻밖의 전화는 좋은 소식일 리 없다고 생각하는 부류의 사람이 되고 싶진 않았다. 받고 보니 보이드 플래너건이다. 온라인 소개팅 사이트에서 만났다가 잘 안된 세번째 남자로, 대략 육 개월 전에 서커스를 보러 가자고 해서 같이 갔던 적이 있다.

"몇 주 전에 메일을 하나 보냈는데," 보이드가 말했다. "못 받았어요?"

어밀리아는 최근에 직장을 옮기는 바람에 장비가 뒤죽박죽이었다고 말했다. "게다가 그 온라인 데이트라는 것에 대해 전반적으로 재고해보는 중이었거든요. 나하고는 좀 안 맞는 것 같아서."

보이드는 그녀의 마지막 말을 제대로 듣지 않은 것 같다. "다시 만날래요?" 그가 물었다.

그들의 데이트에 대해 말하자면, 잠깐 동안은 서커스라는 참신함에 콩깍지가 씌어 그들에게 공통점이 하나도 없다는 사실이 보이지 않았다. 그러나 저녁식사가 끝나갈 때쯤 그들 사이에 호환성이 전혀 없다는 중대한 진실이 드러났다. 진작에 알아봤어야

했다. 애피타이저에 대한 합의 도출에 실패했을 때, 혹은 메인코스 때 자기는 '오래된 것' — 골동품, 집, 개, 사람 — 을 싫어한다는 자백을 들었을 때. 그래도 어밀리아는 판단을 유보하고 후식까지 가서, 그의 인생에 가장 큰 영향을 끼친 책이 뭐냐고 물었는데, 보이드는 『회계원리 제2권』이라고 대답했던 것이다.

어밀리아는 상냥하게, 아니라고, 다시 만나지 않는 편이 낫겠다고 말했다.

보이드의 숨소리가 불규칙하게 거칠어지는 것이 들린다. 어밀리아는 그가 울고 있는 게 아닐까 걱정됐다. "괜찮아요?" 그녀가 물었다.

"사람 우습게 보지 마."

전화를 끊어야 한다는 것을 알았지만 어밀리아는 그러지 않았다. 마음 한켠에서 이야깃거리를 원하고 있었다. 친구들에게 들려줄 재미난 일화 하나도 못 건지면 꽝난 소개팅의 의미가 없지 않은가? "네? 뭐라고요?"

"내가 당신한테 막바로 애프터 신청을 한 게 아니란 건 잘 알고 있겠지, 어밀리아." 보이드가 말했다. "다른 더 좋은 사람을 만나고 있었기 때문에 연락을 안 했는데, 그게 잘 안 돼서 당신한테 두번째 기회를 주기로 한 거야. 그러니까 당신이 잘나서라고 생각하지 마. 웃는 얼굴이 제법 괜찮긴 해. 그건 인정하지. 하지만 이빨도 너무 크고 엉덩이도 펑퍼짐하고 무슨 스물다섯 살짜리처럼 술을 마셔도 더이상 스물다섯은 아니야. 선물받은 말도 아가리 열어 건강 체크할 인간이네." 선물받은 말이 히히힝 울기 시작했다. "아, 미안해요. 정말 미안해요."

"됐어요, 보이드."

"내 어디가 마음에 안 드는 겁니까? 서커스 재밌었잖아요? 그리고 나도 괜찮은 편이고."

"당신은 훌륭했지요. 서커스도 아주 참신했고."

"그래도 나를 좋아하지 않는 이유가 있는 것 아닙니까. 솔직히 말해봐요."

이쯤 되면 좋아하지 않을 이유가 수십 개가 넘는다. 어밀리아는 그 중 하나를 골랐다. "내가 출판사에서 일한다고 했을 때 당신이 책을 별로 읽지 않는다고 했던 것 기억해요?"

"잘난 척하긴." 결론은 났다.

"몇 가지에 대해서는 잘난 척하는 면이 없진 않지. 저기, 보이드, 내가 지금 일하는 중이라 가봐야 해서 이만." 어밀리아는 전화를 끊었다. 외모에 대단한 자부심이 있는 것도 아니고 보이드 플래너건의 의견은 전혀 맘에 두지 않았다. 어쨌든 그와는 제대로 된 대화를 해본 적도 없었다. 그냥 보이드에게 그녀는 가장 최근에 실망을 안겨준 사람일 뿐이다. 그녀도 실망스러운 사람들을 적잖이 겪었다.

그녀는 서른한 살이고, 지금쯤 임자를 만나야 되지 않나 싶다.

그렇긴 해도……

긍정왕 어밀리아의 신념은 감수성과 관심사를 공유하지 못하는 사람과 같이 살 바에야 혼자 사는 편이 낫다는 것이다. (그렇잖은가?)

어밀리아의 어머니는, 소설 따위를 읽으니까 현실의 남자가 눈에 안 차는 거라고 곧잘 얘기했다. 그런 논평은 어밀리아에 대한 모욕인데, 왜냐면 전형적인 로맨틱한 남자주인공이 등장하는 책만 읽는다는 뜻을 내포하기 때문이다. 가끔은 로맨틱한 남주가 나오는 소설도 나쁘진 않지만, 어밀리아의 독서 취향은 그보다는 훨씬 범위가 넓고 다양하다. 게다가, 그녀가 비록 험버트 험버트[1]를 캐릭터로서 애정하긴 해도 평생의 반려자로서나 남자친구 혹은 어쩌다 만나는 지인으로라도 마다하게 될 거라는 점은 솔직히 인정한다. 홀든 콜필드[2]와 저 두 신사양반, 로체스터[3]와 다아시[4]에 대해서도 마찬가지다.

자주색 빅토리아풍 주택의 포치 위에 내걸린 간판은 거의 바래서 하마터면 못 보고 지나칠 뻔했다.

아일랜드 서점

앨리스 섬의 유일무이한 순문학 공급처. 1999년 개점.

"인간은 섬이 아니다.[5] 한 권의 책은 하나의 세상이다."

안에서는 웬 고등학생이 앨리스 먼로[6]의 최신 단편집을 읽으며

1 블라디미르 나보코프의 『롤리타』의 주인공.
2 J. D. 샐린저의 『호밀밭의 파수꾼』의 주인공.
3 샬럿 브론테의 『제인 에어』의 주인공.
4 제인 오스틴의 『오만과 편견』의 주인공.
5 영국 시인 존 던의 유명한 시구.
6 섬세하고 따뜻한 시각으로 일상을 촘촘하게 묘사한 캐나다의 단편소설작가. 2013년 노벨문학상을 수상했다.

계산대를 지키고 있다. "아, 그 책 어때요?" 어밀리아가 물었다. 어밀리아는 먼로를 몹시도 사랑했지만 휴가 때 외에는 영업용 도서목록에 없는 책을 읽을 시간이 거의 나지 않는다.

"학교에서 읽으래요." 여자애는 그걸로 답변이 다 되는 양 말한다.

어밀리아가 나이틀리 출판사의 영업사원이라고 밝히자 여고생은 책에서 눈도 떼지 않고 손가락을 드는 둥 마는 둥 애매하게 서점 안쪽을 가리킨다. "에이제이는 사무실에 있어요."

통로를 따라 검토용 가제본과 견본쇄 들이 위태롭게 쌓여 있었고, 익숙한 체념이 어밀리아의 마음을 스쳤다. 어깨에 멘 볼록한 토트백에는 에이제이의 저 책더미에 추가될 책 몇 권, 그리고 홍보해야 할 책들이 소개된 카탈로그가 들어 있다. 그녀는 카탈로그에 있는 책들에 대해 절대 거짓말을 하지 않는다. 좋아하지도 않는 책을 좋아한다고 말하는 법도 일절 없다. 보통은 뭐가 됐든 장점을 찾아내서 말한다. 책에 대해서, 그게 안 되면 표지에 대해서, 그게 안 되면 저자에 대해서, 그것도 안 되면 저자의 웹사이트에 대해서. 그러라고 월급을 받는 거니까, 하고 어밀리아는 이따금씩 혼잣말로 눙쳤다. 그녀의 연봉은 삼만 칠천 달러이고 성과급 보너스가 따로 있다. 이 직종에서 성과급을 받은 사람이 나온 지는 한참 됐지만.

A. J. 피크리의 사무실 문은 닫혀 있었다. 복도를 반쯤 지나는데 스웨터 소매가 책더미 한 귀퉁이에 걸리면서 백여 권 아니 수백 권쯤 되는 책이 당황스러운 우렛소리를 내며 와르르 쏟아졌

다. 문이 열렸고, A. J. 피크리는 그 난장판을 먼저 본 뒤에 눈을 돌려 무너진 책더미를 허둥지둥 다시 쌓고 있는 칙칙한 금발에 덩치가 큰 여자를 보았다. "나 원, 당신 누구요?"

"어밀리아 로먼입니다." 두꺼운 책을 여남은 권 넘게 쌓았을까 그중 절반이 다시 굴러떨어졌다.

"놔둬요." 에이제이가 명령하듯 말했다. "그래 봬도 다 순서가 있는 것들인데. 그런다고 도움이 되지 않아요. 그냥 어서 가줘요."

어밀리아는 일어섰다. 그녀는 에이제이보다 적어도 한 뼘은 크다. "오늘 만나뵙기로 약속을 했는데요."

"약속은 무슨." 에이제이가 말했다.

"분명히 했거든요." 어밀리아는 힘주어 말했다. "지난주에 겨울 신간 목록에 관해 이메일을 드렸습니다. 목요일이나 금요일 오후 중에 찾아와도 된다고 하시길래 목요일에 오겠다고 말씀드렸고요." 둘이 주고받은 이메일은 짧고 간결했지만 그녀 혼자 지어낸 것은 분명 아니었다.

"영업사원인가?"

어밀리아는 안도하며 고개를 끄덕였다.

"어느 출판사이신가?"

"나이틀리요."

"나이틀리 프레스라면 하비 로즈 아닌가." 에이제이가 말했다. "지난주에 이메일을 받고는 하비의 부하나 뭐 그쯤 되는 줄 알았는데."

"저는 그분의 후임입니다."

에이제이는 땅이 꺼져라 한숨을 내쉬었다. "하비는 어디 다른 출판사로 갔어요?"

하비는 죽었다. 순간 어밀리아는 하비가 저승 출판사에 취직했다고 짓궂은 농담을 던져볼까 생각했다. "돌아가셨습니다." 그녀는 담담하게 말했다. "소식 들으신 줄 알았어요." 그녀의 고객들은 거의 다 얘기를 들었다. 하비는 전설이었다. 출판사 영업사원도 전설이 될 수 있다면. "전미 서적상 협회 소식지에 부고가 실렸고, 『퍼블리셔스 위클리』에도 아마 실렸을 텐데요." 그녀는 사과의 뜻으로 말했다.

"출판계 소식은 잘 안 봐서." 에이제이가 말했다. 그는 두꺼운 검정테 안경을 벗어들고 한참 동안 테를 닦았다.

"뜻밖의 소식을 전해드려 유감입니다." 어밀리아는 가볍게 에이제이의 팔뚝에 손을 얹었고, 에이제이는 그녀의 손을 떨쳐냈다.

"뭔 상관이랍니까? 거의 알지도 못하는 양반인데. 일 년에 세 번쯤 보는 걸 친구 사이라고 하기도 뭣지. 게다가 그 양반은 날 볼 때마다 나한테 뭘 팔려고 안달이었는걸. 그건 우정이 아니지."

에이제이의 기분으로 보건대 겨울 신간 소개를 들이밀 만한 상황이 아니었다. 나중에 다시 오겠다고 말해야 했다. 하지만 하이애니스까지 오는 데 차로 두 시간이 걸렸고 앨리스 섬까지 팔십 분 동안 배를 탄데다 시월 이후로는 페리 운항시간이 더욱 들쭉날쭉해질 터였다. "어쨌든 온 김에," 어밀리아는 운을 뗐다. "나이틀리의 겨울 도서목록을 좀 같이 훑어보시죠."

에이제이의 사무실은 골방이다. 창문도 없고 벽에 그림도 없고 책상 위에 가족사진도 장식품도 없고 비상구도 없다. 방안에는 책들, 창고에서나 쓸 법한 저렴한 앵글 책장, 문서 보관함, 아마도 이십 세기의 유물인 듯한 데스크톱 컴퓨터가 있다. 에이제이는 마실 것 한잔 권하지 않았고, 어밀리아도 목이 마르긴 했지만 굳이 청하지 않았다. 그녀는 의자 위에 쌓인 책을 치우고 앉았다.

그리고 곧장 도서목록 소개에 들어갔다. 종수로 보나 기대치로 보나 연중 가장 소박한 목록이었다. 굵직한(뭐 일단 유망하다고 여겨지는) 데뷔작이 몇 개 있긴 했지만, 그 외에는 상업적으로 거의 기대를 접은 타이틀로 채워져 있었다. 그럼에도 불구하고 어밀리아는 이 '겨울 타이틀'들이 제일 마음에 들 때가 종종 있었다. 이 책들은 아직 빛을 못 봤을 뿐인 언더독, 중고신인, 최약체였다. (이것은 그녀가 스스로를 보는 시각과 일맥상통한다고 해도 틀린 말이 아니다.) 어밀리아는 가장 좋아하는 책을 맨 나중으로 아껴둔다. 여든 살 노인이 쓴 자서전으로, 노인은 평생 독신으로 살다가 일흔여덟의 나이에 결혼했다. 노인의 신부는 결혼식을 치른 다음다음 해에 여든셋을 일기로 세상을 떠났다. 암이었다. 저자 약력에 따르면 노인은 중서부의 여러 신문매체에서 과학전문 기자로 일했고, 문장은 빈틈없고 유머러스하며 넋두리 따윈 전혀 없었다. 어밀리아는 뉴욕에서 프로비던스로 오는 기차 안에서 눈물을 주체하지 못하고 엉엉 울었다. 『늦게 핀 꽃』이 소품이고 책 소개도 진부한 면이 없지 않지만, 일단 집어들고 읽다보면 다들 좋아할 거라고 확신했다. 그간의 경험으로 봤을 때, 대부분의 사람들의 문제는 일단 이것저것 해보겠다는 마음가짐만 있으면 해결되기 마련이었다.

한창 『늦게 핀 꽃』에 관해 설명하고 있는데 에이제이가 책상 위에 이마를 대고 엎드렸다.

"왜요, 무슨 문제라도?" 어밀리아는 물었다.

"내 취향이 아닙니다." 에이제이가 말했다.

"첫번째 챕터만이라도 읽어보세요." 어밀리아는 견본쇄를 에이제이의 손에 억지로 쥐여주었다. "소재가 엄청 진부할 수도 있겠지만 문체를 보—"

에이제이는 그녀의 말허리를 뚝 끊었다. "내 취향이 아닙니다."

"알았습니다. 그럼 딴 걸 보여드리죠."

에이제이는 한숨을 푹 내쉬었다. "당신도 꽤 능력 있는 젊은 사람 같긴 하지만, 당신의 전임자는…… 요는, 하비는 내 취향을 잘 알고 있었어요. 취향이 나랑 똑같았으니까."

어밀리아는 견본쇄를 책상 위에 내려놓았다. "당신의 취향을 알 수 있는 기회를 갖고 싶은데요." 말하면서 왠지 포르노 영화의 등장인물이 된 듯한 기분이 들었다.

에이제이는 입속말로 뭔가 웅얼거렸다. 얼핏 듣기로 '무슨 소용이람?' 한 것 같았지만 확실치는 않았다.

어밀리아는 출판사 카탈로그를 덮었다. "피크리 씨, 그냥 좋아하는 걸 말씀해 주세요."

"좋아하는 거?" 그는 불쾌감을 담아 그녀의 말을 반복했다.

"싫어하는 걸 말하면 어떨까요? 나는 포스트모더니즘과 종말물, 죽은 사람이 화자거나 마술적 리얼리즘을 싫어합니다. 딴에는 기발하답시고 쓴 실험적 기법, 이것저것 번잡하게 사용한 서체, 없어야 할 자리에 있는 삽화 등 괜히 요란 떠는 짓에는 근본적으로 끌리지 않습니다. 홀로코스트나 뭐 그런 전 세계적 규모의 심각한 비극에 관한 소설은 다 마뜩잖더군—부탁인데 논픽션만 가져와요. 문학적 탐정소설이니 문학적 판타지니 하는 장르 잡탕도 싫습니다. 문학은 문학이고 장르는 장르지, 이종교배가 만족스러운 결과물을 내는 경우는 드물어요. 어린이책, 특히 고아가 나오는 건 질색이고, 우리 서가를 청소년물로 어수선하게 채우는 건 사양하겠습니다. 사백 쪽이 넘거나 백오십 쪽이 안 되는 책도 일단 싫어요. TV 리얼리티쇼 스타의 대필 소설과 연예인 사진집, 운동선수의 회고록, 영화를 원작으로 하는 소설, 반짝 아이템, 그리고 굳이 언급하지 않아도 알겠지만 뱀파이어물이라면 구역질이 납니다. 데뷔작과 칙릿,[1] 시집, 번역본도 거의 들여놓지 않아요. 시리즈물을 들이는 것도 내키진 않지만 그건 내 주머니 사정상 어쩔 수 없고. 당신 편의를 봐서 말하는데, '빅히트 예정 시리즈' 같은 건 그게 뉴욕타임스 베스트셀러 목록에 안착하기 전까지는 나한테 말도 꺼내지 마쇼. 그리고 로먼 씨, 난 무엇보다 말이죠, 별볼일없는 노인들이 별볼일없는 자기 아내가 암으로 죽었다고 끼적거린 얄팍한 회상록들은 도대체 참을 수가 없더군요.

1 젊은 여성 독자를 겨냥한 소설. 이삼십 대 커리어우먼의 일과 사랑, 라이프스타일을 주로 다룬다.

제아무리 잘 쓴 글이라고 출판사 영업사원이 얘기해도. 제아무리 어버이날에 무진장 팔릴 거라고 장담해도."

어밀리아의 얼굴이 붉게 상기됐다. 당황스럽다기보다 화가 났다. 에이제이의 말에도 일리가 없진 않았지만 그의 태도는 필요 이상으로 모욕적이었다. 어쨌든 나이틀리 프레스는 그런 종류의 책들 중 절반은 아예 취급도 안 한다. 어밀리아는 그를 가만히 관찰했다. 자신보다 나이가 많긴 했지만 그렇게까지 나이차가 크진 않다, 열 살 이상은 아니다. 좋아하는 게 저렇게 없나 싶기엔 너무 젊다. "그럼 뭘 좋아하세요?" 그녀는 물었다.

"그 외엔 전부 다." 그가 말했다. "내가 좀 단편집이라면 사족을 못 쓰는 면이 없지 않죠. 손님들은 당최 사볼 생각을 안 하지만."

어밀리아의 도서목록에 단편집은 딱 하나 있는데, 데뷔작이다. 어밀리아도 다 읽은 건 아니고 아마 시간 형편상 다 읽지도 못하겠지만, 그래도 첫 단편은 마음에 들었다. 미국의 6학년 한 반 아이들과 인도의 6학년 한 반 아이들이 국제 펜팔 프로그램에 참여한다. 화자는 인도 문화에 대한 정보를 웃기게 지어내서 미국 애들한테 들려줬던 미국 학교에 다니는 인도 아이다. 어밀리아는 여전히 극심한 갈증에 시달리는 목을 헛기침으로 가다듬었다. "『봄베이가 뭄바이가 되었던 그해』. 이건 특별히 관―"

"싫어요." 그가 말했다.

"아직 어떤 책인지 얘기도 안 했는데요."

"그냥 싫습니다."

"아니 왜요?"

"우리 솔직히 말해봅시다. 당신이 그 책을 나한테 권하는 이유는 내가 인도계고 그게 내 특별한 관심거리가 될 거라고 생각하기 때문이잖아요. 안 그래요?"

어밀리아는 저 구닥다리 컴퓨터로 이자의 머리를 내려치는 장면을 상상했다. "내가 이 책을 당신한테 권하는 이유는 당신이 단편집을 좋아한다고 말했기 때문이에요! 그리고 이게 우리 목록에 있는 유일한 단편집이고요. 그리고 분명히 말해두는데 —" 이하는 거짓말이다. "— 이건 처음부터 끝까지 기막히게 완벽한 책입니다. 데뷔작이긴 해도 말이죠. 그리고 그거 아세요? 난 데뷔작이 좋아요. 난 새로운 걸 찾아내는 걸 좋아하죠. 내가 그 낙으로 이 일을 하는 건데요." 어밀리아는 자리에서 일어났다. 머리가 지끈지끈 아팠다. 어제 너무 많이 마신 걸까? 머리도 아프고 가슴도 벌렁벌렁 뛴다. "제가 한 말씀 드려도 될까요?"

"아니, 별로." 그가 말했다. "당신이 뭐라고, 스물다섯[1]은 되셨나?"

"피크리 씨, 여긴 참 예쁘고 사랑스러운 가게네요. 하지만 당신이 이런 식으로 계, 계, 계—" 어렸을 때 어밀리아는 말을 더듬었고 지금도 화가 나면 이따금 말을 더듬는다. 그녀는 목청을 가다듬었다. "— 계속 케케묵은 사고방식으로 운영한다면, 머지않아 아일랜드 서점은 세상에서 사라질 겁니다."

어밀리아는 겨울철 도서목록과 『늦게 핀 꽃』을 에이제이의 책상 위에 내려놓았다. 나오면서 복도에서 책들에 발이 걸려 넘어

1   미국 하원의원 선거에 입후보할 수 있는 최소 나이.

질 뻔했다.

다음 페리는 한 시간 후에나 출발하기 때문에 어밀리아는 느긋이 시내를 돌아보며 항구로 걸어갔다. 뱅크 오브 아메리카 앞 청동 명판에는 이 건물이 앨리스 여관이었던 시절 이곳에서 허먼 멜빌[1]이 여름을 보냈다는 문구가 적혀 있다. 어밀리아는 휴대폰을 치켜들고 명판이 나오게 셀카를 찍었다. 앨리스 섬은 제법 근사한 곳이지만, 조만간 다시 올 일은 없을 것 같다.

그녀는 뉴욕에 있는 상사에게 메시지를 보냈다. '섬에서는 주문이 전무할 것 같네요. -_-'

상사에게서 답이 왔다. '애쓸 것 없어요. 애당초 거래량도 미미하고 섬의 주문은 거의 여름 관광객을 보고 하는 거니까. 거기 서점 주인이 좀 괴팍하죠. 하비도 늘 봄/여름 도서목록에서 운이 더 따랐어요. 어밀리아도 그럴 거예요.'

여섯시가 되자 에이제이는 몰리 클럭에게 그만 퇴근하라고 일렀다. 그러면서 "먼로의 신간은 어떠냐?" 하고 물었다.

몰리는 툴툴거렸다. "오늘따라 사람들이 왜 다 나한테 그걸 물어보지?" 물론 어밀리아 한 사람을 말하는 거지만 몰리는 극단적으로 표현하길 좋아했다.

"네가 먼로 책을 읽고 있으니까 그렇지."

몰리는 또다시 툴툴거렸다. "알았어요. 캐릭터들이 가끔, 뭐랄까, 너무 인간미가 넘치네요."

1 『모비 딕』을 쓴 미국 작가.

"그게 면로를 읽는 이유잖아."

"글쎄요. 난 전작들이 더 낫던데. 그럼 월요일에 뵐게요."

몰리를 어떻게 좀 해야겠다고, 영업 알림판을 '종료' 쪽으로 뒤집으며 에이제이는 생각한다. 책 읽기를 좋아한다는 건 논외로 치고, 몰리는 책장사에 영 소질이 없다. 어차피 아르바이트생에 불과하고, 새로 누굴 들여 처음부터 다시 가르치는 것도 귀찮은 일이긴 하다. 최소한 몰리는 훔치지는 않는다. 몰리를 뽑은 건 니콜인데, 분명 저 무례한 클럭 양에게서 뭔가 자질을 봤으니까 고용한 거겠지. 내년 여름쯤 되면 몰리를 자를 기운이 생길지도 모르겠다.

에이제이는 남아 있는 손님들을 쫓아내고(특히 아무것도 안 사면서 네시부터 진을 치고 잡지를 죄 들쑤시는 무슨 유기화학 스터디그룹인가 하는 사람들에 짜증이 났다. 분명 그 사람들 중에 화장실 변기를 막히게 한 범인이 있었다) 말만 들어도 우울한 작업, 즉 영수증 정리를 했다. 그리고 마침내 주거지인 위층 다락방으로 올라갔다. 그는 냉동 빈달루[2] 한 봉지를 뜯어 전자레인지에 넣었다. 겉포장에 쓰인 대로 9분에 맞춰 돌렸다. 전자레인지 앞에 서 있는데 나이틀리 출판사에서 온 여자가 생각났다. 1990년대 시애틀에서 날아온 시간여행자 같았다. 닻 모양이 프린트된 방수 덧신과 꽃무늬 할머니 드레스, 보풀이 일어난 베이지색 스웨터, 어깨까지 내려온 머리칼은 부엌에서 남자친구가 잘라줬을 것 같다. 여자친구일까? 아니, 남자친구다. 에이제이는 단

2 매운 맛의 카레 요리.

29

정지었다. 커트 코베인[1]과 결혼할 무렵의 코트니 러브[2]가 생각난다. 사나운 장밋빛 입은 '어떤 놈도 날 해치지 못해'라고 말하지만, 여리고 푸른 눈은 '그래 넌 날 해칠 수도 있고 아마 해칠 거야'라고 말한다. 그리고 그는 그 커다란 민들레 같은 아가씨를 울리고 말았다. '자알했군, 에이제이.'

카레 향은 점점 짙어지는데 시간은 아직 7분하고도 30초가 남았다.

뭔가 일거리가 필요했다. 몸을 놀리되 힘은 그렇게 들지 않는.

그는 지하실로 내려가 커터칼로 골판지 박스를 해체했다. 쓱싹. 납작. 차곡. 쓱싹. 납작. 차곡.

에이제이는 아까 그 영업사원한테 그런 식으로 대하는 게 아니었는데 하고 후회한다. 그녀 잘못이 아니었다. 그러게 진작에 누구든 하비 로즈가 죽었다는 얘기를 나한테 해줬어야지.

쓱싹. 납작. 차곡.

아마 누군가 얘기를 하려고 하긴 했을 것이다. 에이제이는 이메일을 대강 훑어보기만 할 뿐 전화는 아예 받질 않는다. 장례식이 있었을까? 어차피 참석하진 않았겠지만. 하비 로즈를 거의 알지도 못했는걸. 아무렴.

쓱싹. 납작. 차곡.

그렇긴 해도…… 그 사람과는 지난 육 년 동안 몇 시간씩 함께 보냈다. 한 얘기라곤 책 얘기밖에 없었지만, 뭐, 이런 생활에서 책

---

1 록 밴드 너바나의 보컬이자 기타리스트.
2 싱어송라이터, 기타리스트, 배우.

보다 더 사적이고 내밀한 화제가 있겠는가?

쓱싹. 납작. 차곡.

게다가 취향을 공유하는 사람을 발견하기가 얼마나 하늘의 별따기인데? 두 사람이 충돌한 유일한 경우는 데이비드 포스터 월리스[3]를 두고였다. 월리스가 자살한 즈음이었다. 에이제이는 추모글들의 숭배에 가까운 분위기를 참을 수가 없었다. 그 양반이 괜찮은 소설(제멋대로에다 너무 긴 감이 없진 않지만) 하나와 그럭저럭 통찰력 있는 수필을 몇 개 쓰긴 했지만, 그 외엔 별거 없었다.

"『한없는 웃음거리』는 명작이야." 하비가 말했다.

"『한없는 웃음거리』는 끈기 대결이지. 꾸역꾸역 다 읽고 나면야 좋았다고 말할 수밖에 없잖아. 안 그러면 인생에서 몇 주를 허비했다는 사실과 직면해야 할 텐데." 에이제이가 반박했다. "알맹이는 없고 순 스타일이지, 이 친구야."

하비는 얼굴이 시뻘게져서 상체를 책상 위로 내밀었다. "자네는 자네와 비슷한 연배의 작가한테는 늘 그런 식으로 말하더군!"

쓱싹. 납작. 차곡. 질끈.

위층에 올라와 보니 카레가 다시 차갑게 식어버렸다. 일회용 플라스틱 그릇에 담긴 이걸 다시 데웠다간 필경 암에 걸려 죽고 말겠지.

---

3 미국의 포스트모더니즘 소설가. 2008년 46세의 나이에 자살로 생을 마감했다. 대표작 『한없는 웃음거리』는 천 페이지가 넘는 매우 장황한 소설로, 온갖 주제를 다루고 수백 개의 주석이 달려 있는 풍자성 강한 작품이다.

그는 플라스틱 그릇을 식탁으로 가져왔다. 첫술은 뜨겁다. 두 순갈째는 차디차다. 아빠곰 빈달루와 아기곰 빈달루.[1] 그는 그릇을 벽에 내동댕이쳤다. 나는 하비에게 얼마나 미미한 존재였나. 하비는 나에게 얼마나 큰 의미였나.

혼자살이의 고충은 자기가 싸지른 똥은 자기가 치워야 한다는 점이다.

아니, 혼자살이의 진정한 고충은 내가 속상하든 말든 아무도 신경쓰지 않는다는 거다. 서른아홉 먹은 남자가 왜 어린애처럼 카레가 담긴 플라스틱 그릇을 벽에 내던졌는지 아무도 관심없다. 에이제이는 메를로를 한 잔 따랐다. 그는 테이블 위에 식탁보를 깔았다. 거실로 걸어가서 온도와 습도가 조절되는 유리장의 잠금 쇠를 열고 『태멀레인』[2]을 꺼냈다. 부엌으로 돌아와 『태멀레인』을 맞은편 의자 위에, 니콜이 앉던 그 의자 위에 세워놨다.

"건배다, 이 망할 것아." 에이제이는 그 얄따란 시집에게 말했다.

그는 잔을 홀짝 비웠다. 또 한 잔을 따르고, 딱 그 잔까지만 마시고 책을 읽기로 다짐한다. 제일 좋아하는 토비아스 울프[3]의 『올드 스쿨』이나 다시 읽을까, 아니, 그래도 뭔가 새로운 걸 읽는 게 시간이 덜 아깝겠지. 그 바보 같은 영업사원이 무슨 책 얘기를

1 전래동화 「골디락스와 곰 세 마리」에 빗댄 표현. 골디락스가 곰 가족의 죽을 먹어버린다. 첫번째 죽은 너무 뜨겁고, 두번째 죽은 너무 차갑고, 세번째 죽은 알맞다.
2 1827년 출간된 에드거 앨런 포의 시집.
3 미국의 소설가. 자신의 청소년기를 묘사한 자서전 『그 소년의 인생』으로 유명하다.

했더라. 『늦게 핀 꽃』이라니, 우웩. 그 반응은 진심이었다. 홀아비들의 깜찍한 회고록만큼 끔찍한 것도 없다. 더구나 에이제이처럼 지난 이십일 개월 동안 홀아비로 살았던 사람에게는. 그 영업사원은 새로 온 사람이었으니, 에이제이의 흥미로울 것 없는 개인적 비극에 대해 몰랐다곤 해도 그녀 잘못은 아니다. 맙소사, 그는 니콜이 보고 싶다. 니콜의 목소리와 목, 심지어 겨드랑이마저 그립다. 니콜의 겨드랑이는 고양이 혀처럼 우둘투둘했고, 저녁 무렵이면 상하기 직전의 우유 같은 냄새가 났다.

세 잔을 비운 후 에이제이는 식탁에 엎어진다. 그는 백칠십 센티미터의 키에 몸무게는 육십삼 킬로그램밖에 나가지 않고, 냉동 빈달루의 영양도 섭취하지 않았다. 오늘밤 그의 독서 진도는 한 페이지도 나가지 않을 것이다.

"에이제이," 니콜이 나직이 속삭인다. "들어가서 자."

드디어 꿈을 꾸는구나. 그렇게 술을 퍼마신 건 이 경지에 도달하기 위해서였다.

니콜, 만취한 꿈에 등장한 그의 유령 아내는 그를 부축해 일으킨다.

"아주 볼만하군, 너드 양반. 안 그래?"

그는 고개를 끄덕인다.

"냉동 빈달루에 오 달러짜리 와인이라니."

"나는 유서 깊은 우리 문화의 전통을 존중하고 있다고."

그와 유령은 비틀거리며 침실로 들어간다.

"축하해, 피크리 씨. 아주 독실한 알코올중독자가 되셨네."

"미안." 그가 말한다. 그녀는 에이제이를 침대에 누인다.

그녀의 갈색머리는 소년처럼 짧다. "머리 잘랐네." 그가 말한다. "괴상해."

"당신 오늘 그 아가씨한테 너무 심했어."

"하비 때문이야."

"물론 그랬겠지."

"당신을 알던 사람들이 죽는 게 싫어."

"그래서 몰리 클럭도 못 자르는 거지?"

그는 고개를 끄덕인다.

"계속 이런 식으로 살 수는 없잖아."

"살 수 있어." 에이제이가 말한다. "그렇게 살아왔고. 그렇게 살 거야."

그녀는 그의 이마에 키스한다. "내 말은, 당신이 그렇게 살지 않았으면 좋겠다는 거야."

그녀가 사라졌다.

사고는 누구의 잘못도 아니었다. 니콜은 오후 행사를 마친 후 작가를 차로 집에 데려다주고 오는 길이었다. 아마도 앨리스 섬으로 돌아오는 마지막 페리를 놓치지 않으려고 속도를 냈을 것이다. 사슴을 치지 않으려고 핸들을 홱 꺾었을지도 모른다. 겨울철 매사추세츠의 빙판길 때문일지도 모른다. 알 길은 없다. 병원에서 경찰은 자살의 기미가 있었냐고 물었다. "아뇨," 에이제이는 말했다. "그런 건 전혀 없었습니다." 그녀는 임신 두 달째였다. 부부는 아직 임신 사실을 아무에게도 알리지 않았다. 전에 몇 번 유산한 적이 있기 때문이다. 영안실 바깥 대기실에 서서 에이제이는 이럴 줄 알았다면 차라리 사람들한테 알릴 걸 하는 생각이 들었다. 그랬다면 적어도 짧은 행복의 시기나마 누린 뒤에 이 기나긴…… 그는 이 시기를 뭐라고 명명해야 할지 아직 알 수 없었다.

"아뇨, 자살할 사람은 아닙니다." 에이제이는 잠시 말을 끊었다. "운전을 지지리도 못하면서 자긴 잘한다고 생각했죠."

"그래요." 경찰이 말했다. "누구의 잘못도 아니었습니다."

"그렇게들 말하고 싶어하죠." 에이제이가 받아쳤다. "하지만 누군가 잘못한 거요. 이건 니콜 잘못이야. 이런 멍청한 짓을 하다니. 신파극에나 나올 멍청한 짓을 하다니. 무슨 되도 않는 다니엘 스틸[1] 같은 짓거리냐고, 니콜! 이게 만약 소설이라면 난 이 대목에서 책을 덮었을 거야. 집어던져 버렸을 거라고."

그 경찰(휴가 때 가끔 제프리 디버[2]의 염가 문고판을 읽는 것 외엔 딱히 독서가라고 보기 힘든)은 대화의 방향을 다시 현실세계로 틀어보려 애썼다. "그렇군요. 그러고 보니 서점을 하시죠."

"아내랑 둘이 같이 합니다." 에이제이는 무심코 대답했다. "이런 젠장, 배우자가 죽었다는 걸 깜빡하고 실수로 우리 '둘'이라고 얘기하는 등장인물 같은 멍청한 짓을 했잖아. 이건 진짜 후진 클리셰인데. 저기요, 어 — " 에이제이는 말을 멈추고 경관의 이름표

---

1 부유한 최상층 집안의 갈등을 소재로 정형화된 대중소설을 쓰는 미국의 베스트셀러 작가.
2 〈링컨 라임〉 시리즈로 유명한 미국 범죄 미스터리 소설가.

를 보았다. " ─ 램비에이스 경관님, 그거 아십니까? 당신과 나는 지금 어떤 삼류 소설 속에 들어와 있는 겁니다. 어쩌다 이 지경이 된 거지? 당신은 아마 속으로 '불쌍한 놈' 하고 중얼거리겠죠. 오늘밤 집에 가서는 아이들을 더욱 힘주어 끌어안을 거고요. 이런 종류의 소설에 나오는 캐릭터들 행동이야 뻔하니까. 내가 지금 어떤 종류의 책을 얘기하는 건지 아시죠? 거 왜 잘나가는 소설들 있잖아요, 별 중요하지도 않은 조연을 얼마간 쭉 따라가서 포크너[1] 식 확장성을 과시하는. 작가가 소소한 인물들까지 얼마나 신경쓰는지 보라고! 평범한 사람인데! 이 작가 참 마음도 넓어! 당신 이름을 봐도 그렇지. 램비에이스 경관이라니, 흔하고 진부한 매사추세츠 경찰 이름으로 딱이잖아. 램비에이스 경관님, 당신은 인종차별주의자입니까? 왜냐면 이런 부류의 경찰 캐릭터는 인종차별주의자여야 하거든요."

"피크리 씨," 램비에이스가 말했다. "누구 연락하고 싶은 사람은 없습니까?" 그는 좋은 경찰이었고, 억울한 일을 당한 사람들이 분을 터뜨리는 다양한 방식에 익숙했다. 램비에이스는 에이제이의 어깨에 손을 얹었다.

"네! 바로 그겁니다! 램비에이스 경관님, 바로 그게 정확히 지금 이 타이밍에 당신이 해야 할 액션이었어요. 당신 역할을 훌륭하게 소화하고 있군요. 이제 이어서 아내를 잃은 남편이 할 행동

---

1   19세기 말부터 20세기 중반까지 미국 남부사회를 무대로 몇 세대에 걸친 가족사를 묘사하며 영어라는 언어와 서술기법을 다양하게 실험하고 활용한 현대 미국문학의 대표적 작가. 1949년 노벨문학상을 수상했다.

이 뭔지 혹시 아십니까?"

"누군가에게 전화를 거는 거죠." 램비에이스 경관이 말했다.

"네, 맞았어요. 하지만 난 아까 이미 처형 내외한테 전화를 했거든요." 에이제이는 고개를 주억거렸다. "만약 이게 단편이라면 이쯤에서 끝나겠죠. 조그만 반전이 일어나고 끝. 바로 그래서 산문의 세계에서 단편만큼 우아한 게 없다는 거예요. 만약 레이먼드 카버[2]라면 당신은 내게 어줍잖은 위로를 표하고 어둠이 깔리며 모든 게 마무리되겠지. 하지만 지금 이건…… 아무래도 장편소설 같은 느낌이 더 드는군요. 그니까 감정적으로 말입니다. 끝나려면 시간이 좀 걸리겠죠. 이해가 갑니까?"

"글쎄요, 잘 모르겠는데요. 레이먼드 카버는 안 읽어봐서." 램비에이스 경관이 말했다. "링컨 라임은 좋아하는데. 링컨을 아세요?"

"사지가 마비된 범죄학자. 장르소설치곤 제법 괜찮죠. 근데 단편은 하나도 읽은 게 없어요?" 에이제이가 물었다.

"학교 다닐 때 읽었을걸요. 동화라든가. 아니면, 어, 「붉은 망아지」?[3] 「붉은 망아지」는 읽은 것 같은데."

"그건 중편이죠, 중편." 에이제이가 말했다.

"아, 그런가. 난 그냥…… 잠깐, 고등학교 때 읽은 것 중에 경찰이 나오는 단편이 하나 있었어요. 일종의 완전범죄 같은 건데, 그

2 20세기 후반 미국문학을 대표하는 소설가이자 시인. 리얼리즘과 미니멀리즘의 대가로 일컬어진다.
3 『분노의 포도』『에덴의 동쪽』 등을 쓴 미국 소설가 존 스타인벡의 초기 중편.

래서 기억을 하나 봐요. 이 경찰이 자기 아내한테 살해당해요. 무기는 냉동 소고기였고 범행 후 여자는 그 고기를 다른 경찰들한테 먹여서 — "

"「도살장에 끌려가는 어린 양」." 에이제이가 말했다. "그 단편 소설의 제목은 「도살장에 끌려가는 어린 양」이고, 범행 무기는 양의 다리였지."

"맞아요, 그거!" 경관은 꽤나 기뻐했다. "역시 모르는 게 없으시네."

"아주 유명한 거라서." 에이제이가 말했다. "처형 내외가 곧 오겠군요. 아까 당신더러 '별 중요하지도 않은 조연'이라고 말한 거 사과드립니다. 무례했어요. 다른 건 몰라도 램비에이스 경관님의 웅장한 대하소설에서는 나야말로 '별 중요하지도 않은 조연'인데 말입니다. 책방 주인보다야 경찰관이 더 주인공에 어울리죠. 당신은 이미 하나의 장르인데."

"흐음." 램비에이스 경관이 말했다. "뭐 그렇다고 합시다. 그런데 아까 하던 얘기를 마저 하면, 경찰관인 내가 보기에 그 단편은 시간 전개에 무리가 있어요. 가령, 그 여자가 소고기를 — "

"양고기."

"네, 양고기. 여자는 냉동 양고기 토막으로 남자를 죽이고 나서, 그걸 해동도 안 하고 그냥 오븐에 넣어서 요리해요. 내가 레이철 레이[1]는 아니지만, 그건……"

---

1 미국의 요리사 겸 TV 프로그램 진행자. 30분 내에 할 수 있는 간단한 요리 레서피로 유명하다.

물속에서 니콜의 차를 꺼냈을 때 그녀는 이미 얼어붙기 시작한 상태였고, 영안실 서랍에 누운 그녀의 입술은 파랬다. 그 색을 보고 에이제이는 뱀파이어인가 뭐시긴가 하는 시리즈의 최신간 발매 기념으로 열린 북파티 때 니콜이 바른 검정색 립스틱을 떠올렸다. 에이제이는 철없는 여고생들이 졸업 파티 드레스 차림으로 섬을 휘젓고 돌아다닌다는 게 영 마음에 들지 않았지만, 니콜은 그 빌어먹을 뱀파이어 소설과 그걸 쓴 여자한테 진짜로 환장했고, 뱀파이어 파티가 책 판매에도 도움이 되고 재미도 있을 거라고 우겼다. "재미라는 게 뭔지 기억은 하지?"

"어렴풋이." 그가 말했다. "옛날 옛적에, 내가 서점을 하기 전에, 주말과 밤 시간을 온전히 내 것으로 즐기던 시절에, 책을 취미 삼아 읽던 시절에, 그때 재미라는 게 있었던 게 기억나는군. 그러니까, 어렴풋이, 어렴풋이는 기억나네."

"내가 당신 기억에서 먼지를 닦아내주지. 재미라는 건 말이야, 착하고 영리하고 예쁜 아내가 있어서 매일 그 아내 얼굴을 보며 일하는 거라고."

에이제이는 니콜이 그 어처구니없는 까만 새틴 드레스를 입고 현관 앞 기둥을 오른팔로 살짝 감싸안은 채 곱고 시커먼 입술을 꾹 다물고 있는 모습이 아직도 눈에 선했다. "비극적이게도, 내 아내가 뱀파이어로 변했어."

"가엾은 사람." 그녀는 포치를 건너와 에이제이에게 키스하며 멍 같은 립스틱 자국을 남겼다. "당신이 취할 수 있는 유일한 대안은 같이 뱀파이어가 되는 것뿐이야. 괜한 저항은 하지 마, 그건

최악의 선택이니까. 당신은 좀더 쿨해질 필요가 있어, 이 너드 양
반아. 자, 나를 안으로 들여보내줘."[1]

---

1 〈트루 블러드〉 시리즈에서 뱀파이어는 집주인이 허락해야만 집 안으로 들
어갈 수 있다.

리츠칼튼 호텔만 한 다이아몬드

스콧 피츠제럴드, 1922

엄밀히 따지면 중편이다. 하지만 중편이란 게 원래 좀 모호한 영역이지. 그래도 굳이 구분을 명확히 해두고 싶어하는 부류의 사람들 사이에 끼게 된다면—나도 한때는 그런 데목숨 거는 타입이었다—그 차이점을 알아두는 게 상책이다. (네가 만약 명문대*에 진학한다면 그런 사람들과 부딪힐 가능성이 높아. 그런 잘난 인간들에게 맞서려면 지식으로 무장해라. 얘기가 옆길로 샜네.) E. A. 포는 단편을 앉은 자리에서 한 번에 다 읽을 수 있는 이야기라고 정의했어. 그 당시에는 '앉은 자리'라는 게 지금보다는 길었을 것같다만. 또 옆길로 샜군.

이 괴상한 이야기는 다이아몬드로 이루어진 마을을 소유하는 데서 비롯된 난관들, 부자들이 자기네 생활양식을 사수하기 위해 어디까지 갈 수 있나에 관해 교묘하게 풀어냈다. 피츠제럴드의 진면목이 드러나. 『위대한 개츠비』는 의심의 여지 없는 걸작이지만, 가끔 보면 꼭 토피어리 정원수처럼 지나치게 다듬은 것 같거든. 그에게는 단편이 좀

더 널찍하고 실컷 저지레를 할 수 있는 공간이야. 「리츠칼른 호텔만 한 다이아몬드」는 매혹적인 정원 요정처럼 살아 숨쉰다.

여기에 담긴 의미: 좀 속보이는 것 같다만 하나 알려줄까? 나도 너를 만나기 직전, 투기성 물건이긴 한데 매우 값진 걸 잃어버렸어.

—A. J. F.

* 이에 대한 내 의견. 훌륭한 교육은 흔히들 생각하는 곳 이외의 장소에서도 찾을 수 있다는 점을 명심해라.

어떻게 침대까지 왔는지 또 옷은 어떻게 벗었는지 기억은 없었
지만, 에이제이는 속옷 차림으로 침대에서 잠을 깼다. 하비 로즈
가 죽었다는 건 기억난다. 나이틀리 프레스의 귀여운 영업사원
한테 재수없게 굴었다는 것도 기억난다. 카레를 내동댕이친 것도
기억한다. 와인 첫 잔을 비웠던 거나 『태멀레인』과 건배했던 것도
기억한다. 그러고 나서, 끊겼다. 그의 입장에서는 대단히 성공적
인 밤이었다.

머리가 쿵쿵 울렸다. 에이제이는 거실로 나가면서 빈달루 잔해
와 파편을 예상했다. 마루도 벽도 얼룩 한 점 없이 깨끗했다. 그는
아스피린을 찾아 약장을 뒤적이며 카레를 미리 치워놓은 자신의
선견지명에 속으로 박수를 보냈다. 부엌 식탁 앞에 앉고 보니 와
인병도 내다버린 모양이다. 이렇게나 깔끔 떨다니 그답지 않았지
만 전례 없는 일은 아니었다. 나야 깔끔한 술꾼이란 점을 빼면 시
체지. 그는 『태멀레인』을 놔뒀던 건너편 자리를 보았다. 책이 없
다. 유리장에서 꺼낸다고 머릿속으로만 생각했나?

거실을 가로질러 걸어가는데 심장이 머리와 경쟁하듯 쿵쿵 뛰
었다. 절반쯤 가자, 번호키가 달린 온습도조절 케이스가, 『태멀레

인』을 세상으로부터 보호하던 유리 금고가 활짝 열린 채 텅 비어 있는 게 보였다.

그는 황급히 목욕가운을 걸치고 러닝화를 꿰신었다. 요즘 들어서는 별로 신을 일이 없었던 운동화다.

에이제이는 때묻은 체크무늬 목욕가운을 휘날리며 캡틴 위긴스 스트리트를 내달렸다. 우울증과 영양실조에 걸린 슈퍼히어로 같았다. 그는 중앙로로 꺾어서 곧장 고즈넉한 앨리스 섬 파출소로 뛰어들어갔다. "도둑이 들었어!" 에이제이는 소리쳐 알렸다. 짧은 거리였는데도 숨이 찼다. "제발, 도와줘요!" 핸드백을 날치기 당한 노파 같은 기분이 들려는 걸 애서 물리쳤다.

램비에이스는 커피잔을 내려놓고, 목욕가운 차림의 정신 없는 사내를 물끄러미 응시했다. 그가 서점 주인이며, 일 년 반 전에 젊고 예쁜 아내가 차를 몰고 호수로 들어가버린 남자라는 것을 알아보았다. 마지막으로 봤을 때보다 부쩍 늙은 것 같았는데, 그럴 만도 하지 싶었다.

"알았어요, 피크리 씨." 램비에이스가 말했다. "뭐가 어떻게 된 건지 말씀해 주시죠."

"내『태멀레인』을 도둑맞았어요." 에이제이가 말했다.

"『태멀레인』이 뭡니까?"

"책이에요. 아주 귀중한 책입니다."

"명확히 얘기하자면, 누군가 서점 책을 훔쳐갔다는 거죠?"

"아뇨. 그건 '내' 책입니다, 내 개인 소장품. 에드거 앨런 포의 극히 희귀한 시집이란 말입니다."

"그니까, 그건, 당신이 제일 좋아하는 책 같은 거군요?" 램비에이스가 물었다.

"아뇨. 난 그걸 좋아하지도 않아요. 그건 형편없는 쓰레기야, 따분한 헛소리지. 그건……" 에이제이는 과호흡으로 숨을 헐떡였다. "젠장."

"진정하세요, 피크리 씨. 지금 이해하려고 노력하는 중입니다. 당신은 그 책을 좋아하지 않는다, 그런데 감성적인 가치가 있다, 이런 건가요?"

"아냐! 감성적인 가치는 얼어죽을. 그 책은 엄청난 경제적 가치가 있다고. 『태멀레인』은 희귀본 계의 호너스 와그너[1] 같은 거야! 무슨 말인지 알아들어요?"

"당연하죠, 우리 아빠가 야구카드 수집가였거든요." 램비에이스가 고개를 끄덕였다. "그렇게 귀중한 겁니까?"

말이 생각처럼 속시원히 나오지 않았다. "에드거 앨런 포가 처음으로 쓴 작품이에요, 그가 열여덟 살 때였죠. 오십 부밖에 안 찍은데다 익명으로 출간했기 때문에 극히 희귀한 판본입니다. 표지에 저자 이름이 '에드거 앨런 포'가 아니라 '어느 보스턴 사람'이라고 되어 있어요. 이 판본은 책 상태와 희귀본 시장 상황에 따라 다르지만 사십만 달러 이상 나갑니다. 한두 해 있다가 경제사정이 영 나아질 기미가 안 보이면 경매에 내놓을 계획이었는데. 가게를 그만 두고 경매수익금으로 먹고 살 계획이었다고요."

---

1 메이저리그의 전설적인 유격수. 그의 야구카드는 희소가치가 높아 미국에서 가장 값비싼 카드로 꼽힌다.

"실례되는 질문인지 모르겠지만," 램비에이스가 말했다. "왜 그런 걸 은행 금고에 안 넣고 집 안에 두고 계셨어요?"

에이제이는 고개를 절레절레 저었다. "나도 모르겠습니다. 내가 미쳤지. 아마 곁에 두고 싶었나 봐요. 그걸 쳐다보면서 일하기 싫으면 언제든 관둘 수 있다고 되새길 수 있어서 좋았죠. 번호키가 달린 유리 케이스에 넣어놨는데. 난 그걸로 충분히 안전하다고 생각했어요." 그의 말에도 일리가 있는 것이, 관광철을 제외하면 앨리스 섬에는 도난사건이 거의 없다. 그리고 지금은 시월이다.

"그럼, 도둑이 케이스를 깼습니까, 아니면 비밀번호를 알아냈습니까?"

"둘 다 아니에요. 어젯밤에 내가 좀 취하고 싶었거든. 미쳐도 단단히 미쳤지, 그걸 바라보고 앉아 있으려고 내 손으로 꺼냈어요. 그게 무슨 술벗이나 될 거라고."

"피크리 씨, 『태멀레인』에 보험은 들었습니까?"

에이제이는 두 손으로 머리를 감싸쥐었다. 램비에이스는 보험에 안 들었다는 의미로 이해했다. "이 책을 발견한 게 바로 일 년 전, 아내가 죽고 한두 달 뒤쯤이었어요. 가욋돈을 쓰고 싶지 않았어요. 보험은 엄두도 못 냈지. 모르겠어요. 소급해서 따져보면 바보 같은 이유가 백만 개는 있겠지만, 제일 큰 이유는 내가 바보라서겠죠, 램비에이스 경관님."

램비에이스 '소장'이었지만 램비에이스는 굳이 지적하지 않았다. "경찰 수사는 이렇게 진행될 겁니다. 당신과 나는 조서를 작성합니다. 그다음에 우리 수사관이 출근하면ㅡ비수기에는 반나

절만 근무하거든요 ─ 그녀를 당신 집으로 보내서 지문과 그 밖의 증거를 수색합니다. 아마도 뭔가 나오겠죠. 우리가 또 할 수 있는 일은 경매 전문 회사와 그런 종류의 물품을 다루는 사람들한테 전화를 돌리는 겁니다. 그 책이 당신이 말한 것처럼 희귀본이라면, 수상한 판본이 시장에 나오면 사람들이 알아차리겠죠. 그런 물건들은 누가 갖고 있었는지에 대한 기록 같은 게 있지 않나요? 그 뭐시기냐……"

"프로브낭스." 에이제이가 말했다.

"네, 바로 그거요! 우리 집사람이 〈앤티크 로드쇼〉[1]를 자주 봤는데. 그 방송 본 적 있어요?"

에이제이는 대답하지 않았다.

"마지막으로 한 가지만 더 묻겠습니다. 주변에 그 책에 관해 아는 사람이 있나요?"

에이제이는 픽 웃었다. "모르는 사람이 없을 거요. 니콜의 언니인 이즈메이가 고등학교 교사인데, 니콜이 그렇게…… 간 뒤로 처형이 꽤나 성가시게 굽니다. 툭하면 가게에서 좀 나오라느니 섬 밖으로 나가보라느니 아주 사람을 달달 볶아요. 한 일 년 전인가 처형이 나를 끌고 저기 밀턴에 있는 따분한 벼룩시장에 갔어요. 책이 오십 권쯤 든 상자가 있었는데 『태멀레인』을 빼면 죄 쓰레기였지. 그걸 오 달러 주고 샀습니다. 그 사람들은 자기가 가진 게 뭔지 알지도 못하더군. 까놓고 말하면 그걸 그렇게 가져와서 좀 꺼림칙합니다. 지금에야 상관없지만. 하여간, 이즈메이가 그걸 가

<hr />

1 우리나라의 〈진품명품〉 같은 영미권 골동품 감정 TV 프로그램.

게에 전시하면 사업상으로나 교육적으로나 좋을 것 같네 어쩌네 하더라고. 그래서 지난 여름 내내 그 케이스를 가게에 두었죠. 경관님은 우리 서점에 한 번도 안 오신 것 같네."

램비에이스의 시선이 발치께로 떨어졌다. 고등학교 국어시간마다 필수 독서량의 최저선도 채우지 못해 천 번도 넘게 느꼈던 낯익은 부끄러움이 또다시 밀려들었다. "딱히 책을 읽는다고 보긴 힘들죠."

"하지만 범죄소설은 좀 읽잖아요?"

"기억력 좋으시네." 램비에이스가 말했다. 실제로 에이제이는 사람들의 독서 취향에 관한 한 완벽한 기억력을 자랑했다.

"디버였죠? 그 사람 게 마음에 든다면, 이번에 새 작가가 나왔는데―"

"좋습니다, 담에 한번 들르겠습니다. 누구 연락하고 싶은 사람은 없나요? 그 처형 되신다는 분이 이즈메이 에번스-패리시 맞죠?"

"이즈메이는 지금―" 바로 그때, 마치 누가 '잠시 멈춤' 버튼을 누른 것처럼 에이제이는 동작을 멈췄다. 눈은 멍하니 초점이 없었고 입은 떡 벌어진 채였다.

"피크리 씨?"

거의 삼십 초 동안 그대로 꼼짝 않고 있던 에이제이는, 홀연 아무 일도 없었던 것처럼 다시 말을 이어나갔다. "이즈메이는 지금 일하는 중이고, 난 멀쩡합니다. 처형한테 전화할 필요는 없어요."

"피크리 씨, 방금 잠깐 넋이 나갔었는데." 램비에이스가 말했다.

"네?"

"의식이 없었다고요."

"이런 젠장. 별건 아니고 그냥 소발작[1]이에요. 어렸을 때 자주 그랬죠. 성인이 되고 나서는 증상이 거의 사라졌는데, 스트레스를 심하게 받을 때만 빼면."

"병원에 가보시죠."

"아뇨, 괜찮아요. 정말로. 난 그저 내 책을 되찾고 싶을 뿐입니다."

"내가 괜찮지 않습니다." 램비에이스는 완강히 말했다. "오늘 아침에 상당히 정신적 충격을 받으신데다, 혼자 사시잖아요. 당신을 병원에 데려간 다음, 친척분을 병원으로 불러 거기서 뵙도록 하죠. 그동안 나는 부하들에게 당신 책이 어떻게 됐는지 알아보라고 하겠습니다."

병원에서 에이제이는 기다리고, 양식을 작성하고, 기다리고, 옷을 벗고, 기다리고, 검사를 받고, 기다리고, 다시 옷을 입고, 기다리고, 검사를 몇 개 더 하고, 기다리고, 다시 옷을 벗고, 그다음에야 마침내 중년의 일반의와 얼굴을 마주했다. 의사는 발작에 대해 특별히 우려하지는 않았다. 그러나 검사 결과, 서른아홉 살 남자치고 혈압과 콜레스테롤 수치가 약간 높아서 '주의'와 '위험'의 경계에 걸쳐 있었다. 그녀는 에이제이의 생활습관에 관해 물었다. 에이제이는 솔직하게 대답했다. "알코올중독자까지는 아

---

1 뇌전증의 하나로 부재발작(absence seizure), 결여발작이라고도 한다. 보통 수 초간 의식이 흐려졌다 돌아온다.

니지만 술을 좋아해서 최소한 일주일에 한 번은 필름이 끊길 때까지 마십니다. 담배도 가끔 피우고 즉석냉동 식품을 주식으로 근근이 먹고살죠. 치실은 거의 안 씁니다. 전에는 장거리 달리기를 자주 했지만 지금은 숨쉬기 운동밖에 안 합니다. 혼자 살고, 의미 있는 사회생활과 인간관계가 부족하죠. 아내가 죽은 후로는 일하기도 싫어요."

"아, 네, 그것뿐이에요?" 의사가 물었다. "당신은 아직 창창한 나이예요, 피크리 씨. 하지만 몸이 버티는 데에도 한계가 있죠. 만약 당신이 죽고 싶다면 제가 확실히 더 빠르고 쉬운 길을 생각해드릴 수도 있는데요. 죽고 싶으세요?"

대답이 바로 떠오르지는 않았다.

"정말로 죽고 싶다면 정신과로 보내서 감시를 받게 해드릴 수 있어서 묻는 겁니다."

"죽고 싶지 않습니다." 에이제이는 한 박자 후에 말했다. "다만 이렇게 계속 사는 게 힘겨워요. 내가 제정신이 아닌 것 같은가요?"

"아뇨. 당신 기분이 왜 그런지는 알 것 같아요. 지금 엄청 모진 시간을 보내고 계시는 거죠. 운동부터 시작하세요." 그녀가 말했다. "기분이 훨씬 나아질 겁니다."

"그러죠."

"아내분은 다정한 사람이었어요." 의사가 말했다. "니콜이 서점에서 모녀 독서회를 운영할 때 저도 종종 참여했는데. 우리 딸이 지금도 거기서 아르바이트를 해요."

"몰리 클럭?"

"클럭은 내 파트너의 성이에요. 나는 닥터 로즌입니다." 의사는 자신의 명찰을 톡톡 건드렸다.

로비에서 에이제이는 낯익은 광경을 목도했다. "아주 많이 실례되는 건 아니죠?" 분홍색 수술복을 입은 간호사가 팔꿈치를 덧댄 코듀로이 재킷을 입은 남자에게 나달나달해진 문고판 책을 내밀고 있었다.

"제가 영광입니다." 대니얼 패리시가 말했다. "이름이 어떻게 되나요?"

"잭과 질이 언덕을 올라갔어요[1] 할 때 질, 메이시 백화점 할 때 메이시예요. 선생님 책은 전부 다 읽었어요. 그래도 이 책이 제일 좋아요. 최고인 것 같아요."

"대체로들 그렇다더군요, 언덕 위의 질 간호사님." 사실이 그랬다. 대니얼의 책 중 데뷔작만큼 잘 팔린 책은 하나도 없다.

"이 책이 나한테 얼마나 큰 의미인지, 말로 표현할 수 없어요. 생각만 해도 막 눈물이 난다고 할까." 그녀는 게이샤처럼 시선을 내리깔고 고개를 숙여 경의를 표했다. "그 책을 읽고 제 꿈이 간호사가 됐다니까요! 이제 막 여기서 일을 시작했는데, 선생님이 이 동네에 사신다는 걸 알고는 언젠가 꼭 만날 수 있게 되길 쭉 빌었어요."

"그러니까, 내가 아프기를 빌었다는 거죠?" 대니얼이 씨익 웃으며 말했다.

---

[1] 영국의 유명 구전 자장가 가사.

"아뇨, 설마!" 간호사는 얼굴이 빨개지더니 대니얼의 팔을 찰싹 때렸다. "선생님! 너무해요!"

"맞아요." 대니얼이 대답했다. "저 진짜 너무한 사람 맞아요."

니콜은 대니얼 패리시를 처음 봤을 때 지역 방송사 앵커처럼 잘생겼다고 평했다. 그러나 차를 타고 집에 오면서 자신의 의견을 정정했다. "앵커 치곤 눈이 너무 삭아. 기상 캐스터쯤 되겠어."

"목소리가 듣기 좋더군." 에이제이가 말했다.

"그 사람이 폭풍이 지나갔다고 말하면 다들 곧이곧대로 믿을 걸. 심지어 여전히 폭풍 한가운데서 비틀거리며 서 있어도." 니콜의 말이었다.

에이제이는 시시덕거림 중간을 뚝 끊고 끼어들었다. "댄, 나는 '당신 아내'가 올 줄 알았는데." 에이제이는 돌직구를 날렸다.

대니얼은 헛기침을 하며 목청을 가다듬었다. "몸이 좀 안 좋다고 해서 내가 대신 왔지. 어디 좀 버틸 만하신가, 영감?" 대니얼이 에이제이보다 다섯 살 연상이었지만 그는 꼭 에이제이를 '영감'이라고 불렀다.

"한재산 날렸고, 의사 말로는 곧 죽을 거라더군. 그것만 빼면 아주 끝내주지." 진정제가 그에게 균형감각을 선사했다.

"잘됐네. 가서 한잔하자." 대니얼은 질 메이시 간호사 쪽으로 돌아서더니 그녀의 귀에 대고 뭐라고 속삭였다. 대니얼이 간호사에게 책을 돌려줄 때 보니 그의 전화번호가 적혀 있었다. 대니얼은 "이리 오시게, 그대 포도 넝쿨의 군주여!"[1]라고 말하며 출구

1 셰익스피어의 희곡 「안토니와 클레오파트라」에 나오는 권주가.

로 향했다.

에이제이가 책을 사랑하고 서점을 하고 있긴 하지만, 딱히 작가들을 좋아하는 건 아니었다. 그들은 후줄근하고 나르시시스트이며 배려나 양식도 없고 대체로 불쾌한 사람들이다. 좋아하는 책을 쓴 작가의 경우 괜히 책에 대한 좋은 감정까지 망칠까봐 되도록 직접 만나는 것은 피했다. 다행히도 그는 대니얼의 책을 좋아하지 않았고, 대중적으로 인기를 끈 첫번째 책도 별로였다. 그렇다면 사람은? 흐음, 같이 있으면 어느 정도까지는 즐겁다. 말인즉슨, 대니얼 패리시는 에이제이의 가장 가까운 친구들 중 하나란 소리다.

"내 잘못이야." 에이제이는 두번째 맥주잔을 들이켠 후 말했다. "보험에 들었어야 했는데. 금고에 넣어뒀어야 했는데. 술에 취했을 땐 꺼내지 말았어야 했는데. 그걸 어떤 놈이 훔쳐갔든, 내 과실이 없다고 말할 수 없는 거지." 진정제와 알코올의 조합은 에이제이를 부드럽게 녹였고, 그는 철학적이 되었다. 대니얼은 피처에서 맥주를 한 잔 더 따라주었다.

"그만해, 에이제이. 너무 자책하지 마." 대니얼이 말했다.

"정신 차릴 때가 됐다는 신호가 온 거지." 에이제이가 말했다. "확실히 술 좀 줄여야겠어."

"이것까지만 마시고 말이지." 대니얼이 낄낄거렸다. 두 남자는 맥주잔을 부딪쳤다. 그때 엉덩이 살이 밑으로 비져나와 보일 정도로 짧은 청바지를 입은 여학생이 술집에 들어왔다. 대니얼은 여자애한테 맥주잔을 들어 보였다. "몸매 죽이는데!" 여자애는 가운뎃손가락을 들어 보였다. "자넨 술을 끊고 난 바람을 끊어야 돼." 대니얼이 말했다. "하지만 저런 반바지를 보면 내 굳은 결심이 심각한 시련에 처한다니까. 오늘 저녁은 너무 심했어. 그 간호사에다! 저 반바지라니!"

에이제이는 맥주를 홀짝였다. "책 쓰는 건 잘 되어가?"

대니얼은 어깨를 으쓱했다. "책은 그냥 책이지. 본문이 있고 표지가 있고. 플롯과 캐릭터와 갈등이 있겠지. 다년간 연구하며 갈고 닦은 나의 기교가 반영될 거야. 그럼에도 불구하고, 내가 스물다섯 살 때 쓴 첫 작품보다는 분명 인기 없을걸."

"불쌍한 놈." 에이제이가 말했다.

"올해의 불쌍한 놈 상은 자네가 탈 거라고 확신하는데, 영감."

"고맙군."

"포는 형편없는 작가야, 알잖아? 그 중에서도 『태멀레인』은 최악이지. 따분한 바이런 경[1]의 아류작. 좀 괜찮은 작품의 초판이라면 얘기가 다르지만. 치워버려서 다행이라고 생각하자고. 하여간 나는 수집용 책들은 질색이야. 죽은 종이 뭉치에 다들 왜 그렇게 환장하는지. 중요한 건 거기 담긴 생각이라고, 이 사람아. 그 문장들." 대니얼 패리시가 말했다.

에이제이는 맥주잔을 비웠다. "예, 그렇습죠, 이 멍청아."

경찰 수사는 한 달 동안 계속됐고, 그건 앨리스 섬 파출소 시간

1 19세기 영국 낭만주의 문학을 선도한 시인.

으로는 일 년 같았다. 램비에이스와 그의 부하들은 현장에서 사건과 관련된 물증을 하나도 발견하지 못했다. 범인은 와인병을 내다버리고 카레를 치운 것뿐만 아니라 집 안의 지문도 죄다 닦은 듯했다. 수사관들은 에이제이의 고용인과 섬 안의 몇 안 되는 친구와 친척들을 심문했다. 거기서도 이렇다 할 혐의는 전혀 나오지 않았다. 『태멀레인』이 시장에 나왔다고 알린 서적상과 경매 회사도 없었다. (물론 경매 회사들은 이런 문제에 대해서는 침묵하는 것으로 악명 높다.) 수사는 미궁에 빠진 듯했다. 책은 사라졌고, 에이제이는 두 번 다시 그 책을 볼 수 없으리란 것을 깨달았다.

유리장은 이제 쓸모가 없어졌고, 에이제이는 그걸로 뭘 해야 할지 알 수 없었다. 다른 희귀본을 갖고 있는 것도 아니었다. 그래도, 케이스는 꽤나 비싼 것이어서 거의 오백 달러나 나갔다. 희미하게 남은 그의 낙천성은 그 케이스에 넣을 더 좋은 뭔가가 나타날 거라고 믿고 싶어했다. 그 케이스를 살 때 시가를 보관하는 용도로도 쓸 수 있다는 얘기를 들었다.

은퇴를 꿈꾸기 어려워지자, 에이제이는 견본쇄를 읽고 이메일에 회신하고 전화에 응답하고, 심지어 홍보용 카드도 두어 개 써서 서가에 붙였다. 저녁 때면 서점 영업을 끝내고 달리기를 다시 시작했다. 먼 코스를 달리자면 해결해야 될 문제들이 많았는데 특히 집 열쇠 뭉치를 어떻게 처리하느냐가 골치였다. 결국 에이제이는 앞문을 잠그지 않고 놔두기로 했다. 그가 보기에 여기서 훔쳐갈 만한 건 아무것도 없었다.

로링 캠프의 행운

브렛 하트, 1868

'인디언 아기'를 입양해서 럭(행운)이라고 이름 붙인 광산 촌 사내들에 대한 몹시 감상적인 이야기다. 내가 처음 이 단편을 읽은 것은 프린스턴 대학에서 미국 서부문학에 관한 세미나를 들을 때였고, 그때는 티끌만큼도 감동이 없었어. 당시 제출한 리뷰(1992년 11월 14일자)를 보면 내가 유일하게 괜찮다고 언급한 건 스텀피, 켄턱, 프렌치 피트, 체로키 샘, 뭐 이런 생기발랄한 캐릭터 이름뿐이었지. 이 년 전쯤 어쩌다 「로링 캠프의 행운」을 다시 들춰보게 됐는데 하도 펑펑 울어서 내 도버 염가 문고판이 수해를 입은 걸볼 수 있을 거다. 생각건대, 중년이 되니 물러진 것 같구나. 그러나 또한 생각건대, 근자의 내 반응은, 인생의 시기마다 그에 딱 맞는 이야기를 접해야 할 필요성에 대해 말해주는 구나. 명심해라, 마야. 우리가 스무 살 때 감동했던 것들이 마흔 살이 되어도 똑같이 감동적인 건 아니고, 그 반대도 마찬가지야. 책에서나 인생에서나 이건 진리다.

— A. J. F.

책을 도둑맞고 나서 몇 주 동안, 아일랜드 서점의 매출은 미미하긴 해도 통계적으로 희한한 상승세를 기록했다. 에이제이는 이 매출 증가의 요인을 비교적 덜 알려진 경제지표, 일명 '호기심 많은 동네 사람들'에 돌렸다.

선의를 품은 동네 사람(이하 '선동사') 한 명이 옆걸음으로 계산대에 다가온다. "『태멀레인』에 대해 무슨 소식 없어요?" 〔해석: 당신의 중차대한 개인적 손실을 내 개인적 즐거움으로 삼아도 될까?〕

그러면 에이제이는 이렇게 대답한다. "아직 아무 얘기도." 〔해석: 사는 건 여전히 엿 같지.〕

선동사: 아, 분명 조만간 뭔가 나올 거예요. 〔해석: 현 상황의 결과가 어찌 되든 어차피 난 투자한 것도 아니니 낙관적으로 본다고 손해볼 건 없지.〕 새로 나온 책 중에 내가 아직 안 본 거 있나요?

에이제이: 두어 권 있죠. 〔해석: 거의 다일걸. 당신은 몇 달 동안 우리 서점에 얼씬도 안 했잖아. 아니, 몇 년은 됐겠다.〕

선동사: 뉴욕타임스 서평란에서 본 책이 있는데. 표지가 아마

빨간색이었던가?

에이제이: 네, 알 것 같기도 한데.〔해석: 그렇게 두루뭉술한 말이 어딨냐? 저자, 제목, 줄거리 설명, 이런 게 있어야 찾는 데 도움이 되지. 표지가 빨간색인 것 같다느니 뉴욕타임스 서평란에 실렸다느니 하는 건 당신 생각보다 훨씬 더 도움이 안 돼.〕 그 책에 대해 다른 건 생각나는 게 없으시고요?〔네 머리에서 나온 말로 하라고.〕

그런 후에 에이제이는 그 선동사를 신간 코너로 데려가 양장본을 사게 만들고야 만다.

참 묘한 것이, 니콜의 죽음은 매출 면에서 지금과 정반대의 효과를 가져왔었다. 에이제이는 나치 친위대 장교처럼 무감하게 규칙적으로 가게를 열고 닫았지만, 니콜이 세상을 떠난 후 한 분기 실적은 아일랜드 서점 역사상 최저를 기록했다. 물론 사람들이 에이제이에게 애석함을 표하긴 했는데, 너무 '심하게' 애석함을 표해버린 것이다. 니콜은 여기서 나고 자란 이 동네 사람이었다. 사람들은 프린스턴 졸업생(게다가 무려 앨리스 고등학교 차석졸업생)이 앨리스 섬으로 돌아와 진지한 눈빛의 남편과 함께 서점을 내자 깊은 감명을 받았다. 흔히들 하는 것과 반대로 고향으로 되돌아오는 젊은이를 보다니 신선했다. 그런데 니콜이 세상을 떠나자 섬 사람들과 에이제이 사이에는 니콜을 잃었다는 상실감 말고는 공통점이 하나도 없게 된 것이다. 사람들이 에이제이를 탓했나? 그런 사람들도 좀 있긴 했다. 그날 저녁 저자를 집에 데려다주러 간 사람이 왜 에이제이가 아니라 그녀였는가? 사람들은 서로 위로하며 이렇게 속닥거렸다. 에이제이는 항상 좀 특이했어. 그러니까 인종차별적으로 하는 말은 절대 아닌데 좀 외지인 같지. 말이야 바른 말로, 여기 출신은 아니잖아. (에이제이는 뉴저지에서 태어났다.) 사람들은 서점 앞을 지나가며 마치 묘지 앞을 지나듯 숨을 죽였다.

에이제이는 동네 사람들의 신용카드를 긁으며, 죽음이 관계를 차단하는 상실인 반면 도난은 관계를 이어주는 견딜 만한 상실이라고 결론을 내렸다. 십이월이 되자 매출은 평소대로, 도난 이전의 수준으로 돌아왔다.

크리스마스 두 주 전 금요일, 서점 문을 닫기 이 분 전, 에이제이는 가게 안을 돌며 폐점 시간임을 알리고 마지막 손님들을 몰아내는 작업을 하고 있었다. 벙벙한 외투를 입은 남자가 알렉스 크로스[1] 최신간 앞에서 꿍얼거리고 있었다. "26달러라니 너무한데. 온라인으로는 더 싸게 살 수 있다는 거 아시나?" 에이제이는 알고 있다고 말하며 남자에게 문을 가리켰다. "경쟁력이 있길 바란다면 정말 가격을 낮춰야 할 거요." 남자가 말했다.

"가격을 낮추라고요? 가, 격, 을, 낮, 추, 라. 그 생각을 못했군요." 에이제이는 부드럽게 말했다.

"지금 까부는 건가, 젊은이?"

"아뇨, 감사하고 있는 겁니다. 다음번 아일랜드 서점 주주총회 때 손님의 그 혁신적인 제안을 반드시 상정하겠습니다. 저희

---

1 제임스 패터슨이 쓴 범죄소설 시리즈의 주인공 탐정.

는 경쟁력을 유지하고 싶어요. 손님과 저 둘뿐이니까 하는 말인데, 2000년대 들어 한때 저희가 경쟁을 포기한 바 있습니다. 저는 그것이 실책이라고 생각했지만, 우리 이사회는 경쟁은 올림픽 선수들이나 맞춤법 대회에 나가는 어린애들, 그리고 시리얼 제조회사들에 맡기는 게 가장 좋다고 판단했습니다. 오늘날 우리 아일랜드 서점이 확실히 다시 한번 경쟁에 돌입했음을 기쁜 마음으로 알려드립니다. 그나저나 오늘은 이만 폐점입니다." 에이제이는 출구 쪽을 가리켰다.

벙벙한 외투가 툴툴거리며 문을 빠져나가는데, 나이 지긋한 여자가 삐거덕 문지방을 밟고 넘어왔다. 이 할머니는 단골이었으므로 영업시간이 지나서 들어온 데 대해 에이제이는 너무 성질을 부리지 않으려 애썼다. "아, 컴버배치 부인," 그가 말했다. "죄송하지만 지금은 문을 닫았습니다."

"피크리 씨, 그 오마 샤리프 같은 눈을 굴리면서 날 보지 말아요. 당신한테 엄청 화가 나 있으니까." 컴버배치 부인은 에이제이를 밀치고 들어와 두툼한 페이퍼백을 탕 하고 계산대에 내려놓았다. "당신이 어제 나한테 추천해준 이 책은 여든두 해 평생 내가 읽어본 책 중에서 최악이야. 환불받고 싶어요."

에이제이는 책과 할머니를 번갈아 쳐다보았다. "무슨 문제라도 있나요?"

"문제'투성이'지, 피크리 씨. 우선 화자가 '죽음의 신'이잖아! 나는 여든둘 먹은 사람이고, 죽음의 신이 묘사하는 552쪽짜리 책을 읽는 건 손톱만큼도 즐겁지 않더군. 아무리 생각이 없어도

62

그렇지, 이런 걸 골라 주다니."

에이제이는 사과는 했지만 미안하지는 않았다. 마음에 들 거라는 보증서가 책에 딸려 나가는 줄 아는 이 사람들은 대체 뭔가? 그는 환불 절차를 진행했다. 책등이 갈라졌다. 다시 팔기는 글렀다. "컴버배치 부인," 그는 도저히 참지 못하고 물었다. "책을 읽기는 읽으신 것 같은데요. 어디까지 읽으셨는지 궁금하네요."

"그럼, 읽었지요." 부인이 대답했다. "절대로 틀림없이 읽었지. 그걸 읽느라 밤을 새웠고, 그것 때문에도 화가 났어. 내 나이쯤 되면 되도록 밤은 새우지 않는 편이 좋다고. 이 소설이 눈물을 뽑아내던 속도로 내 눈물을 뽑고 싶지도 않았고. 다음번에 나한테 책을 추천할 때는, 방금 말한 것들을 염두에 두어줬으면 좋겠군요, 피크리 씨."

"그러죠." 그가 말했다. "그리고 사과드립니다, 컴버배치 부인. 손님들이 거의 다 『책도둑』[1]은 좋아하는 편이었거든요."

가게 문을 닫고 나서 에이제이는 위층에 올라가 러닝 복장으로 갈아입었다. 그는 서점 정문을 통해 집을 나섰고, 늘 하던 버릇대로 문은 잠그지 않고 닫아만 두었다.

에이제이는 고등학교 때 크로스컨트리 동아리에 있었고 프린스턴에서도 계속했다. 텍스트를 꼼꼼히 읽는 것 말고는 그 어떤 여가 활동에도 재주가 없었기 때문에 고른 종목이었다. 사실 그

1 마커스 주삭의 베스트셀러 장편소설. 2차대전 당시 독일에서 책에 대한 사랑으로 삶을 버텨낸 한 소녀의 이야기.

는 크로스컨트리 달리기가 뭐 대단한 재능이라고는 전혀 생각지 않았다. 고등학교 때 코치는 그를 보고 믿을 만한 미들맨이라고 낭만적으로 불렀는데, 그건 에이제이가 어디 갖다놔도 늘 중상위권은 하겠거니 신뢰할 수 있다는 뜻이다. 달리기를 그만둔 지 한참 된 지금은 그것도 재능이었음을 수긍할 수밖에 없다. 현재 몸 상태로는 쉬지 않고 이 마일 이상 달리는 건 불가능하다. 전부 다 합쳐 오 마일 이상 달리는 일은 드문데도 등과 다리, 아니 기본적으로 온몸이 구석구석 안 아픈 데가 없다. 통증 때문에 좋은 점도 있었다. 예전에는 달리면서 생각이 너무 많았는데, 통증 때문에 그런 부질없는 두뇌활동에 몰입할 수 없게 됐다.

달리기를 마칠 무렵 눈이 내리기 시작했다. 질척해진 눈을 묻혀 집 안에 들어가기 싫어서 에이제이는 러닝화를 벗으려 현관 앞에서 멈춰 섰다. 그리고 현관문에 등을 기대는데 문이 저항도 없이 밀리며 열렸다. 잠그지 않은 건 맞지만 암만 생각해도 분명 닫긴 했는데. 그는 스위치를 올렸다. 제자리를 벗어난 건 없는 것 같았다. 금전출납기도 멀쩡해 보인다. 바람에 열렸나 보군. 불을 끄고 계단에 거의 다다랐을 때, 새소리처럼 높은 울음소리가 들렸다. 소리가 다시 났고, 이번에는 좀더 끈질겼다.

에이제이는 돌아서 다시 불을 켰다. 입구로 되돌아와 서점 안 통로들을 하나하나 살피며 돌았다. 맨 마지막 줄은 변변찮은 어린이·청소년 코너다. 거기 바닥에 웬 아기가 서점에 단 한 부밖에 없는 『괴물들이 사는 나라』[1](아일랜드 서점이 아량을 발휘해 갖다놓은 몇 안 되는 그림책 중 하나다)를 무릎 위에 펼쳐 놓고 앉아 있었다. 큰 아기네. 에이제이는 생각했다. 갓난아기는 아니었다. 나이를 가늠할 수 없었는데, 그도 그럴 것이 에이제이는 자기 자신을 제외하면 직접적으로 알고 지낸 어린아이가 전혀 없었다. 그는 외동이었고, 알다시피 에이제이와 니콜 사이에는 아기가 없다. 아기는 분홍색 스키 점퍼를 입고 있었다. 구불구불한 연갈색 머리카락이 머리에 온통 수북하게 나 있고, 수레국화처럼 푸른 눈에, 에이제이보다 약간 더 밝은 구릿빛 피부의 여자애였다. 꽤 예쁘장했다.

"대체 넌 누구냐?" 에이제이는 아기에게 물었다.

이렇다 할 이유가 없는데 여자애는 울음을 뚝 그치더니 방싯 웃으며 그를 쳐다보았다. "마야." 아기가 대답했다.

거참 간단하군, 에이제이는 생각했다. "몇 살이냐?" 그가 물었다.

마야는 손가락 두 개를 들어 보였다.

"두 살?"

마야는 다시 방긋 웃으며 그에게 두 팔을 벌렸다.

"네 엄마는 어디 갔는데?"

마야가 울음을 터뜨렸다. 마야는 에이제이에게 계속 팔을 벌리고 있었다. 달리 선택의 여지가 없었으므로 에이제이는 아기를 안아올렸다. 못해도 양장본 스물네 권이 든 상자만큼은 나갔고,

---

1 모리스 샌닥의 유아용 그림책. 1963년 출간 당시 예쁘고 순수한 내용이 아니라는 비난이 일었으나 어린이들의 열렬한 지지에 힘입어 이듬해 미국 최고 권위의 아동문학상인 칼데콧상을 받았다.

등이 뻣뻣해질 정도로 무거웠다. 아기는 두 팔을 그의 목에 둘렀다. 에이제이는 아기한테서 파우더인지 베이비오일인지 꽤 괜찮은 냄새가 난다는 점에 주목했다. 분명 방치되거나 학대받은 유아는 아니다. 아기는 사람을 좋아하고, 옷도 잘 입었고, 애정을 기대, 아니, 요구하고 있다. 틀림없이 이 분실물의 소유자가 금방이라도 돌아와 완벽히 납득할 수 있는 설명을 할 거야. 이를테면 차가 고장났다든가? 어쩌면 급성 식중독에 걸렸다거나. 앞으로는 문 안 잠그고 나가기 정책을 재고해야겠다. 뭘 도둑맞을 수도 있겠다는 생각은 했지만 뭘 놔두고 갈 수도 있다는 가능성은 전혀 고려해보지 않았다.

마야는 에이제이를 더 꽉 끌어안았다. 아기의 어깨 너머로, 엘모 인형이 바닥에 앉아 있고 인형의 붉고 덥수룩한 가슴에 옷핀으로 메모가 달려 있는 게 보였다. 에이제이는 마야를 내려놓고 엘모를 집어들었다. 너무 칭얼거려 늘 경멸하던 캐릭터였는데.

"엘모!" 마야가 말했다.

"그래," 에이제이가 말했다. "엘모다." 그는 메모의 핀을 빼고 인형을 아기에게 주었다. 메모에는 이렇게 적혀 있었다.

이 서점의 주인께

이 아이는 마야입니다. 이십오 개월 됐어요. 매우 영리하고, 월령에 비해 말이 이례적으로 빠르고, 귀엽고 착한 아이예요. 저는 아이가 책을 좋아하는 사람으로 자라기를 바랍니다. 아이가 책에 둘러싸여, 그런 것들을 중요시하는 사람들 사이에서 자라기를 바랍니다. 저는 아이를 매우 사랑하지만 더이상 아이를 키울 수가 없어요. 아이 아버지는 아이와 있어줄 형편이 못 되고, 달리 도와줄 가족도 없습니다. 저는 절박합니다.

마야의 엄마 올림

망할. 에이제이는 생각했다.

마야가 다시 울었다.

그는 아이를 안아올렸다. 기저귀가 축축했다. 에이제이는 평생 단 한 번도 기저귀를 갈아본 적이 없었다. 선물포장이라면 나름 숙달되어 있었지만. 니콜이 살아 있을 때 아일랜드 서점은 크리스마스에 무료 선물포장 서비스를 제공하곤 했다. 에이제이는 기저귀 갈기와 선물포장이 서로 통하는 전문 기술일 것으로 짐작했다. 아이 옆에는 가방이 하나 놓여 있었는데, 에이제이는 그게 기저귀 가방이길 진심으로 빌었다. 다행히 기저귀 가방 맞았다. 그는 아이를 가게 바닥에 내려놓고, 러그를 더럽히거나 아이의 은밀한 부위를 정통으로 보지 않으려 애쓰며 기저귀를 갈았다. 전 과정은 이십 분 가량 걸렸다. 아기들이란 책에 비해 더 많이 움직이고 또 포장에 용이한 형태가 아니었다. 마야는 고개를 외로 꼬고 입을 꾹 다물고 콧잔등을 찡그린 채 에이제이를 지켜보았다.

에이제이는 사과했다. "미안하다, 마야. 하지만 이건 나한테도 딱히 즐거운 과업은 아니었어. 네가 더 빨리 깜박 실례하는 걸 고칠수록 우린 더 빨리 이걸 안 해도 돼."

"미안해요." 마야가 말했다. 즉각 에이제이는 아주 멋쩍은 기분이 들었다.

"아냐, 내가 미안하지. 난 이런 건 하나도 모르거든. 내가 멍청이지."

"멍청이!" 마야는 그 말을 따라하더니 킥킥거렸다.

에이세이는 다시 러닝화를 신고, 아기를 안고, 가방을 들고, 메모를 챙긴 후 파출소로 향했다.

역시나, 그날 밤 당직은 램비에이스 소장이다. 에이제이의 인생에서 중대한 고비마다 어김없이 등장하는 것이 그 남자의 숙명인 듯했다. 에이제이는 파출소장에게 아기를 내보였다. "누가 이걸 우리 가게에 두고 갔는데." 품안에서 잠든 마야를 깨우지 않으려고 에이제이는 나직이 소곤거렸다.

램비에이스는 도넛을 먹고 있다가 감추려고 허둥댔다. 경찰 하면 도넛이라는 클리셰가 민망해서였다. 램비에이스는 입에 든 걸 씹어삼킨 다음 도무지 프로페셔널답지 않은 태도로 에이제이에게 말했다. "저런, 애가 당신을 좋아하는군요."

"내 아기가 아닙니다." 에이제이는 계속 속삭이는 투로 말했다.

"누구네 앤데요?"

"손님 애겠지." 에이제이는 주머니에서 메모를 꺼내 램비에이스에게 건넸다.

"어, 이야." 램비에이스가 말했다. "애 엄마가 당신한테 두고 간 거군요." 마야가 눈을 뜨더니 램비에이스에게 방긋 웃어줬다. "귀여운 꼬마네?" 램비에이스는 마야 쪽으로 고개를 숙였고, 아기는 소장의 콧수염을 잡았다. "누가 내 콧수염을 잡았지?" 램비에이스는 우스꽝스럽게 아기 말투로 말했다. "누가 내 콧수염을 훔쳐갔지?"

"램비에이스 소장님, 내가 보기엔 당신이 적절한 양의 우려를 표명하고 있지 않은데요."

램비에이스는 헛기침을 하고 허리를 폈다. "알겠습니다. 근데 문제는 말이죠, 지금이 금요일 저녁 아홉시란 말입니다. 아동가족부에 연락을 하긴 할 겁니다만 눈도 이렇게 오고 주말인데다 페리 스케줄도 그래서 월요일 아침까진 누가 나와줄 수 있을 것 같진 않군요. 저희가 아이의 어머니와 아버지를 찾아보겠습니다. 혹시 누가 요 꼬마녀석을 찾고 있을지도 모르니."

"마야." 마야가 말했다.

"그게 네 이름이니?" 램비에이스는 아기 말투로 말했다. "아주 좋은 이름이구나." 램비에이스는 다시 헛기침을 하고 목청을 가다듬었다. "주말 동안 누가 이 아이를 돌보긴 해야겠군요. 나하고 우리 경찰들 몇 명이 여기서 돌아가면서 보거나ㅡ"

"아뇨, 됐어요." 에이제이가 말했다. "아기를 파출소에 맡기는 게 옳은 일 같진 않군."

"애 보는 법에 대해 좀 아십니까?" 램비에이스가 물었다.

"고작 주말 이틀인데, 뭐 얼마나 힘들라고. 뭣하면 처형한테 전화해도 되고. 처형도 모르는 건 구글에서 찾아보면 되고."

"구글." 아기가 따라했다.

"구글! 그거 되게 어려운 단어인데! 오호!" 램비에이스가 말했다. "알겠습니다. 그럼 월요일에 다시 연락드리죠. 세상 참 재밌어요, 그죠? 어떤 놈은 책을 훔쳐 가고, 또 어떤 놈은 아기를 두고 가고."

"하." 에이제이가 말했다.

집에 다 왔을 때쯤 마야의 울음소리는 최고조에 달했는데, 화재경보기와 새해 전야 파티의 빽빽이 사이 어디쯤에 해당하는 소리였다. 에이제이는 애가 배가 고픈가 보다 추론했지만, 이십오 개월짜리한테 뭘 먹여야 하는지 감도 오지 않았다. 이빨은 있나 보려고 입술을 당겼다. 이빨이 있었고 마야는 그걸 써서 그를 물려고 했다. 에이제이는 구글 검색창에 질문을 넣었다. "이십오 개월 아기한테 무엇을 먹이나요?" 하여 나온 대답은 대체로 부모들이 먹는 음식을 먹을 수 있어야 한다는 것이었다. 구글이 간과한 건, 대체로 에이제이가 먹는 음식이 쓰레기라는 것이다. 그의 냉장고에는 다양한 즉석 냉동식품이 있지만 거의 다 맵고 짰다. 그는 처형 이즈메이에게 전화를 걸어 도움을 청했다.

"밤늦게 미안한데," 에이제이가 말했다. "이십오 개월짜리 애한테 뭘 먹여야 하는지 궁금해서요."

"그런 게 왜 궁금한데요?" 이즈메이는 짜증이 묻어나는 어조로 말했다.

에이제이는 누가 서점에 아기를 두고 갔다고 설명했고, 잠깐 말이 없던 이즈메이는 곧 가겠다고 대답했다.

"정말요?" 에이제이가 물었다. 임신 육 개월째인 이즈메이를 귀찮게 하고 싶지 않았다.

"그럼요. 전화 잘했어요. 마침 저 미국의 위대한 소설가 양반은 출장중이시고, 어차피 나도 지난 이 주 동안 불면증에 시달리던 차였어요."

삼십 분도 안 되어 이즈메이는 자신의 부엌에 있던 식료품을 싸들고 왔다. 샐러드 재료, 두부 라자냐, 애플크럼블 반쪽. "한다고 했는데, 갑자기 연락을 받아서."

"아뇨, 완벽합니다." 에이제이가 말했다. "내 부엌은 실패작이라."

"제부 부엌은 범죄현장이죠."

아기는 이즈메이를 보더니 시끄럽게 울어댔다. "엄마가 보고 싶은가." 이즈메이가 말했다. "나를 보고 엄마가 생각난 모양이네."

에이제이는 고개를 끄덕이면서도 마야가 우는 건 처형을 보고 무서워서라고 생각했다. 이즈메이는 요즘 유행하는 스타일로 들쑥날쑥 층을 낸 빨간 머리였고, 파리한 피부와 푸른 눈, 팔다리는 막대기처럼 가늘고 길었다. 이목구비가 다 좀 너무 큼지막했고, 몸짓도 좀 너무 크고 활달했다. 임신해서 배가 나온 그녀는 아주 예쁜 골룸 같았다. 그녀의 목소리도 아기한테는 좀 당황스러웠을 것이다. 무대 훈련을 받은 정확한 발성은 언제나 방안을 가득 채울 정도로 울렸다. 대략 십오 년의 세월 동안 알고 지내면서 에이제이는 이즈메이가 여배우의 정석대로 나이들어간다고 생각했

다. 줄리엣에서 오필리아에서 거트루드에서 헤카테로.[1]

이즈메이는 음식을 데웠다. "내가 먹일까요?" 이즈메이가 물었다.

마야는 이즈메이를 의심의 눈초리로 쳐다보았다. "아뇨, 내가 해보죠." 에이제이가 말했다. 그는 마야를 돌아봤다. "너 도구는 쓰냐?"

마야는 대답하지 않았다.

"아기 의자가 없잖아요. 애가 쓰러지지 않게 일단 임시로라도 뭔가 세워야겠는데." 이즈메이가 말했다.

에이제이는 마야를 바닥에 앉혔다. 견본쇄 무더기로 삼면의 벽을 쌓고, 그 견본쇄 요새의 벽면을 따라 베개와 쿠션을 세웠다.

그가 뜬 라자냐 첫술은 별 실랑이 없이 잘 들어갔다. "쉽네."

두번째 숟가락은, 마야가 마지막 순간 고개를 돌리는 바람에 소스가 사방으로 날아갔다. 에이제이한테, 베개와 쿠션에, 견본쇄 요새 벽면 아래쪽에. 다시 고개를 바로 한 마야는 마치 끝내주게 재치있는 농담이라도 한 양 함박웃음을 띠며 그를 쳐다보았다.

"저것들을 읽을 계획은 아니었기를 바랄게요." 이즈메이가 말했다.

저녁을 먹인 후 두 사람은 작은방의 소파베드에 아기 잠자리를 마련했다.

---

1 모두 셰익스피어 연극에 등장하는 여성 캐릭터 이름. 줄리엣은 「로미오와 줄리엣」의 여주인공, 오필리아는 「햄릿」에서 햄릿을 연모하는 처녀, 거트루드는 햄릿의 어머니, 헤카테는 「맥베스」에 등장하는 마녀 대장.

"애를 그냥 경찰서에 맡기고 오지 그랬어요?" 이즈메이가 물었다.

"올바른 일 같지 않아서." 에이제이가 말했다.

"키울 생각은 아니겠죠?" 이즈메이는 자신의 배를 쓰다듬었다.

"설마. 월요일까지만 봐주는 거예요."

"그때쯤이면 애엄마가 나타나겠지. 마음을 고쳐먹고." 이즈메이가 말했다.

에이제이는 이즈메이에게 메모를 읽어보라고 주었다.

"가엾은 것." 이즈메이가 말했다.

"그러게요. 나라면 그러지 못할 텐데. 내 아이를 서점에 버리진 못할 텐데."

이즈메이는 어깨를 으쓱했다. "그 아가씨한테도 나름의 사정이 있겠죠."

"어떻게 아가씨라고 단정지어요?" 에이제이가 물었다. "벼랑 끝에 몰린 중년 여인일 수도 있지."

"편지의 말투가 나한테는 좀 어리게 보여서. 손글씨도 그렇고." 이즈메이는 손가락으로 자신의 짧은 머리칼을 쓸었다. "딴건 뭐 별일없어요?"

"별일없죠." 에이제이는 몇 시간 동안 『태멀레인』도 니콜도 전혀 생각하지 않았음을 깨달았다.

에이제이가 그냥 놔두라고 했지만 이즈메이는 한사코 설거지를 했다. "안 키울 겁니다." 에이제이는 재차 말했다. "난 혼자 사는 홀아비인걸. 저축해놓은 돈도 얼마 없고, 장사가 대단히 잘되는 것도 아니고."

"당연히 안 되지." 이즈메이가 말했다. "당신 사는 방식을 보면
그건 말도 안 되는 소리야." 그녀는 마른 행주로 그릇을 닦아서
치웠다. "어쩌다 싱싱한 채소 좀 먹어도 어디 덧나지 않아요."

이즈메이는 에이제이의 뺨에 키스했다. 에이제이는 처형이 니
콜과 무척 비슷하면서도 동시에 무척 다르다고 생각했다. 가끔은
닮은 부분들(얼굴과 몸매)이 제일 견디기 힘든가 하면, 또 가끔은
안 닮은 부분들(두뇌와 마음)이 그랬다. "또 도와줄 일 있으면 말
해요." 이즈메이가 말했다.

니콜이 동생이었지만 그녀는 항상 언니를 걱정했다. 니콜의 관
점에서 보면 언니는 인생 그렇게 살면 안 된다는 지침서였다. 이
즈메이는 안내책자에 실린 사진이 마음에 든다는 이유로 대학을
선택했고, 턱시도 차림이 근사해 보여서 그 남자와 결혼했고, 학
생들에게 영감을 주는 선생님에 관한 영화를 보고 교직을 시작했
다. "가엾은 언니," 니콜이 말했다. "언니는 항상 실망으로 끝나."

니콜은 내가 처형에게 잘하길 바랐지, 에이제이는 생각했다.
"연극 연출은 잘 되어갑니까?"

이즈메이는 배시시 웃었고, 꼭 소녀 같았다. "세상에, 그런 거
하는지도 모를 줄 알았는데."

"「시련」."[1] 에이제이가 말했다. "애들이 가게에 와서 몇 권 사가
던데요."

---

1   미국의 극작가 아서 밀러의 희곡. 세일럼 마녀사냥을 모티브로 당시 매카
시즘의 광기를 고발했다.

"아, 그렇겠네. 사실 연극은 엉망이에요. 여자애들이 소리만 마구 질러대는데, 애들은 그게 즐거운 거죠. 나로선 덜 즐겁지만. 연습이 있는 날이면 타이레놀을 한 통씩 들고 가요. 그렇게 고함치고 소리지르는 와중에 어쩌다 미국 역사에 관해 좀 배울지도 모르죠. 물론 내가 그 연극을 고른 진짜 이유는 여자 등장인물이 굉장히 많아서지만. 그래야 배역을 발표할 때 눈물을 덜 짜거든요. 그런데 이젠 아기도 나올 거고, 뭐랄까, 연극보다 더 극적인 사건들이 잔뜩 기다리고 있을 것 같군요."

음식을 챙겨서 와준 데 대해 고마움을 표해야 한다는 의무감에 에이제이는 도움을 자청했다. "무대 배경 페인트칠이나 프로그램 프린트 같은 거라도 좀 해드릴까요?"

이즈메이는 "제부답지 않게 왜 이래요?"라는 말이 나오려는 것을 참았다. 그녀가 생각하기에, 남편 대니얼을 제외하면, 에이제이가 지금까지 만나본 사람들 중 가장 이기적이고 자기중심적인 사람이다. 한나절을 아기와 보냈다고 사람이 저렇게 개선될 수 있는데, 아기가 태어나면 대니얼이 어떻게 바뀔지 상상해보라. 제부가 보인 소소한 성의 표시가 이즈메이에게 희망을 주었다. 그녀는 자신의 배를 쓰다듬었다. 그 안에는 사내아이가 있고, 부부는 이미 아이 이름을 점찍어놓았다. 혹시나 어울리지 않을까봐 예비 이름도 하나 더 생각해두었다.

이튿날 오후, 눈이 그치고 녹아서 진창으로 변할 무렵, 등대 근처의 길고 좁은 해안에 시체 한 구가 떠밀려왔다. 주머니 속 신분

증은 여자가 메리언 윌리스라고 말해주었고, 시신과 아기가 관련되어 있음을 추론하기까지 램비에이스로서는 그리 오래 걸릴 게 없었다.

메리언 윌리스는 앨리스 섬에 아무런 연고가 없었고, 왜 그녀가 여기 왔는지 또는 누구를 만나러 왔는지, 또는 왜 십이월에 앨리스 심 해협의 얼음장 같은 바다에 뛰어들어 자살하기로 결심했는지, 다시 말해 정확한 이유를 아무도 몰랐다. 아는 거라곤 메리언 윌리스가 흑인이며, 스물두 살이고, 이십오 개월 된 아기가 있다는 사실이다. 이러한 사실들에다 그녀가 에이제이에게 남긴 메모의 내용을 추가할 수 있겠다. 빈 구멍이 많지만 말은 되는 이야기가 만들어진다. 경찰은 결론을 내렸다. 메리언 윌리스는 자살했으며, 그 외 특이사항은 없다.

주말을 지내며 메리언 윌리스에 관한 정보가 좀더 밝혀졌다. 그녀는 장학금을 받고 하버드 대학에 다녔다. 매사추세츠주 수영 챔피언이자 열성적인 아마추어 작가이다. 고향은 보스턴의 록스베리이다. 어머니는 안 계시다. 메리언이 열세 살 때 암으로 세상을 떠났다. 한 해 뒤 외조모도 같은 병으로 죽었다. 아버지는 마약 중독자이다. 고등학교 시절에는 위탁가정을 전전하며 보호를 받았다. 그녀의 수양어머니 중 한 명은 어린 메리언이 늘 책에 코를 박고 살았다고 기억했다. 아이 아버지가 누군지 아는 사람은 없었다. 메리언에게 남자친구가 있었는지 아는 사람조차 없었다. 메리언은 지난 학기에 전 과목에서 낙제하고 휴학중이었다. 엄마 노릇과 고된 학사일정을 동시에 소화하기란 벅찼을 것이다. 그녀는 예쁘고 똑똑했으므로, 그녀의 죽음은 비극이었다. 그녀는 가난한 흑인이었으므로, 사람들은 올 것이 왔다고 수군거렸다.

일요일 저녁, 램비에이스는 마야의 상태도 확인하고 에이제이에게 정보 업데이트도 해줄 겸 서점에 들렀다. 램비에이스는 동생들을 돌본 경험이 있으니까 에이제이가 가게 일을 보는 동안 마야를 봐주겠다고 제안했다. "그럴 것 없습니다." 에이제이가 말했다. "어디 딴 데 갈 곳이 없어요?"

램비에이스는 얼마 전에 이혼했다. 그는 고등학교 때 사귀던 여자친구와 결혼했고, 그래서 그 여자가 실은 꿈속의 이상형은커녕 어지간히 괜찮은 사람조차 되지 못한다는 사실을 깨닫기까지 무척이나 오래 걸렸다. 부부싸움을 할 때 여자는 걸핏하면 그에게 머리 나쁘고 뚱뚱하다고 욕했다. 램비에이스가 책을 많이 읽거나 여행을 많이 한 건 아니지만 그렇다고 머리가 나쁘지는 않다. 뚱뚱하다기보다는 불도그처럼 다부지게 생겼다. 굵은 근육질 목, 짧은 다리, 떡 벌어진 가슴, 납작한 코. 튼실한 미국산 불도그다, 영국산 불도그 말고.

램비에이스는 아내가 그립지는 않았지만 퇴근하고 나서 갈 곳은 그리웠다.

그는 바닥에 철퍼덕 앉아서 마야를 넓적다리 위에 올렸다. 마야가 잠든 후, 램비에이스는 에이제이에게 아이 어머니에 관해 알게 된 사항을 말해주었다.

"내가 이해가 안 되는 건," 에이제이가 말했다. "그 여자가 애당

초 왜 앨리스 섬에 왔냐는 겁니다. 여기까지 들어오는 길이 좀 힘들어요? 우리 어머니는 내가 여기 그렇게 오래 살았어도 딱 한 번 오셨는데. 정말 그 여자가 특정한 누군가를 만나러 온 게 아니라고 생각해요?"

램비에이스는 허벅지 위의 마야를 돌려 뉘었다. "나도 거기에 관해 쭉 고민하고 있는데요. 목적지를 딱히 계획하지 않았을 것 같아요. 그냥 첫 기차를 타고 나와 무작정 첫 버스를 탄 다음 첫 배를 타고 와봤더니 여기더라."

예의 차원에서 고개를 끄덕이긴 했지만, 에이제이는 행위의 무작위성을 믿지 않았다. 그는 책 읽는 사람이었고, 그가 믿는 것은 서사구조였다. 일막에서 총이 나왔으면 삼막쯤 가서 그 총을 쏘는 게 낫다.[1]

"어쩌면 어딘가 경치 좋은 곳에서 죽고 싶었을지도 모르죠." 램비에이스는 덧붙였다. "아동가족부 사람이 요 귀여운 기쁨덩어리 분실물을 회수하기 위해 월요일에 온답니다. 애엄마는 가족이 없고 애아빠는 누군지도 모르니, 양부모를 찾아줘야겠죠."

에이제이는 금전출납기 서랍에 든 현금을 셌다. "위탁 시스템은 애들 입장에서 좀 힘들지 않을까?"

"아무래도요." 램비에이스가 말했다. "하지만 이렇게 어리니까 십중팔구 괜찮을 겁니다."

에이제이는 서랍에 든 현금을 다시 셌다. "애엄마가 위탁양육 시스템에서 자랐다고 했죠?"

---

1 일명 '체호프의 총'이라 불리는, 러시아의 작가 안톤 체호프의 창작이론.

램비에이스는 고개를 끄덕였다.

"애엄마는 아이가 서점에서 자라는 게 더 낫다고 생각한 것 같지 않아요?"

"그야 모르죠."

"나는 종교적인 사람이 아니에요, 램비에이스 소장. 나는 운명을 안 믿어요. 니콜, 내 아내는 운명을 믿었지만."

바로 그 순간, 마야가 잠에서 깨더니 에이제이를 향해 두 팔을 뻗었다. 에이제이는 금전출납기 서랍을 닫고 램비에이스한테서 마야를 안아들었다. 램비에이스는 꼬마애가 에이제이를 '아빠'라고 부르는 걸 들은 것 같았다.

"윽, 그렇게 부르지 말라고 계속 얘기했는데." 에이제이가 말했다. "도무지 말을 안 듣네."

"애들도 생각이 있으니까요." 램비에이스가 말했다.

"뭐라도 한잔하실 텐가?"

"좋죠. 안 될 거 뭐 있나요?"

에이제이는 가게 정문을 잠그고 위층으로 올라갔다. 마야를 소파베드 위에 눕히고 거실로 나갔다.

"난 아기는 못 키웁니다." 에이제이는 단호히 말했다. "이틀 동안 한숨도 못 잤어요. 저애는 테러리스트야! 말도 안 되는 시간에 깨어나요. 새벽 세시 사십오분에 하루를 시작하는 것 같더군. 나는 혼자 삽니다. 가난하고요. 애를 책만 가지고 키울 순 없잖아요."

"그야 그렇죠." 램비에이스가 말했다.

"내 한몸도 건사하기 힘든데." 에이제이는 말을 이었다. "저앤

강아지보다도 못해요. 그리고 나 같은 사람은 강아지도 키우면 안 되지. 마야는 배변훈련도 안 되어 있고, 그런 종류의 일도 그렇고 그와 연관된 어떤 일도 난 아는 게 하나도 없어요. 게다가 사실 난 아기들을 별로 안 좋아해요. 마야는 좋은데, 하지만…… 둘이 할 수 있는 대화가 좀 그래요. 딴 건 다 그렇다 쳐도. 엘모에 대한 얘기를 하는데, 난 그놈을 참을 수가 없거든. 그건 그렇고, 아니 그것보다, 마야는 주로 본인에 관한 얘기만 해요. 애가 완전히 자기중심적이야."

"아기들은 원래 다 그런 경향이 있어요." 램비에이스가 말했다. "애가 단어 실력이 늘면 대화하는 건 나아지겠죠."

"그리고 맨날 똑같은 책만 읽어달래. 근데 그게, 쓰레기 같은 유아용 보드북이에요.『이 책 끝에 나오는 괴물』?"[1]

램비에이스는 들어본 적 없는 제목이라고 말했다.

"아니, 진짜 그렇다니까. 마야는 그 책에 아주 환장했어요." 에이제이는 실소를 터뜨렸다.

램비에이스는 고개를 끄덕이고 와인을 마셨다. "당신에게 마야를 키워야 한다고 말하는 사람은 없어요."

"아, 예, 당연하죠. 하지만 마야가 나중에 커서 어떻게 될지 내가 한마디 보태도 될까? 쟤는 엄청 똑똑한 꼬마예요. 이미 알파벳도 다 뗀 것 같고, 알파벳순 정렬을 가르치니 금방 알아듣더라

1 〈세서미 스트리트〉의 인기 캐릭터 그로버가 나오는 유아용 그림책. 1971년 출간 당시부터 꾸준히 사랑받으며 어린이 문학의 모던 클래식으로 회자된다.

고. 애의 이런 점을 알아볼 줄 모르는 웬 한심한 놈들이 마야를 맡게 되는 건 싫어요. 아까도 말했지만 난 운명 따윈 믿지 않습니다. 하지만 저애에 대한 어떤 책임감이 느껴져요. 그 젊은 아가씨가 애를 돌보라고 나한테 남겨놓았단 말입니다."

"그 젊은 아가씨는 제정신이 아니었죠." 램비에이스가 말했다. "물에 빠져 죽기 한 시간 전이었습니다."

"네." 에이제이는 미간을 찌푸렸다. "맞아요." 저쪽 방에서 울음소리가 났다. 에이제이는 몸을 일으키며 말했다. "가서 애를 좀 봐야겠네."

주말도 거의 끝나가자 마야는 목욕이 필요한 상태가 되었다. 에이제이는 그런 친밀한 행위는 되도록 매사추세츠주 정부에 맡기고 싶었지만, 미스 해비셤[2]의 미니어처 같은 모습으로 애를 아동가족부에 넘길 수는 없는 노릇이다. 그는 목욕 계획을 수립하기 위해 구글에서 몇 가지를 검색했다. 두 살배기에게 알맞은 목욕물 온도, 두 살배기가 어른 샴푸를 써도 되는가? 아버지가 변태스럽지 않게 두 살배기 여아의 은밀한 부분을 씻기는 방법, 욕조의 물은 어느 높이까지 채우나(유아의 경우), 두 살배기가 실수로 욕조에서 익사하는 것을 방지하려면? 안전한 목욕을 위한 기본 요령 등등.

에이제이는 니콜이 쓰던 헴프 샴푸로 마야의 머리를 감겼다.

2　찰스 디킨스의 『위대한 유산』에 등장하는 인물. 남자로부터 버림받은 뒤 밤낮으로 웨딩드레스를 입고 지낸다.

아내의 물건은 죄다 기부하거나 내다버린 지 한참 됐지만, 그녀의 목욕용품만큼은 어쩐지 버리게 되지가 않았다.

머리를 헹궈주는데 애가 노래를 부르기 시작했다.

"지금 부르는 게 뭐냐?"

"노래." 마야가 말했다.

"무슨 노래인데?"

"라 라. 부야. 라 라."

에이제이는 껄껄 웃었다. "나한테는 횡설수설하는 걸로 들린다, 마야."

마야는 에이제이에게 물을 튀겼다.

"엄마?" 잠시 후 마야가 물었다.

"아니, 난 네 어머니가 아냐." 그가 말했다.

"가버렸어요." 마야가 말했다.

"그래." 에이제이가 말했다. "아마 돌아오지 않을 거야."

마야는 거기에 대해서 생각해보더니 고개를 끄덕였다. "노래해줘요."

"안 할란다."

"노래해요." 마야가 말했다.

이 아이는 어머니를 여의었다. 노래쯤 못 불러주랴.

아기들한테 적절한 노래를 검색할 시간은 없었다. 에이제이는 아내를 만나기 전 프린스턴의 남성 아카펠라 그룹 '각주들'에서 세컨드 테너였다. 에이제이가 니콜한테 푹 빠져버리자 곤란을 겪은 것은 각주들이었고, 한 학기 동안 연습을 빼먹은 후 그는 그룹에서 잘렸다. 그는 마지막 각주들 공연 때의 80년대 음악에 대한 헌정 레퍼토리를 돌이켜보았다. 욕조 앞에서 그는 당시 프로그램에 상당히 근접한 공연을 펼쳤다. 〈99 루프트벌룬즈〉[1]로 시작해서 〈겟 아웃 오브 마이 드림즈, 겟 인투 마이 카〉[2]로 넘어간 다음 〈러브 인 언 엘리베이터〉[3]로 끝맺었다. 좀 멋쩍긴 했지만 나름 괜찮았다.

공연이 끝나자 마야는 박수를 쳤다. "또." 마야가 명령했다. "또."

"이 공연은 한 회짜리야." 에이제이는 마야를 욕조에서 들어올려 수건으로 닦아주었고, 완벽하게 생긴 발가락 사이사이까지 다 문질렀다.

"루프트벌룬." 마야가 말했다. "루프트 유."

"뭐라고?"

"러브 유." 마야의 말이었다.

"확실히 아카펠라의 힘에 반응하고 있군."

마야는 고개를 끄덕였다. "러브 유."

"날 사랑한다고? 넌 날 잘 알지도 못하잖니." 에이제이가 말했다. "꼬맹아, 사랑을 그렇게 헤프게 뿌리고 다니면 못써." 그는 마야를 끌어당겨 앉혔다. "이 정도면 우리 꽤 잘 달려왔다. 몹시 유

1　99 Luftballons. 독일 밴드 네나의 곡으로 반전 의식을 담았으며 1984년 미국 빌보드 차트 2위에 올랐다.

2　Get out of My Dreams, Get into My Car. 트리니다드 태생의 영국 R&B 가수 빌리 오션의 1988년 히트곡.

3　Love in an Elevator. 미국 하드 록 밴드 에어로스미스의 1989년 히트곡.

쾌했고, 최소한 나로서는 추억이 될 만한 칠십이 시간이었어. 하지만 세상에는 영원히 네 곁에 머물도록 운명지어지지 않은 사람도 있단다."

마야는 커다랗고 파랗고 회의적인 눈으로 그를 쳐다보았다. "러브 유." 또 그 소리다.

에이제이는 마야의 머리를 수건으로 말리고 나서 살피듯 킁킁 머리 냄새를 맡아보았다. "걱정된다, 너. 네가 모든 사람을 다 사랑하면 허구한 날 상처받을걸. 네가 살아온 세월의 길이로 봤을 때 나를 좀 오래 봐온 기분이 들기도 하겠지. 시간에 관한 너의 시각은 사실 무척 왜곡됐어, 마야. 어쨌든 나는 늙은이고, 조만간 넌 나란 사람을 봤다는 사실조차 까먹을 거야."

몰리 클럭이 문을 두드렸다. "주 정부에서 나온 사람이 아래층에 왔어요. 올라오라고 할까요?"

에이제이는 고개를 끄덕였다.

그는 마야를 무릎 위에 앉히고 사회복지사가 삐걱거리는 계단을 밟고 올라오는 소리에 귀를 기울이며 기다렸다. "자, 겁낼 거 없어, 마야. 저 사람은 너한테 흠잡을 데 없이 훌륭한 집을 찾아줄 거야. 여기보다 나은 곳을. 평생 소파베드 위에서 잘 수는 없잖니. 영원히 손님처럼 소파베드 위에서 생을 보내는 사람들은 네가 친하게 지내고 싶을 만한 종류의 사람들이 아니지."

사회복지사의 이름은 제니였다. 에이제이는 제니라는 이름의 성인 여성을 만나본 적이 있긴 있나 기억을 더듬었다. 만약 제니가 책이라면, 방금 막 상자에서 꺼낸 페이퍼백이었다. 어디 한 군데 접어놓은 귀퉁이도 없고, 물에 젖은 적도 없고, 책등에 구김도 가지 않은 책. 읽은 흔적이 뚜렷한 사회복지사였다면 좋았을걸. 에이제이는 '제니 이야기'의 뒤표지에 적힌 줄거리를 상상했다. 코네티컷주 페어필드 출신의 씩씩한 제니는 대도시에서 사회복지사로 첫발을 내딛는다. 그러나 그녀는 자기 앞에 어떤 일이 도사리고 있는지 전혀 알지 못했으니……

"오늘이 첫 출근인가요?" 에이제이가 물었다.

"아뇨." 제니가 말했다. "일한 지 좀 됐어요." 제니는 마야를 보고 싱긋 웃었다. "어머 예뻐라."

마야는 에이제이의 후드티에 얼굴을 묻었다.

"두 분이 무척 유대가 강한 것 같네요." 제니는 수첩에 메모를 했다. "자, 앞으로 진행될 사항은 이렇습니다. 여기서 저는 마야를 보스턴으로 데려갑니다. 이번 사례를 맡은 사회복지사로서 저는 아이를 대신해 서류를 작성할 거예요. 애가 직접 할 수는 없잖아요, 하하. 그리고 의사와 심리학자가 아이를 평가할 겁니다."

"얘는 상당히 건강한 것 같고 나한테 잘 적응했어요." 에이제이가 말했다.

"그렇게 관찰하셨다면 다행이고요. 의사 선생님들이 발달지체나 각종 질병, 그 외 비전문가의 눈에 잘 띄지 않는 여러가지를 세심히 살필 거예요. 그다음에 저희가 사전승인한 수많은 위탁가정 중 한 곳에 맡겨서—"

에이제이가 말허리를 끊었다. "위탁가정 사전승인은 어떻게 받는 겁니까? 뭐 백화점 신용카드 받는 것만큼 쉽겠죠?"

"하하. 아뇨, 당연히 아니죠. 그보다는 더 절차가 복잡합니다. 신청서와 가정방문 —"

에이제이는 다시 말을 끊고 끼어들었다. "제 말은요, 제니, 어떤 천진난만한 아이를 완전 사이코패스한테 맡기지 않을 거라고 어떻게 장담할 수 있느냐는 겁니다."

"저기요, 피크리 씨, 확실히 저희는 아이를 위탁받아 키우려는 사람들이 다 사이코패스라는 시각을 갖고 시작하지는 않습니다만, 모든 위탁가정에 대해 광범위하게 전문적 심사를 하고 있습니다."

"내가 걱정하는 이유는…… 흠, 마야가 아주 똑똑하긴 하지만 사람을 굉장히 쉽게 믿어서요." 에이제이가 말했다.

"똑똑하지만 사람을 쉽게 믿는다. 훌륭한 통찰력이시네요. 적어둘게요." 제니는 수첩에 적었다. "그래서 저는 일단 이 아이를 긴급히 '사이코패스가 아닌' —" 제니는 에이제이를 보고 싱긋 웃었다. "— 위탁가정에 맡긴 후에 다시 사무실로 갑니다. 아이의 친척 중에 친권을 요구하는 사람이 있는지 알아보고, 만약 없다면, 마야를 위해 영구적인 상황을 찾아주려고 노력할 거예요."

"입양 말이군."

"네, 바로 그거예요. 잘 아시네요, 피크리 씨." 제니는 이걸 다 설명해야 할 의무는 없었지만, 에이제이 같은 착한 사마리아인이 소중한 일에 시간을 바쳤다고 느끼게 해주고 싶었다. "그나저나, 정말 감사드려야겠어요." 제니가 말했다. "당신처럼 기꺼이 관심을 가지려는 사람들이 필요해요." 제니는 마야를 향해 두 팔을 벌렸다. "준비됐니, 아가야?"

에이제이는 마야를 좀더 자기 쪽으로 끌어당겼다. 그는 깊게 한숨을 쉬었다. 정말 이렇게 하려고? 응, 할 거야. 오 주여. "그러니까 마야를 임시로 위탁가정에 맡길 거라는 거죠? 내가 그 가정 역할을 하는 것도 괜찮지 않겠습니까?"

사회복지사는 입술을 꾹 다물었다. "모든 위탁가정은 신청과 심사과정을 거칩니다, 피크리 씨."

"그게 말이죠…… 공인된 방식이 아닌 줄은 압니다만, 애엄마가 나한테 이런 메모를 남겼거든요." 에이제이는 메모지를 제니에게 건넸다. "보면 알겠지만, 애엄마는 내가 이 아이를 맡아주길 바랐습니다. 그녀의 마지막 소원이었어요. 내가 아이를 맡는 게 도리에 맞는 것 같은데요. 지금 여기에 완벽히 좋은 가정이 있는데 굳이 다른 위탁가정으로 옮기게 하고 싶지 않습니다. 그 문제에 관해서 어젯밤에 구글에서 검색해봤어요."

"구글." 마야가 말했다.

"얘가 구글이란 낱말에 꽂힌 것 같은데, 이유를 모르겠습니다."

"어떤 문제요?" 제니가 물었다.

"아이 어머니가 애를 나한테 맡기길 원했다면 내가 아이를 넘겨줄 의무는 없다고요." 에이제이는 설명했다.

"아빠." 입을 맞추기라도 한 듯 마야가 말했다.

제니는 에이제이의 눈을 보았다가 마야의 눈을 보았다. 두 쌍의 눈이 모두 단호해서 난처했다. 제니는 한숨을 내쉬었다. 오늘 오후는 무난히 넘어갈 줄 알았는데 이거 일이 복잡해지기 시작하네.

제니는 거듭 한숨을 내쉬었다. 오늘이 일을 시작한 첫날은 아니어도, 그녀는 겨우 십팔 개월 전에 사회복지학 석사 과정을 마쳤을 뿐이다. 아직 충분히 순진하거나 미숙한 제니는 그들을 돕고 싶어졌다.

하지만, 에이제이는 독신이고 서점 위층에 산다. 서류 작업이 아주 웃기게 되겠군, 제니는 생각했다. "그럼 좀 도와주시죠, 피크리 씨. 교육학이나 아동발달이나 뭐 그런 분야에 경력이 있다고 말씀해주세요."

"음…… 이 서점을 열려고 학교를 관두기 전에는 미국문학 박사과정을 밟고 있었습니다. 전공은 에드거 앨런 포예요.『어셔가의 몰락』이 상당히 훌륭한 입문서이긴 한데 아동과는 관계없죠."

"굉장하네요." 제니의 말은 완전한 무용지물로서 굉장하다는 뜻이다. "정말 감당할 자신이 있으세요? 비용이나 정서, 시간 면에서나 엄청나게 쏟아부어야 하는데요."

"아뇨," 에이제이가 말했다. "자신은 없습니다. 하지만 마야에게는 나와 함께 있는 것이 다른 누구와 같이 있는 것 못잖게 좋은 기회가 되리라고 생각합니다. 나는 일하면서 마야를 볼 수 있고, 우린 서로를 좋아하는 것 같거든요."

"러브 유." 마야가 말했다.

"네, 자꾸 저러는군요." 에이제이가 말했다. "상대가 아직 받을 자격이 없는 사랑을 주는 것에 대해 마야에게 주의를 주었는데, 솔직히 내 생각엔 이건 저 교활한 엘모의 영향이에요. 엘모는 아무나 사랑하잖아요?"

"저도 엘모를 잘 알죠." 제니가 말했다. 그녀는 울고 싶어졌다. 서류 작업이 산더미가 될 거다. 위탁 배정에 들어가는 작업량만으로도. 정식 입양은 날 죽이시오가 될 테고, 아동가족부에서 누가 마야와 에이제이를 살펴봐야겠다고 할 때마다 앨리스 섬까지 두 시간 거리를 왔다 갔다 해야 하는 사람은 제니 자신이 될 것이다. "알았어요, 두 분, 제 상사한테 전화해볼게요." 매사추세츠 메드퍼드의 견실하고 화목한 가정의 산물인 제니 번스타인은 어렸을 때부터 『빨간 머리 앤』과 『소공녀』 같은 고아 이야기를 너무 좋아했다. 최근 그녀는 그런 소설을 반복해서 읽은 영향이 사회복지사를 직업으로 택하는 잘못된 결과를 낳지 않았나 의구심이 들었다. 전반적으로 이 직업은 책을 읽으며 상상했던 것보다 덜 낭만적인 것으로 드러났다. 어제는 동기 한 명이 열여섯 살짜리 남자애를 십구 킬로그램이 될 때까지 굶긴 계모를 적발했다. 이웃에선 다들 그 남자애가 여섯 살짜리 꼬마인 줄 알았다. "아직 해피엔딩을 믿고 싶긴 한데 말이야," 동기가 말했다. "그게 점점 힘들어져." 제니는 마야를 보며 생긋 웃었다. 억세게 운 좋은 꼬마 아가씨네, 제니는 생각했다.

그해 크리스마스 그리고 그 후로 몇 주 동안 앨리스 섬은 홀아비 겸 책방 주인인 에이제이 피크리가 버려진 아이를 거두었다는 뉴스로 들끓었다.

이토록 가십성 충만한 이야기가 앨리스 섬을 채운 것은 아마

『태멀레인』 도난 사건 이후 처음일 것이다. 이 이야기에서 사람들이 특히 흥미롭게 여긴 지점은 에이제이 피크리라는 캐릭터였다. 동네에서는 늘 그를 혼자만 잘난 차가운 사람으로 여겼고, 그런 사람이 아기를, 자기 가게에 버려졌다는 이유만으로 키우다니 도무지 믿어지지가 않았다. 동네 꽃집 주인은 자기 경험담을 들려주었다. 아일랜드 서점에 선글라스를 두고 왔는데 딱 하루 만에 찾으러 갔더니 에이제이가 벌써 갖다버렸더란다. "자기 가게에는 분실물을 둘 여유공간이 없다나. 아주 멋진 빈티지 레이밴이 그런 꼴을 당했다고!" 꽃집 주인이 말했다. "사람은 무슨 꼴을 당할지 어떻게 알겠어?" 그뿐만이 아니다. 수년간 에이제이는 동네 활동에 참여해달라는 요청을 받아왔다. 축구팀 지원, 빵 바자회 후원, 고등학교 졸업앨범 광고 협찬. 그는 매번 거절했는데, 매번 공손하게 거절한 것도 아니었다. 동네에서는 그냥 그가 『태멀레인』을 잃어버린 후 사람이 좀 유해진 거라고 결론을 내릴 수밖에 없었다.

앨리스 섬의 엄마들은 아기가 방치될까봐 두려움에 떨었다. 혼자 사는 남자가 아이 양육에 대해 뭘 알겠는가? 그것을 명분 삼아 걸핏하면 서점에 들러 에이제이에게 조언을 하고 이따금 작은 선물—낡은 유아용 가구와 옷, 담요, 장난감—을 갖다주었다. 엄마들은 마야가 충분히 깨끗하고 행복하고 침착한 어린이임을 알고 놀라워했다. 서점을 나선 후에야 비로소 마야의 사연이 얼마나 기구한지 끌끌 혀를 차는 것이었다.

에이제이로 말할 것 같으면, 사람들이 오든 말든 상관하지 않았다. 조언은 대체로 무시했다. 선물의 경우엔, 받았다(엄마들이 간 다음에 문자 그대로 부젓가락으로 집어서 살균소독했다). 사람들이 혀를 차고 뒷담화를 한다는 것도 알고 있었지만 그런 걸로 짜증내진 않기로 했다. 손 소독제 한 통을 카운터에 놔두고 그 옆에 '왕녀님을 만지기 전에 손을 소독해 주십시오'라고 써붙였다. 게다가, 여자들은 실제로 그가 모르는 것들을 몇 가지 알고 있었다. 가령 유아용 변기를 이용한 배변 훈련(뇌물이 잘 먹힌다), 젖니 앓이 대처(노리개 젖꼭지에 얼음을 얼려 이용), 예방접종(수두는 생략해도 된다). 육아에 관한 정보의 원천으로 구글은 광범위하긴 했지만, 에휴, 너무 얄팍했던 것이다.

아기를 보러 왔다가 책과 잡지까지 사는 여자들이 많아졌다. 에이제이는 여자들이 읽고 이야기하기 좋아할 만한 책을 갖춰놓기 시작했다. 한동안 그네들은 능력이 출중한 여자가 잘못된 결혼으로 고생하는 줄거리의 현대물에 호응했다. 여자에게 어떤 일, 그러니까 자기들에게는 벌어지지 않는(혹은 벌어졌어도 절대 인정하지 않을) 그런 종류의 일이 벌어지면 마음에 들어했다. 여주인공을 재고 자르고 판단하는 데서 재미를 찾았다. 자식을 버리는 여자는 도를 넘은 거지만, 남편이 끔찍한 사고를 당하면 대체로 환영이다(남자가 죽고 여자가 새로운 사랑을 찾으면 금상첨화다). 얼마 동안은 메이브 빈치[1]가 인기였는데, 한때 투자은행에 근무했다는 마진이 빈치의 작품은 너무 정형적이라는 불만

---

1 시골 소읍 사람들의 일상과 인간 관계를 유머러스하고 따뜻한 필치로 묘사한 아일랜드 작가.

을 제기했다. "고리타분한 작은 마을에서 너무 어릴 때 나쁘고 잘생긴 남자한테 시집간 여자 얘기를 대체 몇 번이나 읽어야 하는 거야?" 에이제이한테는 큐레이터로서 좀더 지평을 넓히는 노력이 촉구됐다. "독서 모임을 유지시키고 싶으시면," 마진이 말했다. "좀더 다양성을 확보하는 편이 좋겠어요."

"이거 독서 모임이에요?" 에이제이가 말했다.

"그럼 아닌가요?" 마진이 말했다. "그 모든 육아에 관한 조언이 전부 공짜로 나온다고 생각한 건 아니겠죠?"

사월에는 『파리의 아내』[1]였다. 유월에는 『믿을 수 있는 아내』.[2] 팔월에는 『미국인 아내』.[3] 구월에는 『시간 여행자의 아내』.[4] 십이월이 되니 제목에 '아내'가 들어간 괜찮은 책이 다 떨어졌다. 그들은 『벨칸토』[5]를 읽었다.

"그림책 섹션을 넓힌다고 해가 되진 않을 텐데요." 항상 지치고 피곤해 보이는 퍼넬러피가 의견을 냈다. "아이들이 왔을 때 읽을 것도 있어야 하니까요." 여자들은 마야와 같이 놀라고 자기네 애들을 데리고 왔다. 에이제이가 『이 책 끝에 나오는 괴물』을 읽어주는 데 진력이 났음은 두말할 나위도 없다. 그림책에 특별히 관

1 폴라 매클레인의 2011년 뉴욕타임스 베스트셀러. 헤밍웨이의 파리 시절 첫번째 아내 해들리 리처드슨에 관한 가상소설.
2 로버트 굴릭의 2010년 데뷔작으로 재산을 노리는 젊은 아내와 버려진 아들의 복수극을 다룬다. 한국어판 제목은 『위험한 아내』.
3 실화를 바탕으로 영부인의 사생활을 그린 커티스 시튼펠드의 2009년 소설. 한국어판 제목은 『퍼스트 레이디』.
4 오드리 니페네거의 데뷔작으로 2009년 영화화되었다.
5 페루 일본 대사관 인질 사건을 모티브로 한 앤 패칫의 2001년 소설.

심을 둔 적은 한 번도 없었지만, 이젠 그림책 전문가가 되기로 결심했다. 그는 '문학적인' 그림책을, 그런 게 있다면 말이지만, 마야에게 읽어주고 싶었다. 이왕이면 현대 작품으로. 이왕에 이왕이면 페미니스트의 작품으로. 공주가 나오는 건 안 된다. 찾아보니 그런 작품들이 확실히 존재하긴 존재했다. 어느 날 저녁, 에이제이는 저도 모르게 이런 얘기를 하고 있었다. "형식적인 면에서 볼 때 그림책에는 단편소설에 필적하는 간결미가 있어. 무슨 말인지 알겠니, 마야?"

마야는 진지하게 고개를 주억거리고 페이지를 넘겼다.

"이 작가들 중엔 재능이 아주 놀라운 친구들도 있더군." 에이제이가 말했다. "솔직히 전혀 몰랐어."

마야는 책을 톡톡 두들겼다. 그들은 『꼬마 완두콩』[6]을 읽던 참이었는데, 후식으로 채소를 먹으려면 저녁으로 사탕을 다 먹어야만 하는 완두콩의 얘기였다.

"이게 아이러니라는 거야, 마야." 에이제이가 말했다.

"아이언?"[7] 마야는 다림질하는 시늉을 했다.

"아이러니." 에이제이가 다시 말했다.

마야는 고개를 갸웃했고, 에이제이는 아이러니는 나중에 가르쳐야겠다고 마음먹었다.

램비에이스 소장은 서점에 자주 들렀고, 잦은 방문을 합리화

6 에이미 크로스 로즌솔 글, 젠 코러스 그림의 2005년 작.
7 iron. 다리미라는 뜻도 있다.

하기 위해 책도 구입했다. 램비에이스는 돈을 낭비하면 안 된다
는 신조를 갖고 있었기 때문에 구입한 책은 읽었다. 처음엔 제프
리 디버, 제임스 패터슨(아니면 제임스 패터슨이라는 이름으로
쓰는 작가집단)의 염가 문고판을 주로 샀는데, 에이제이가 그건
그만 졸업시키고 요 네스뵈[1]와 엘모어 레너드[2]의 페이퍼백으로
전환해주있다. 두 작가 모두 램비에이스의 취향을 저격하자, 이
번에는 다시 월터 모즐리[3]를 거쳐 코맥 매카시[4]로 진급시켰다. 에
이제이의 가장 최근 추천작은 케이트 앳킨슨[5]의 『살인의 역사』
였다.

램비에이스는 서점에 오자마자 책 이야기를 하고 싶어 안달이
었다. "그게 말이야, 처음엔 그다지 마음에 안 들었는데, 점점 좋
아지더라니까, 와." 램비에이스는 카운터 위로 상체를 내밀었다.
"왜냐면, 알다시피, 이게 탐정 얘기잖아. 근데 진행이 좀 느리고
대부분의 사건이 미제로 남아. 하지만 생각해보니까, 삶이란 게
원래 그렇더라고. 이 직업의 현실이란 게 원래 그렇고."

"그 책 후속편이 있는데." 에이제이가 말해주었다.

램비에이스는 고개를 끄덕였다. "아직 거기까지 갈지 말지 마
음을 못 정해서. 때로는 사건이 깨끗이 해결되는 게 좋거든. 악당

1 형사 해리 홀레 시리즈로 단숨에 노르웨이의 국민작가로 떠오르며 북유럽
추리소설계에 한 획을 그었다.
2 미국 범죄소설의 대가이자 이른바 할리우드가 가장 사랑한 시나리오 작가.
3 이차대전 참전군인이자 흑인 사립탐정 이지 롤린스가 등장하는 역사 미스
터리 시리즈로 유명하다.
4 미국 현대문학의 대표작가 중 한 명으로 2007년 퓰리처상을 수상했다.
5 늦깎이 데뷔한 영국 작가로, 사립탐정 잭슨 브로디 시리즈를 썼다.

은 벌을 받고. 착한 녀석들이 승리하고. 그런 식으로. 하지만 엘모어 레너드는 한 권 더 읽어도 될 것 같아. 저기, 에이제이, 쭉 생각해봤는데. 우리 둘이 경찰관들을 위한 북클럽을 만들어보면 어떨까? 다른 경찰들도 이런 책을 좋아할 것 같은데, 내가 대장이니까, 여기서 책을 사라고 하고. 꼭 경찰이어야 할 필요도 없겠다. 범죄 단속이나 경찰에 관심 많은 팬들도 같이 하면 되지." 램비에이스는 손 소독제를 짜서 손을 닦고 허리를 굽혀 마야를 안아들었다.

"이야, 귀여운 아가씨. 잘 지냈어?"

"입양됐어요." 마야가 말했다.

"그거 굉장히 어려운 말인데." 램비에이스는 에이제이를 쳐다보았다. "이거 맞는 말이야? 진짜로 그렇게 됐어?"

입양 절차에는 평균적인 시간이 소요됐고, 마야의 세번째 생일이 오기 전 구월에 판가름났다. 에이제이의 가장 큰 약점은 운전면허증이 없다는 것(소발작 때문에 애초에 딸 생각을 안 했다)과, 당연히, 애는커녕 개나 화초도 키워본 적 없는 독신 남자라는 사실이었다. 최종적으로는, 에이제이의 학벌과 지역사회와의 강한 유대(즉 서점을 운영한다) 그리고 아이 어머니가 아이를 그에게 맡기고 싶어했다는 점이 위의 약점들보다 더 크게 작용했다.

"축하해! 내가 제일 좋아하는 서점 사람들!" 램비에이스가 말했다. 그는 마야를 공중에 던졌다가 받아서 땅에 내려놓았다. 그는 카운터 너머로 상체를 내밀고 에이제이와 악수를 나눴다. "자. 이제 포옹을 하자고, 친구. 이건 포옹할 만한 소식이잖아." 램비에이스는 카운터 뒤로 돌아가 에이제이를 끌어안았다.

"건배를 들자." 에이제이가 말했다.

에이제이는 마야를 들어 옆구리에 끼었고, 두 남자는 위층으로 올라갔다. 에이제이가 마야를 재우는 데 하세월이 걸렸고(화장실과 그림책 두 권이라는 복잡다단한 사정), 램비에이스는 와인병을 땄다.

"이제 마야한테 세례식 해줄 거지?" 램비에이스가 물었다.

"나는 기독교인도 아니고 딱히 신앙이 있는 것도 아냐." 에이제이가 말했다. "그러니까 안 해."

램비에이스는 그 말을 곰곰 생각해보면서 와인을 홀짝 마셨다. "당신이 나한테 의견을 구한 건 아니지만서도, 적어도 사람들한테 마야를 소개하는 파티 정도는 해야지. 이젠 마야 피크리잖아?"

에이제이는 고개를 끄덕였다.

"사람들도 그 사실을 알아야지. 마야 이름에 중간 이름도 넣어줘야 하고. 그리고, 내가 마야의 대부가 되어야 한다고 봐." 램비에이스가 말했다.

"정확히 어떤 점에서 그게 필요한데?"

"뭐, 가령 애가 열두 살이 돼서 편의점에서 물건을 슬쩍하다 걸렸다고 쳐. 그럼 내가 영향력을 써서 그 사건에 개입할 수 있지."

"마야는 절대 그런 짓 안 해."

"모든 부모가 그렇게 생각하지." 램비에이스가 말했다. "기본적으로 내가 뒤에서 지원을 해줄 수 있어, 에이제이. 사람들은 후

방지원이 있어야 한다고." 램비에이스는 잔을 비웠다. "파티 준비도 도와줄게."

"세례식 아닌 그 파티에는 뭐가 필요해?"

"대단한 건 없어. 장소는 여기 가게에서 하면 되고. 마야한테 파일린 베이스먼트에서 새 드레스를 하나 사줘. 그건 분명 이즈메이가 도와줄 거야. 음식은 코스트코에서 사면 돼. 그 커다란 머핀 있잖아? 내 여동생이 말하길 그게 하나에 천 킬로칼로리는 된대. 그리고 냉동식품도 좀 사고. 괜찮은 걸로. 코코넛 쉬림프 같은 거. 스틸턴 치즈도 큼지막한 덩이로. 그리고 세례식은 아니니까—"

에이제이가 말허리를 잘랐다. "분명히 말해두는데, 비(非)세례식도 아니야."

"그래. 내 말은, 술이 좀 있어도 된다는 거지. 그리고 당신 처형부부하고, 당신이랑 같이 어울리는 저 애엄마들하고, 또 꼬마 마야한테 관심이 있는 사람들은 다 부르자, 모르긴 해도 동네 사람들 거의 다일걸. 그럼 내가 대부로서 좋은 얘기 몇 마디 할게, 그런 식으로 파티를 연다면. 기도를 한다는 건 아냐, 당신이 그런 거 별로 안 좋아하는 거 아니까. 난 우리 꼬마 아가씨가 인생이라는 여행에서 무탈하길 빌 거야. 그리고 당신은 다들 와줘서 감사하다고 인사하고. 모두 함께 마야를 위해 축배를 들고. 다들 즐겁게 귀가하는 거지."

"그러니까 기본적으로 북파티 같은 거로군."

"응, 맞아." 램비에이스는 평생 단 한 번도 북파티에 가본 적이 없다.

"난 북파티가 싫어." 에이제이가 말했다.

"하지만 당신은 책방 주인이잖아." 램비에이스가 말했다.

"그러니까 문제지." 에이제이는 시인했다.

마야의 '세례식은 아닌 파티'는 핼러윈 한 주 전에 열렸다. 참석한 아이들 중 몇 명이 핼러윈 복장을 하고 온 것만 빼면, 진짜 세례명명식과도 저자 사인회와도 별다를 게 없는 파티였다. 에이제이는 분홍색 파티용 드레스를 입은 마야를 보고 어딘지 익숙하면서도 뭔가 참을 수 없는 기운이 속에서 간지럽게 부글거리는 느낌이었다. 큰소리로 웃음을 터뜨리거나 벽이라도 쾅 치고 싶었다. 술에 취한 기분, 아니면 적어도 탄산이 들어간 기분이었다. 미치겠군. 처음엔 이런 게 행복인가 보다 했다가, 이내 이건 사랑이라고 진단을 내렸다. 빌어먹을 사랑, 그는 생각했다. 얼마나 거추장스러운 감정인가. 그것은 죽도록 술 마시고 장사를 말아먹겠다는 그의 계획을 정면으로 가로막았다. 제일 짜증나는 것은, 사람이 뭔가 하나에 신경을 쓰기 시작하면 결국 전부 다 신경을 쓸 수밖에 없게 된다는 점이다.

아니다. 제일 짜증나는 것은, 심지어 엘모까지 좋아졌다는 점이다. 간이 테이블 위에는 코코넛 쉬림프가 올려진 엘모 캐릭터 종이접시가 놓여 있고, 에이제이는 그것을 조달하기 위해 신나게 이 상점 저 상점 쏘다녔던 것이다. 저쪽 베스트셀러 코너에서는 램비에이스가, 진심이 담겨 있고 적절히 활용되긴 했지만 그래도 어쨌든 진부한 클리셰로 점철된 연설을 늘어놓고 있었다. 전화위복이라느니 고진감래라느니 문을 닫고 창문을 열어두는 신의 전략이 여기서 진짜로 먹혔다느니 등등. 램비에이스는 에이제이를 보고 씨익 웃었고, 에이제이도 잔을 들어보이며 마주 웃었다. 그러고 나서, 신을 믿지 않음에도 불구하고 에이제이는 눈을 감고 그게 누구든 하여간 저 높은 초월적 존재에게 그의 고슴도치 같은 마음을 총동원하여 감사 인사를 올렸다.

에이제이가 대모로 선택한 이즈메이가 그의 손을 꼭 잡고 말했다. "먼저 실례해서 미안한데 기분이 좀 안 좋아서."

"램비에이스의 연설 때문에요?" 에이제이가 말했다.

"감기에 걸린 것 같네. 집에 가야겠어요."

에이제이는 고개를 끄덕였다. "가서 전화 줘요, 네?"

나중에 전화를 준 사람은 대니얼이었다. "이즈메이가 입원했어." 그는 담담하게 말했다. "또 유산이야."

올해에만 두번째였고, 총 다섯번째 유산이었다. "처형은 괜찮아?" 에이제이가 물었다.

"출혈이 좀 있었고 지쳐 있지. 그래도 우리 와이프가 워낙 튼튼한 여장부 스타일이잖아."

"그렇지."

"이런 안 좋은 상황에 공교롭게도," 대니얼이 말했다. "내가 아침 일찍 출발하는 비행기를 타고 로스앤젤레스에 가야 돼. 영화판 사람들이 입질을 하고 있어." 영화판 사람들은 항상 대니얼의 작품에 입질을 하지만, 정작 아무도 덥석 물 것 같아 보이지는 않

는다. "괜찮으면 병원에 가서 이즈메이 좀 봐주고 집까지 같이 가
줄래?"

램비에이스가 에이제이와 마야를 병원까지 태워다주었다. 에
이제이는 마야를 램비에이스와 함께 대기실에 두고 혼자서 이즈
메이를 보러 갔다.

이즈메이의 눈은 빨갛고 피부는 창백했다. "미안해요." 그녀는
에이제이를 보자 말했다.

"뭐가요?"

"난 이래도 싸요." 그녀가 말했다.

"안 싸요." 에이제이가 말했다. "그런 식으로 말하면 안 되지."

"굳이 당신을 오게 만들고 대니얼이 나쁜 놈이야." 이즈메이가
말했다.

"내가 오고 싶어 온 거예요." 에이제이가 말했다.

"그놈은 배신자야. 그거 알아요? 나를 놔두고 항상 바람을
피워."

에이제이는 아무 말도 하지 않았지만, 알고 있다. 대니얼의 바
람은 비밀이 아니다.

"당연히 아시겠지." 이즈메이는 목쉰 소리로 말했다. "다들 알
잖아."

에이제이는 아무 말도 하지 않았다.

"잘 알면서 말은 않겠다 이거지. 수컷끼리의 비뚤어진 의리 같
은 건가."

에이제이는 이즈메이를 바라보았다. 환자복 속의 어깨는 앙상

했지만, 복부는 여전히 제법 둥글었다.

"꼴이 엉망이군." 이즈메이가 말했다. "그렇게 생각하고 있었죠?"

"아뇨, 머리가 자라서 염색이 옅어졌네요. 그것도 나름 괜찮은데요."

"다정하기도 해라." 그러면서 이즈메이는 윗몸을 일으켜 에이제이의 입술에 키스하려 했다.

에이제이는 상체를 젖혀 피했다. "의사가 집에 가고 싶으면 아무때나 퇴원해도 된다고 하던데."

"니콜이 당신과 결혼했을 때 난 걔가 멍청하다고 생각했는데, 이제 보니 그렇게 나쁜 사람은 아니네. 마야를 대하는 걸로 보나, 이렇게 와준 걸로 보나. 와주는 게 중요한 거죠, 에이제이. 오늘밤은 그냥 병원에 있는 게 나을 것 같아요." 이즈메이는 반대편으로 돌아누우며 말했다. "집에 사람도 없고, 덩그러니 혼자 있기는 싫어. 방금 내가 말한 건 사실이에요. 니콜은 착한 애였어. 나는 나쁜 애고. 역시나 나쁜 남자와 결혼했지. 나쁜 사람은 그만큼 당해도 싸다는 건 알지만, 아, 혼자 있는 건 정말 싫어."

이 세상 같은 기분

리처드 바우슈, 1985

할아버지와 같이 사는 포동포동한 여자애가 초등학교 운동회 행사를 위해 연습한다.

여자애가 뜀틀을 넘느냐 못 넘느냐 하는 문제에 얼마나 그 애와 함께 노심초사하게 되는지, 너 자신도 놀랄걸. 바우슈는 외견상 이렇게 소소한 에피소드에서 강렬한 긴장감을 짜낼 수 있고(하지만 확실히 이게 포인트지), 바로 그 점을 통찰해야 한다. 뜀틀 행사도 항공기 사고 못잖은 엄청난 드라마가 될 수 있다는 것.

아버지가 되고 난 다음에야 이 이야기와 조우했으니, 프리마야(마야가 오기 전) 시대에도 이 소설을 좋아했을지는 모르겠다. 나는 인생에서 단편에 더 끌리는 시기를 여러 번 거쳐왔다. 그 중 한 시기는 네가 걸음마하던 시절과 일치한다. 내가 장편을 읽을 시간이 어디 있었겠니, 안 그래, 우리 딸?

— A. J. F.

보통 마야는 해 뜨기 전, 들리는 소리라곤 저쪽 방에서 에이제이가 코 고는 소리밖에 없을 때 잠에서 깬다. 아이는 우주복 잠옷 차림으로 발소리도 내지 않고 거실을 건너 에이제이의 방까지 걸어간다. 처음에는 "아빠, 아빠." 하고 소곤거린다. 그게 효과가 없으면 이름을 부르고, 그래도 효과가 없으면 큰소리로 외친다. 말로 통하지 않으면 침대에서 방방 구른다. 하지만 그런 무식한 방법에는 되도록 의존하지 않으려 한다. 오늘 에이제이는 조용히 말로 하는 단계밖에 안 갔는데 깼다. "기상." 마야가 말했다. "아래층."

마야가 세상에서 제일 사랑하는 곳이 아래층이다. 왜냐면 아래층은 서점이고, 서점은 세상에서 가장 좋은 곳이니까.

"바지." 에이제이가 웅얼거렸다. "커피." 그의 숨결에서 눈에 젖은 양말 같은 냄새가 난다.

가게에 도착하기까지는 열여섯 단의 계단이 있다. 마야는 엉덩이를 걸치고 한 단 한 단 미끄러져 내려간다. 계단을 자신 있게 밟기에는 다리가 너무 짧다. 마야는 그림이 없는 책을 지나 연하장을 지나 아장아장 가게를 가로지른다. 손으로 잡지를 죽 훑고 책갈피들이 있는 회전대를 한 바퀴 돌린다. 잘 잤니, 잡지들아! 좋은 아침이야, 책갈피들아! 잘 잤어, 책들아! 좋은 아침, 가게야!

서점의 벽은 딱 마야의 머리 바로 위까지 목제 패널을 둘렀고, 그 위는 푸른색 벽지다. 마야는 의자가 없으면 벽지에 손이 닿지 않는다. 벽지에는 올록볼록한 소용돌이 무늬가 있는데, 거기 대고 얼굴을 문지르는 게 마야의 즐거움이다. 아이는 나중에 언젠가 '다마스크'라는 단어를 책에서 읽을 것이고, 이렇게 생각할 것이다. '맞아, 당연히 이런 이름이어야지.' 반대로 '징두리 벽판'이라는 단어는 엄청난 실망으로 다가올 것이다.

가게 너비는 십오 마야, 길이는 이십 마야다. 이걸 아는 이유는 한 나절을 바쳐 누워 굴러가며 측정했기 때문이다. 삼십 마야가 넘지 않아 다행이었다. 측정 당시 마야가 셀 수 있는 숫자가 거기까지였으므로.

마룻바닥 위 마야의 시점에서 보면 사람들은 신발이다. 여름에는 샌들. 겨울에는 장화. 몰리 클릭은 가끔 무릎까지 오는 빨간 슈퍼히어로 부츠를 신는다. 에이제이는 앞코만 하얀 검정 스니커즈다. 램비에이스는 손가락 분쇄기처럼 보이는 왕발 구두다. 이즈메이는 곤충이나 보석처럼 보이는 플랫슈즈를 신는다. 대니얼 패리시는 진짜 동전을 꽂은 갈색 페니 로퍼를 신는다.

서점 문을 여는 오전 열시 직전, 마야는 자기 자리로, 즉 그림책이 전부 모여 있는 코너로 간다.

마야가 책에 다가가는 첫번째 방법은 냄새를 맡는 것이다. 책의 재킷을 벗겨내고 코앞까지 들어올려 딱딱한 표지가 두 귀를 감쌀 정도로 책 속에 얼굴을 묻는다. 책에서는 늘 그렇듯 아빠의 비누, 풀, 바다, 식탁, 치즈 냄새가 난다.

마야는 그림을 세심히 연구하고 거기서 열심히 이야기를 뽑아 낸다. 피곤한 작업인데, 불과 세 살의 나이에도 아이는 몇몇 비유법을 알아본다. 가령, 그림책에서 동물이 늘 동물인 것은 아니다. 그것들은 때로 부모와 아이를 대신한다. 넥타이를 맨 곰은 아버지일 수도 있다. 금발 가발을 쓴 곰은 어머니일 수도 있다. 그림만 보고도 내용에 관해 많은 것을 알아낼 수 있지만, 이따금 그림은 오해를 낳기도 한다. 글자를 알았으면 더 좋겠다 싶다.

아무런 방해가 없다고 가정할 경우 아이는 아침에 일곱 권까지 훑어볼 수 있다. 하지만 늘 방해가 끼어든다. 그래도 마야는 대체로 손님을 좋아하고, 손님에게 예의 바르게 굴려고 노력한다. 아이는 자신과 에이제이가 몸담고 있는 비즈니스를 이해한다. 아이들이 마야가 있는 코너에 오면, 마야는 항상 그들 손에 책을 한권 꼭 쥐여준다. 아이들은 얼쩡거리다가 계산대까지 가고, 동행한 보호자는 대개 아이들 손에 든 것을 사준다. "어쩜, 이 책 네가 골랐니?" 부모가 물어보겠지.

한번은 누가 에이제이한테 마야가 그의 친딸이냐고 물었다. "둘 다 검은데 똑같은 종류의 깜장이 아니라서." 마야가 그걸 기억하는 이유는, 그 말을 들은 에이제이가 여태 한 번도 손님에게 쓰지 않던 어조로 말했기 때문이다.

"'똑같은 종류의 깜장'은 뭡니까?" 에이제이가 물었다.

"아니, 기분 상하게 할 생각은 아니었고요." 그렇게 말하고, 그

조리 샌들은 문 쪽으로 물러서더니 책도 사지 않고 가버렸다.

'똑같은 종류의 깜장'이라는 게 뭘까? 아이는 자기 손을 쳐다보며 궁금해한다.

아이가 궁금해하는 또다른 것들은 다음과 같다.

읽는 법은 어떻게 배우는가?

어째서 어른들은 그림도 없는 책을 좋아하는가?

아빠도 언젠가 죽을까?

점심 메뉴는 뭘까?

점심시간은 한시 즈음이고, 점심은 샌드위치 가게에서 사온다. 마야는 그릴드 치즈다. 에이제이는 터키 클럽. 마야는 샌드위치 가게에 가는 걸 좋아하지만, 언제나 에이제이의 손을 꼭 붙잡는다. 샌드위치 가게에 남겨지고 싶지는 않다.

오후가 되면 마야는 독후감을 그린다. 사과 한 알은 책 냄새가 괜찮다는 뜻이다. 치즈 한 덩이는 책 냄새가 고약하다는 뜻이다. 자화상은 그림이 마음에 들었다는 의미다. 아이는 이 보고서에 꼬박꼬박 '마야'라고 서명한 다음 에이제이에게 넘겨 검사를 받는다.

마야는 자기 이름 쓰기를 좋아한다.

마야.

마야는 자기 성이 피크리라는 것은 알지만 아직 쓰는 법은 모른다.

가끔, 손님과 직원이 모두 돌아간 후, 마야는 자신과 에이제이가 이 세상에 남은 유일한 사람들이라고 생각한다. 다른 사람들은 그 누구도 에이제이만큼 진짜처럼 보이지 않는다. 다른 사람들은 계절마다 다른 신발일 뿐, 그 이상은 아니다. 에이제이는 의자에 올라가지 않고도 벽지에 손이 닿고, 전화통화를 하면서 금전출납기를 다룰 수 있고, 무거운 책 상자를 머리 위로 들어올릴 수 있으며, 믿을 수 없을 만치 긴 단어를 사용하고, 무엇에 대해서든 모르는 게 없다. 어느 누가 에이제이 피크리에 비견될 수 있을쏘냐?

마야는 어머니에 대한 생각은 거의 하지 않는다.

아이는 어머니가 죽었다는 사실을 안다. 그리고 죽었다는 것은 잠이 들어서 깨어나지 않는 것임을 안다. 마야는 어머니가 무척 안타깝다. 깨어나지 않는 사람은 아침에 아래층 서점에 내려갈 수 없으니까.

마야는 어머니가 자신을 아일랜드 서점에 두고 갔다는 것을 안다. 하지만 어쩌면 그것은 일정 나이가 되는 모든 애들한테 일어나는 일일지도 모른다. 어떤 아이들은 신발 가게에 남겨진다. 또 어떤 애들은 장난감 가게에 남겨진다. 또 어떤 애들은 샌드위치 가게에 남겨진다. 그리고 인생은 어떤 가게에 남겨지느냐에 따라 결정되는 거다. 마야는 샌드위치 가게에서 살고 싶지 않다.

나중에, 마야가 좀더 나이가 들면, 자신의 어머니에 대해 좀더 생각하게 될 것이다.

저녁이 되면 에이제이는 신발을 갈아신고 마야를 유모차에 태운다. 요즘은 자리가 좀 꽉 끼는 느낌이지만 유모차 타는 건 좋아하니까 되도록 불평하지 않도록 한다. 마야는 에이제이의 숨소리를 듣는 게 좋다. 굉장히 빠르게 지나가는 세상을 보는 것도 좋아한다. 그리고 에이제이가 노래할 때도 있다. 이야기를 들려줄 때도 있다. 예전에 『태멀레인』이라는 책을 갖고 있었고, 그리고 그게 가게 안의 모든 책을 합한 것보다 더 값어치 있는 책이었다고 말해준다. '태멀레인' 하고 마야는 소리내어본다. 그 음절들의 신비로움과 음률이 맘에 든다.

"그렇게 해서 네 중간 이름이 지어진 거지."

밤이 되면 에이제이는 마야를 침대에 넣고 이불을 꼭꼭 여며준다. 아이는 피곤할 텐데도 자기 싫어한다. 아이를 재우기 위해서는 책을 읽어주겠다는 제안이 가장 잘 먹힌다. "어느 걸로 할래?" 에이제이가 묻는다.

『이 책 끝에 나오는 괴물』은 그만 고르라고 잔소리를 실컷 들었으므로, 마야는 "『모자 사세요!』"라고 말함으로써 에이제이를 기쁘게 한다.

이 이야기는 전에도 들었지만 도무지 이해할 수 없다. 다양한 색깔의 모자를 파는 남자에 관한 얘기다. 남자는 낮잠을 자고, 원숭이들이 모자를 훔쳐간다. 마야는 그런 일이 에이제이에게는 절대로 일어나지 않기를 바란다.

마야는 미간을 찡그리고 에이제이의 팔을 꽉 붙잡는다.

"왜?" 에이제이가 묻는다.

원숭이들이 왜 모자를 갖고 싶어하지? 마야는 궁금하다. 원숭이는 동물이다. 아마도 원숭이들은, 가발을 쓴 곰이 어머니이듯,

뭔가 다른 것을 상징할지도 모른다, 그런데 뭘……? 마야의 생각은 단어가 되어 나오지 않는다.

"읽어요." 마야는 말한다.

가끔씩 에이제이는 어떤 여자를 불러 마야와 다른 애들한테 큰소리로 책을 읽어주게 한다. 여자는 손짓발짓을 하고 우스꽝스러운 표정을 짓고 극적인 효과를 위해 목소리를 높였다 낮췄다 한다. 마야는 여자에게 진정하라고 말하고 싶다. 아이는 에이제이가 읽어주는 방식에 익숙하다. 낮고 부드럽게. 아이는 그에게 길들여졌다.

에이제이가 읽는다. "……맨 꼭대기에는 빨강 모자가 여럿 있습니다."

그림은 다양한 색깔의 모자를 겹쳐 쓴 남자를 보여준다.

마야는 자신의 손을 에이제이의 손 위에 얹어 아직 페이지를 넘기지 못하게 막는다. 아이는 눈으로 그림과 글 사이를 왔다 갔다 훑는다. 돌연 '빨강'이 빨강이라는 것을 알게 된다. 자기 이름이 마야라는 것을 알게 되듯, 에이제이 피크리가 자신의 아버지임을 알게 되듯, 세상에서 제일 좋은 곳이 아일랜드 서점임을 알게 되듯.

"왜?" 에이제이가 묻는다.

"빨강." 마야는 에이제이의 손을 잡고 움직여 그 낱말을 가리킨다.

좋은 사람은 찾기 힘들다

플래너리 오코너, 1953

가족여행이 엉망이 되어버린다는 내용이다. 이건 에이미가 가장 좋아하는 거지. (그녀도 언뜻 보면 꽤 귀여운데, 안 그러냐?) 에이미와 내 취향이 항상 일치하는 건 아니지만, 이건 나도 좋아한다.

에이미가 이 소설을 가장 좋아한다고 했을 때, 그녀의 기질 속에 내가 생각지 못했던 기묘하고 놀라운 것들, 내가 가보고 싶은 어두운 장소들이 있다는 느낌을 받았어.

사람들은 정치와 신, 사랑에 대해 지루한 거짓말을 늘어놓지. 어떤 사람에 관해 알아야 할 모든 것은 한 가지만 물어보면 알 수 있어. '가장 좋아하는 책은 무엇입니까?'

— A. J. F.

팔월 둘째 주, 마야가 유치원에 들어가기 직전, 아이는 안경(둥글고 빨간 테)과 수두(둥글고 빨간 점)를 세트로 갖추게 되었다. 에이제이는 수두 예방접종은 선택사항이라고 말해준 애엄마를 저주했다. 사실상 수두 때문에 재수 옴 붙은 집이 됐다. 마야는 불행했고, 에이제이는 마야가 불행해서 불행했다. 물집이 마야의 얼굴에 번졌고, 에어컨은 고장났고, 집 안의 누구도 잠을 이루지 못했다. 에이제이는 차가운 물수건으로 마야를 닦고, 오렌지 껍질을 까서 하나씩 먹이고, 두 손에 양말을 씌우고, 침대 머리맡에서 보초를 섰다.

　사흘째 되는 날 새벽 네시, 마야가 잠들었다. 에이제이는 녹초가 됐지만 잠이 쉬이 오지 않았다. 낮에 가게 직원한테 지하실에서 견본쇄를 몇 권 갖다달라고 부탁했는데 불행히도 그 직원이 신참이라 '읽을 책' 더미가 아니라 '버릴 책' 더미에서 책을 골라 왔다. 에이제이는 마야의 곁을 잠시도 비우고 싶지 않아서 그냥 예전에 퇴짜 놓은 책을 읽기로 했다. 쌓여 있는 책들 중 맨 위의 것은 영어덜트 판타지인데 메인 캐릭터가 죽은 사람이었다. 으윅. 그가 질색하는 것들 중 두 가지(화자가 유령, 영어덜트 소설)

가 한 자리에 모였다. 에이제이는 그 종이로 된 시체를 집어던졌다. 두번째 책은 여든 살 먹은 노인네가 썼다. 평생 독신으로 살았고 한때 다양한 중서부 언론매체에서 과학전문기자로 일한 남자는 일흔여덟에 장가를 갔다. 남자의 신부는 결혼한 지 이 년 만에 여든셋의 나이로 세상을 떴다. 리언 프리드먼의 『늦게 핀 꽃』. 이 책 어쩐지 낯이 익다. 견본쇄를 펼치자 안에서 명함이 떨어졌다. '어밀리아 로먼, 나이틀리 프레스.' 아, 이제 생각났다.

물론, 그 껄끄러운 첫 만남 이후로 에이제이는 몇 년 동안 어밀리아와 얼굴을 마주쳤다. 화기애애한 이메일을 대여섯 통쯤 주고받았고, 일 년에 세 번씩 어밀리아가 아일랜드에 와서 나이틀리의 가장 유망한 작품들을 소개했다. 그렇게 열 번인가 본 후, 에이제이는 최근 들어서야 그녀가 일을 상당히 잘하는 사람이라는 결론에 도달했다. 어밀리아는 자기가 갖고 온 도서목록을 꿰고 있고 더 넓은 문학계 흐름에도 정통하다. 낙관적이긴 해도 과대포장은 하지 않는다. 마야에게도 상냥하다. 올 때마다 늘 빼먹지 않고 나이틀리 아동출판부에서 나온 책을 아이한테 한 권씩 갖다준다. 무엇보다, 어밀리아 로먼은 프로였다. 그 말인즉슨 그들이 처음 만난 날 에이제이의 쓰레기 같았던 태도를 결코 입에 올리지 않는다는 뜻이다. 맙소사, 정말 그녀에게 형편없이 굴었다. 그에 대한 속죄로, 여전히 그의 취향은 아니지만, 에이제이는 『늦게 핀 꽃』에 기회를 주기로 마음먹었다.

'나는 여든 살이고, 통계학적으로 말해서 4.7년 전에 죽었어야 한다'라고 책은 시작했다.

새벽 다섯시, 에이제이는 책을 덮고 책표지를 가볍게 토닥였다. 마야가 잠에서 깼고, 좀 나아졌다. "왜 울어요?"

"책을 읽고 있었어." 에이제이가 말했다.

어밀리아는 모르는 번호였지만 첫번째 벨이 울릴 때 전화를 받았다.

"안녕하세요, 어밀리아. 아일랜드 서점의 에이제이 피크리입니다. 안 받을 줄 알았는데 받네요."

"그러게요." 어밀리아는 웃음을 터뜨렸다. "내가 전 세계에서 아직도 전화를 받는 마지막 사람이에요."

"네," 그가 말했다. "그런 것 같군요."

"가톨릭 교회에서 나를 성인으로 추존하려고 생각중이래요."

"전화를 받는 성녀 어밀리아." 에이제이가 말했다.

"약속한 날짜까지는 아직 두 주 남았는데, 취소하시려고요?" 어밀리아가 물었다. 지금까지 한 번도 전화를 건 적이 없는 사람이 전화를 걸 이유는 그것밖에 없을 거라고 짐작했다.

"아, 아뇨, 그런 일로 전화한 건 아닙니다. 실은 그냥 메시지를 남길 생각이었어요."

어밀리아는 단조로운 어조로 말했다. "안녕하세요, 어밀리아 로먼의 음성사서함입니다. 삐."

"어."

"삐." 어밀리아가 다시 말했다. "말씀하세요. 메시지를 남겨주세요."

"어, 안녕하세요, 어밀리아. 에이제이 피크리입니다. 지금 막 당신이 추천했던 책을 다 읽었는데요—"

"이야, 어느 거요?"

"이상하다. 음성사서함이 말대꾸를 하는 것 같네요. 몇 년 전 거예요. 리언 프리드먼의 『늦게 핀 꽃』."

"내 억장을 무너뜨리지 말아요, 에이제이. 그건 사 년 전 겨울철 도서목록에서 단연코 내가 가장 좋아하는 책이었다고요. 아무도 읽고 싶어하지 않았지만. 난 무척 좋았는데. 지금도 좋아해요! 그래 봤자 난 패배자들의 여왕이지."

"표지가 문제였을지도요." 에이제이는 자신 없는 투로 말했다.

"한탄스러운 표지였죠. 늙은이의 발, 꽃." 어밀리아는 동의했다. "노인네의 주름진 발이 그려진 표지라니 구매욕은커녕 거들떠보고 싶지도 않겠네. 표지를 다시 입힌 페이퍼백도 전혀 도움이 되질 않았죠. 흑백으로 만들고 꽃을 더 집어넣고. 어차피 표지는 출판계에서 주워온 자식이에요. 모든 게 다 표지 탓이야."

"기억하는지 모르겠는데, 『늦게 핀 꽃』은 우리가 처음 만난 그날 당신이 나한테 준 겁니다." 에이제이가 말했다.

어밀리아가 멈칫했다. "내가 그랬나요? 아, 그럴 만도 하네. 그게 나이틀리에서 일을 시작할 무렵이었을 테니까."

"음, 저기, 회고록은 사실 내 취향은 아닌데, 이건 그 나름대로 소품이면서도 아주 장엄한데요. 현명하고……" 에이제이는 자신이 정말 좋아하는 것들에 관해 말할 때면 벌거벗은 기분이 든다.

"듣고 있어요."

"모든 단어가 적확하고, 있어야 할 자리에 딱 들어갔어요. 이건 기본적으로 내가 할 수 있는 최고의 찬사입니다. 이걸 읽기까지 이렇게 오래 걸렸다니 안타까울 뿐이에요."

"제 인생의 이야기죠. 무슨 바람이 불어서 드디어 그 책을 골라 든 거예요?"

"우리 꼬마가 아파서 — "

"저런, 마야가! 많이 아픈 건 아니겠죠!"

"수두예요. 애 옆에서 밤을 지새웠는데 그때 가장 가까이 있던 게 이 책이었습니다."

"마침내 읽으셨다니 기쁜데요." 어밀리아가 말했다. "아는 사람들마다 그 책을 읽어보라고 사정사정했는데 우리 어머니 외엔 아무도 들은 척도 안 하더라고요, 어머니도 선뜻 동하진 않았고."

"때로는 적절한 시기가 되기 전까진 책이 우리를 찾아오지 않는 법이죠."

"프리드먼 선생한테는 그다지 위로가 안 되겠네요." 어밀리아 가 덧붙였다.

"뭐, 그 변함없이 한탄스러운 표지의 페이퍼백을 한 상자 주문 하겠습니다. 그리고 여름이 되면, 관광객들이 모여들면 프리드먼 선생을 위한 행사를 열 수도 있겠지요."

"그 양반이 그렇게 오래 살아준다면." 어밀리아가 말했다.

"어디 아프답니까?" 에이제이가 물었다.

"아뇨, 하지만 그 양반은, 어디 보자, 아흔 살이라고요!"

에이제이는 껄껄 웃었다. "저기, 어밀리아, 우리 두 주 후에 보기로 했지요."

"이번에는 내가 '겨울철 도서목록 중 최고의 책이에요!' 하면 귀담아 들어주실지도 모르겠네요."

"아닐걸요. 난 나이 먹을 대로 먹었고, 내 방식을 고집하고, 비뚤어졌죠."

"그렇게까지 나이 먹진 않았잖아요." 어밀리아가 말했다.

"프리드먼 씨에 비하면 그렇죠." 에이제이는 헛기침을 하고 목청을 가다듬었다. "우리 동네에 오시면, 같이 저녁을 먹거나 뭐 그럴 수도 있겠고요."

출판사 영업사원과 서점 주인이 밥 한끼 같이 먹자는 게 드문 일은 절대 아니었는데, 어밀리아는 에이제이의 말투에서 어떤 톤을 감지했다. 그녀는 명확하게 말했다. "이번 겨울철 도서목록을 같이 검토해 볼 수 있겠지요."

"네, 그럼요." 에이제이가 황급히 대답했다. "앨리스 섬까지 오는 길이 워낙 멀죠. 배도 고프실 텐데 지금까지 한 번도 식사를 권하지 않다니 내가 예의가 없었습니다."

"그럼 늦은 점심으로 하죠." 어밀리아가 말했다. "하이애니스로 돌아오는 마지막 배를 타야 하니까."

에이제이는 어밀리아를 피쿼드[1]로 데려가기로 결정했다. 피쿼드는 앨리스 섬에서 두번째로 훌륭한 해산물 전문 식당이다. 가장 훌륭한 식당은 엘 코라손인데 점심 때는 문을 열지 않고, 문을

1 허먼 멜빌의 소설 『모비 딕』에 등장하는 포경선 이름.

연다 하더라도 고작 비즈니스 미팅인데 엘 코라손은 너무 연애 분위기로 보일 것 같았다.

에이제이가 먼저 도착했고, 덕분에 자신의 선택을 후회할 시간을 잠시 가졌다. 마야를 얻기 한참 전부터 피쿼드에는 걸음을 하지 않았는데, 지금 보니 실내장식이 참 민망하고 관광지스럽다. 벽에 걸린 작살과 그물, 비옷, 그리고 무료 서비스 솔트워터 태피 사탕 한 바구니를 들고 환영하는 통나무 조각 선장 때문에 정신이 산만해져 우아하고 새하얀 리넨 식탁보는 눈에 잘 들어오지도 않는다. 눈이 작고 슬픈 유리강화섬유 플라스틱 고래가 천장에 매달려 있다. 고래의 비판이 들려온다. 엘 코라손으로 갔어야지, 형씨.

어밀리아는 오 분 늦었다. "피쿼드, 『모비 딕』이군요." 그녀는 분홍색 빈티지 슬립 위에 뜨개 식탁보를 용도변경한 듯한 소재의 겉옷 차림이다. 곱슬곱슬한 금발에는 가짜 데이지를 꽂고 화창한 날인데도 불구하고 방수 덧신을 신었다. 에이제이는 그 방수 덧신 때문에 그녀가 재난 상황에 대한 채비를 갖춘 보이 스카우트처럼 보인다고 생각했다.

"『모비 딕』을 좋아하나요?" 그가 물었다.

"싫어해요." 어밀리아가 말했다. "그리고 내가 싫어한다고 말하는 것들은 많지 않아요. 선생들은 숙제로 내주고, 부모들은 자식이 뭔가 '고급'스러운 것을 읽는다고 즐거워하죠. 하지만 애들한테 그런 책을 읽으라고 강요하니까 애들이 자기는 독서랑 안 맞는 줄 알게 되는 거라고요."

"식당 이름을 듣고 약속을 취소하지 않았다는 게 놀랍군요."

"아, 그럴까도 했는데," 어밀리아는 웃음을 머금고 말했다. "기껏 식당 이름일 뿐이고 그게 음식의 질에까지 아주 그렇게 많이는 영향을 끼치지 않을 거라고 생각을 고쳐먹었어요. 게다가 인터넷 후기를 찾아봤는데 맛있다고들 하던데요."

"내가 미덥지 않았군요."

"난 식당에 가기 전에 뭘 먹게 될지 생각하는 걸 좋아해요. 난," 어밀리아는 한 음절씩 똑똑히 말했다. "고.대.한.다.는 게 좋아요." 그녀는 메뉴판을 펼쳤다. "모비 딕에 나오는 등장인물 이름을 딴 칵테일이 몇 종 있네요." 그녀는 페이지를 넘겼다. "어쨌든, 내가 여기서 먹고 싶지 않았다면 갑각류 알레르기가 있다거나 하는 식으로 둘러댔겠죠."

"허구로 꾸며낸 음식 알레르기라. 당신도 꽤 교활하군요." 에이제이가 말했다.

"이젠 당신한테 그 수법을 써먹지 못하게 됐죠."

웨이터는 블라우스처럼 풍성한 하얀 셔츠를 입었는데, 검은 안경과 닭벼슬 머리와는 명백히 충돌하는 복장이었다. 힙스터 해적이다. "어어이, 풋내기 선원들," 웨이터는 해적식 인사를 심드렁하게 했다. "테마 칵테일로다가 한잔할 텐가?"

"난 보통 올드패션드를 마시지만, 테마 칵테일을 거부하는 사람이 되면 안 되겠죠?" 어밀리아가 말했다. "퀴퀘그[1] 한 잔 주세요." 그녀는 웨이터의 손을 잡았다. "잠깐, 그거 맛있어요?"

1 『모비 딕』에 등장하는 식인종 작살수의 이름.

"음," 웨이터가 말했다. "관광객들은 좋아하는 것 같던데요."

"흐음, 관광객들이 좋아한다면야." 그녀가 말했다.

"음, 오해를 피하기 위해서, 그럼 퀴퀘그로 하신다는 건가요, 안 하신다는 건가요?"

"좋아요, 주세요." 어밀리아가 말했다. "뭐가 나오든." 그녀는 웨이터를 보며 씨익 웃었다. "설사 형편없는 거라도 당신을 탓하진 않을게요."

에이제이는 하우스 와인을 레드로 한 잔 주문했다.

"안타깝네." 어밀리아가 말했다. "분명 당신은 이 동네에 살고, 책장사를 하고, 아마 『모비 딕』을 좋아하기까지 하는데도 불구하고, 퀴퀘그 한 잔도 입에 안 대보고 생을 마감하겠지요."

"당신은 확실히 나보다 더 진화한 인간이군요." 에이제이가 말했다.

"네, 그러게요. 그리고 십중팔구 퀴퀘그를 마신 후의 내 인생은 그 전과는 달라질 테고."

술이 나왔다. "와, 봐요." 어밀리아가 말했다. "귀여운 작살이 꽂힌 새우라니. 이거 뜻밖의 즐거움인데." 그녀는 휴대폰을 꺼내서 사진을 찍었다. "난 술 사진 찍는 거 좋아해요."

"술은 가족 같죠." 에이제이가 말했다.

"가족 '이상'이죠." 어밀리아는 잔을 들어 에이제이와 부딪혔다.

"어때요?" 에이제이가 물었다.

"소금맛이 나고, 과일향이 나고, 비릿하네요. 칵테일 새우가 블

123

러디 메리와 사랑을 나누기로 결심하면 이런 맛이 되려나."

"사랑을 '나눈다'는 표현이 맘에 드는군요. 어쨌든 듣기로는 맛이 역할 것 같은데."

어밀리아는 한 모금 더 홀짝이곤 어깨를 으쓱했다. "난 점점 좋아지는데."

"당신은 어떤 소설을 배경으로 한 레스토랑에서 저녁을 먹었으면 좋겠어요?" 에이제이는 어밀리아에게 물었다.

"아, 어려운 질문이네요. 전혀 뜬금없긴 한데, 대학 다닐 때 『수용소 군도』[1]를 읽고 있으면 그렇게 배가 고파지더라고요. 소비에트 교도소의 빵과 수프에 대한 그 온갖 묘사들 하며." 어밀리아가 말했다.

"참 특이하시네." 에이제이가 말했다.

"그거 칭찬이죠? 당신은 어디가 좋을 것 같아요?" 어밀리아가 물었다.

"이것 자체만으론 레스토랑이 되진 않겠지만, 난 항상 나니아 연대기에 나오는 터키시 딜라이트를 먹어보고 싶었어요. 어렸을 때 『사자와 마녀와 옷장』을 읽으면서 에드먼드가 터키시 딜라이트 때문에 가족을 배신할 정도라면 그건 진짜 어마어마하게 맛있을 거라고 생각했죠." 에이제이가 말했다. "니콜한테 이 얘기를 했었나 봐요. 어느 해인가 아내가 크리스마스 선물로 한 박스를 줬거든요. 근데 가루를 잔뜩 묻힌 꾸덕꾸덕한 사탕이더라고. 내

---

[1] 러시아의 작가 알렉산드르 솔제니친이 소비에트 연방의 강제 수용소에서 지낸 경험을 바탕으로 쓴 장편소설. 그는 1970년 노벨문학상을 수상했다.

평생 그때처럼 실망한 적이 없었던 것 같아요."

"바로 그 순간 공식적으로 당신의 유년기가 끝난 거군요."

"절대 전 같지 않았지요." 에이제이가 말했다.

"하얀 마녀의 터키시 딜라이트는 달랐을지도 몰라요. 마법의 터키시 딜라이트는 훨씬 맛있다거나."

"아니면 작가가 말하고 싶었던 게 에드먼드가 가족을 배신하게 만드는 데는 그리 대단한 유혹이 필요치 않았다거나."

"엄청 시니컬하네." 어밀리아가 말했다.

"터키시 딜라이트 먹어본 적 있어요, 어밀리아?"

"아뇨." 그녀가 말했다.

"좀 구해줘야겠군요." 그가 말했다.

"내가 그 사탕에 환장하면 어쩌려구요?" 그녀가 물었다.

"당신을 얕보게 되겠지."

"흠, 단순히 당신의 환심을 사기 위해 거짓말을 하진 않을 거야, 에이제이. 나의 미덕 중 하나가 정직이거든."

"이 식당을 피하려면 해산물 알레르기를 지어냈을 거라는 말을 방금 들었는데."

"네, 하지만 그건 고객이 기분 상하지 않게 하려는 것뿐이죠. 터키시 딜라이트같이 중요한 건에 대해서는 결코 거짓말하지 않습니다."

두 사람이 음식을 주문한 후, 어밀리아는 토트백에서 겨울철 도서목록을 꺼냈다. "자 그럼, 나이틀리 프레스입니다." 그녀가 말했다.

"나이틀리."

그녀는 시원스럽게 겨울철 도서목록을 넘겨나갔다. 에이제이한테 해당 없는 책들은 가차없이 제끼고, 출판사의 최고 기대주를 강조하고, 가장 멋진 형용사는 가장 좋아하는 도서를 위해 아껴두었다. 어떤 고객들한테는, 흔히 책 뒤표지에 들어가는 성공한 작가들의 과장된 추천사 같은 홍보문이 해당 책에 있는지 없는지를 따로 말해준다. 그러나 에이제이는 그런 고객이 아니다. 두번째인가 세번째 미팅에서 에이제이는 추천사를 두고 '출판계의 블러드 다이아몬드'라고 칭했다. 좀더 그를 잘 알게 된 지금은 당연히 그때보다는 신간소개 과정이 덜 수고스럽다. 나를 좀더 신뢰하게 됐어, 어밀리아는 생각했다. 아니면 애아버지가 돼서 좀 누그러진 것뿐일지도. (이건 혼잣속으로만 생각하는 편이 현명하다.) 에이제이는 견본쇄 몇 권을 읽어보겠다고 약속했다.

"사 년 내로는 읽어주세요." 어밀리아가 말했다.

"삼 년 내로 읽도록 최선을 다하지요." 에이제이는 잠시 뜸을 두었다 말했다. "후식을 시킵시다. 분명 '고래등같은 선디'나 뭐 그런 게 있을걸요."

어밀리아가 야유했다. "진짜 센스 없는 말장난이네."

"이런 질문을 해도 실례가 되지 않을지 모르겠는데, 그때 도서목록 중에 제일 좋아하는 책이 왜 『늦게 핀 꽃』인가요? 당신은 젊고—"

"그렇게 젊지도 않아요. 서른다섯인걸."

"그래도 젊지요." 에이제이가 말했다. "무슨 말이냐면, 프리드먼 선생이 묘사한 것들 대부분이 아직 겪어보지 못한 일들이잖아요. 그 책을 읽고서 이렇게 당신을 보니, 당신이 그 책의 어디에 감동한 건지 궁금합니다."

"세상에, 피크리 씨, 그건 아주 사적인 질문인데요." 어밀리아는 두 잔째 퀴퀘그의 남은 술을 비웠다. "내가 그 책을 좋아한 주된 이유는 물론 문장의 완성도였지요."

"아무렴. 하지만 그걸로는 대답이 안 되죠."

"그냥, 그 책이 내 책상 위에 올라왔을 즈음해서 소개팅에 진짜 많이 실패했다는 것만 말해둘게요. 난 낭만적인 사람이지만, 나한테 이 시대는 별로 낭만적인 시대가 아닌 것 같다는 기분이 들 때가 있거든요. 『늦게 핀 꽃』은 몇 살이 되든 위대한 사랑을 발견할 수 있다는 가능성에 관한 책이에요. 클리셰죠, 나도 알아요."

에이제이는 고개를 끄덕였다.

"당신은요? 당신은 그 책의 어디가 마음에 들었어요?" 어밀리아가 물었다.

"문장의 완성도라든가 기타등등."

"그런 식의 얼버무림은 용납되지 않는 줄 알았는데!" 어밀리아가 말했다.

"내 슬픈 사연을 듣고 싶은 건 아니지요?"

"당연히 듣고 싶습니다." 그녀가 말했다. "난 슬픈 얘기 좋아해요."

에이제이는 니콜의 죽음을 요약본 버전으로 간략히 들려주었다. "프리드먼은 누군가를 잃는다는 게 어떤 것인지 구체적으로 접근했어요. 어떻게 한 번으로 끝나지 않는지. 잃고 잃고 또 잃어가는 과정을 썼지요."

"언제 돌아가셨어요?" 어밀리아가 물었다.

"좀 됐어요. 그때 난 지금의 당신보다 두세 살쯤 많았지."

"그럼 엄청 좀 됐네요." 그녀가 말했다.

에이제이는 어밀리아의 삐딱한 대꾸를 못 들은 척했다. "『늦게 핀 꽃』은 진짜 베스트셀러가 됐어야 하는데."

"그러게요. 내 결혼식 때 그 책에서 한 구절 읽어달라고 할까 생각중이에요."

에이제이는 멈칫했다. "결혼하시는군요, 어밀리아. 축하드립니다. 그 운좋은 녀석은 누굽니까?"

어밀리아는 퀴퀘그 잔 속의 토마토 주스에 물든 물을 작살로 휘저으며 무단이탈한 새우 일병을 체포하려 애썼다. "이름은 브렛 브루어. 온라인 데이트 사이트에서 브렛을 만났을 때 난 거의 포기 상태였어요."

에이제이는 두번째 와인잔에 얼마 안 남은 쓴맛 도는 술을 들이켰다. "좀더 들려주세요."

"지금 군에 있는데, 아프가니스탄에서 복무중이에요."

"잘됐군요. 미국의 영웅과 결혼하는 거네." 에이제이가 말했다.

"대충 그런 셈이죠."

"난 영웅들이 싫습니다." 그가 말했다. "놈들을 보면 나만 철저히 무능력자가 된 느낌이 들어서. 그 남자의 개떡같은 면을 말해봐요, 기분 좀 나아지게."

"뭐, 별로 집에 있질 않아요."

"많이 보고 싶겠군요."

"네. 하지만 덕분에 책은 잔뜩 읽어치워요."

"다행이네. 그 남자도 책을 읽습니까?"

"아뇨, 그다지. 독서가라고 보긴 어렵죠. 하지만 그것도 나름 흥미진진하잖아요? 그니까, 음, 흥미가 전혀 딴 데 있는 사람하고 사귀는 것도 흥미롭다고요. 아니 왜 자꾸 '흥미 흥미'거리는지 모르겠네. 요는, 좋은 남자예요."

"당신한테 좋은 남자입니까?"

어밀리아는 고개를 끄덕였다.

"그게 중요한 거죠. 아무래도 완벽한 사람은 없으니까." 에이제이가 말했다. "분명 고등학교 때 누가 그 남자한테 『모비 딕』을 읽으라고 강요했을 겁니다."

어밀리아는 새우 일병을 찔렀다. "잡았다." 그녀가 말했다. "아내분은…… 독서가였나요?"

"그리고 작가였죠. 어쨌든 나라면 그 점에 대해선 걱정하지 않겠습니다. 독서는 과대평가되어 있어요. 텔레비전에 나오는 저 훌륭한 작품들을 보세요. 가령 〈트루 블러드〉[1] 같은."

"지금 날 놀리는 거죠."

"쳇, 책은 너드들이나 읽는 거지." 에이제이가 말했다.

"우리 같은 너드 말이죠."

---

[1] 샬레인 해리스의 베스트셀러 소설 시리즈를 바탕으로 한 HBO의 TV드라마. 인간과 뱀파이어의 공존을 그린다.

계산서가 나오자, 이런 경우에는 보통 영업사원이 내는 게 관례임에도 불구하고, 에이제이가 식사값을 계산했다. "진짜 얻어먹어도 돼요?" 어밀리아가 물었다.

에이제이는 다음번에 사면 된다고 얘기했다.

식당을 나와서 어밀리아와 에이제이는 악수를 나누고 흔히들하는 직업적이고 사교적인 인삿말을 주고받았다. 어밀리아는 돌아서서 페리가 있는 쪽으로 걸음을 옮겼고, 무려 일 초 뒤, 에이제이는 돌아서서 서점 쪽으로 걸음을 옮겼다.

"저기, 에이제이," 어밀리아가 불렀다. "서점 주인이 되는 것에도 나름 영웅적인 면이 있고, 아이를 입양하는 것에도 영웅적인 면모가 있다고요."

"할 수 있는 것을 하는 것뿐입니다." 에이제이는 절을 했다. 고개를 반쯤 숙이다가 자신은 동양식 인사법을 멋지게 해낼 수 있는 타입의 남자가 아님을 깨닫고 황급히 몸을 일으켰다. "고마워요, 어밀리아."

"친구들은 에이미라고 불러요." 어밀리아가 말했다.

마야는 에이제이가 저렇게까지 몰두하는 모습은 생전 처음 봤다. "아빠," 마야는 물었다. "아빤 왜 숙제가 그렇게 많아요?"

"일부는 과외활동이야." 그가 말했다.

"과외활동이 뭐예요?"

"내가 너라면 사전을 찾아보겠어."

아무리 나이틀리 같은 중소 출판사의 도서목록이라고 해도 한

계절의 리스트에 올라온 모든 책을 읽는 것은, 종알거리는 유치원생을 키우며 조그만 가게를 운영하는 사람으로서는 큰 시간 투자를 요하는 작업이다. 에이제이는 나이틀리의 책을 한 권씩 독파할 때마다 어밀리아에게 이메일을 보내서 자신의 생각을 얘기했다. 허락을 득하긴 했어도 영 쑥스러워서 이메일에 '에이미'라는 애칭은 쓰지 못했다. 가끔 정말로 마음이 동하는 책이 있으면, 전화를 걸었다. 책이 진짜 마음에 들지 않으면, 문자메시지를 보냈다. '내 취향은 아닙니다.' 어밀리아로 말할 것 같으면, 한 거래처에서 이렇게 많은 관심은 생전 처음 받아봤다.

'다른 출판사 책은 읽을 거 없어요?' 어밀리아는 에이제이에게 문자를 보냈다.

에이제이는 답신을 어떻게 쓸 것인가 한참을 생각했다. '다른 출판사 영업사원을 당신만큼 좋아하지는 않아서'라고 초안을 잡았다가, 미국의 영웅을 약혼자로 둔 아가씨에게 보내기엔 너무 뻔뻔스럽다는 결론을 내렸다. 그는 이렇게 고쳐 썼다. '나이틀리치고는 눈을 뗄 수 없게 만드는 강렬한 리스트인데요.'

에이제이가 나이틀리의 신간을 너무 많이 주문해서 어밀리아의 상사마저 알아차릴 정도였다. "아일랜드 서점처럼 거래량이 미미한 곳에서 우리 책을 이렇게 많이 가져가는 건 처음 보는데." 상사가 말했다. "주인이 바뀌었나요?"

"같은 사람이에요." 어밀리아가 말했다. "하지만 처음 만났을 때랑은 영 딴판이에요."

"뭐, 당신이 아주 제대로 등을 쳤나 보군요. 그 사람은 자기가 팔 수 없는 건 안 받거든요." 상사가 말했다. "하비는 아일랜드 서점에서 이런 주문은 구경도 못했어요."

마침내 에이제이는 마지막 책에 도달했다. 에이제이가 늘 좋아했던 캐나다 시인이 쓴 매력적인 자서전으로, 어머니 노릇과 스크랩북 만들기와 글쓰는 삶에 대한 얘기였다. 겨우 150쪽 분량의 책이었지만 다 읽기까지 두 주가 걸렸다. 도중에 곯아떨어지거나 마야의 방해를 받지 않고 한 챕터를 다 읽을 때가 없었다. 완독하고 나서도 어쩐지 답신을 작성할 수가 없었다. 문장은 충분히 품격 있고, 여자 단골들한테 호소력도 있을 거라고 생각했다. 문제는 당연히, 일단 어밀리아에게 답을 보내고 나면 나이틀리 프레스의 겨울철 도서목록과는 더이상 볼일이 없고, 그러면 여름철 도서목록이 나오기 전까지는 어밀리아에게 연락할 구실이 없어진다. 에이제이는 어밀리아가 마음에 들었고, 어밀리아가 자신을 좋아할 가능성도, 대단히 불쾌했던 첫 만남에도 불구하고, 없지 않다고 생각한다. 하지만…… 에이제이 피크리는 딴 남자의 약혼녀를 빼앗아도 괜찮다고 생각하는 부류의 남자가 아니다. 그는 영혼의 반쪽이란 것을 믿지 않는다. 세상에는 수십억 명의 사람이 있다. 아무도 '그렇게까지 특별'하진 않다. 게다가 그는 어밀리아 로먼에 대해 아는 게 거의 없다. 설사 그녀를 빼앗는 데 성공했다 쳐도, 두 사람이 침대에서 통하지 않는 사이라는 것이 밝혀지면 어떡할 텐가?

어밀리아가 문자를 보냈다. '무슨 일 있어요? 마음에 안 들어요?'

'내 취향이 아닙니다, 불행히도.' 에이제이는 답신을 보냈다. '나이틀리의 여름철 도서목록에는 어떤 책들이 있을지 즐겁게 기대하겠습니다. 에이제이 드림.'

이 대답은 어밀리아에게는 지나치게 사무적이고 거만하게 느껴졌다. 그녀는 전화기를 집어들려다 말고 문자로 답을 보냈다. '기다리는 동안 〈트루 블러드〉 꼭 봐요.' 〈트루 블러드〉는 어밀리아가 제일 좋아하는 TV 드라마였다. 에이제이가 〈트루 블러드〉를 보기만 하면 뱀파이어가 좋아질 거라는 얘기는, 두 사람 사이에 일종의 농담 같은 것이 되었다. 어밀리아는 자신이 수키 스택하우스[1] 같은 타입이라고 믿는다.

'그런 일은 없을 거요, 에이미.' 에이제이는 문자를 날렸다. '삼월에 봅시다.'

삼월은 사 개월하고도 보름이나 남았다. 에이제이는 그때쯤 되면 이 소소한 짝사랑도 휘발될 거라고, 최소한 좀더 참을 만한 비활성 상태에 들어갈 거라고 확신했다.

삼월은 사 개월하고도 보름이나 남았다.

마야가 무슨 일 있냐고 물었고, 에이제이는 한동안 친구를 못 보게 되어 슬프다고 말해주었다.

"어밀리아를?" 마야가 물었다.

"네가 그걸 어떻게 알아?"

마야는 눈을 굴리며 한숨을 내쉬었고, 에이제이는 애가 언제 어디서 저런 표현법을 배웠을까 궁금했다.

1 〈트루 블러드〉 시리즈의 주인공.

램비에이스는 그날 저녁 서점에서 '대장의 선택 북클럽'(선정 도서: 『L.A. 컨피덴셜』)을 진행했고, 독서토론 후에는 전통대로 에이제이와 둘이서 와인 한 병을 나눠 마셨다.

"임자를 만난 것 같아." 한 잔 들어간 후 물렁해진 에이제이가 털어놨다.

"좋은 소식이네." 램비에이스가 말했다.

"문제는, 그녀가 딴 사람과 약혼했다는 거지."

"타이밍이 안 좋네." 램비에이스가 선언하듯 말했다. "내가 경찰 노릇한 지 이제 이십 년이야. 그래서 하는 말인데, 인생에서 나쁜 일은 거의 모두 나쁜 타이밍에서 비롯되는 거야. 그리고 좋은 일은 모두 좋은 타이밍에서 비롯되고."

"거 좀 심하게 단순한 논리 같은데."

"생각을 해봐. 『태멀레인』을 도둑맞지 않았다면 문을 안 잠그고 다니지 않았을 테고, 그러면 메리언 월리스가 아기를 가게에 놔두지도 않았겠지. 좋은 타이밍이라는 게 바로 그런 거야."

"맞아. 하지만 난 어밀리아를 사 년 전부터 알고 있었어." 에이제이가 반박했다. "근데 두어 달 전까지만 해도 전혀 눈에 들어오지 않았다고."

"아직 타이밍이 나쁜 거지. 그 무렵에는 당신 아내가 세상을 떠났어. 그러고 나서 당신한텐 마야가 생겼고."

"별로 위로가 안 되는데." 에이제이가 말했다.

"하지만 이봐, 심장이 여전히 뛴다는 걸 알게 된 건 좋은 일이잖아, 안 그래? 내가 소개팅이라도 알아봐줄까?"

에이제이는 고개를 흔들었다.

"에이, 그러지 말고." 램비에이스가 끈질기게 말했다. "난 이 도시에 모르는 사람이 없어."

"불행히도 아주 작은 도시거든."

워밍업 삼아 램비에이스는 에이제이에게 자신의 사촌동생을 소개해주었다. 사촌은 금발인데 뿌리는 검은색이었고, 눈썹은 너무 많이 뽑아서 거의 없었으며, 하트형 얼굴에 목소리는 마이클 잭슨처럼 높았다. 가슴이 깊이 파인 상의에 푸시업 브라를 입어서 자신의 이름이 새겨진 목걸이가 놓일 공간이 애처롭게도 조금밖에 없었다. 이름은 마리아였다. 모차렐라 스틱을 먹는 중간에 두 사람은 화젯거리가 떨어졌다.

"제일 좋아하는 책이 뭔가요?" 에이제이는 이야기를 끌어내려 애썼다.

마리아는 모차렐라 스틱을 우물거리며 이름 목걸이를 묵주처럼 만지작거렸다. "그거 일종의 시험이죠?"

"아뇨, 정답은 없습니다." 에이제이가 말했다. "그냥 궁금해서요."

마리아는 와인을 마셨다.

"아니면 자신의 인생에 가장 큰 영향을 끼친 책을 얘기해도 좋구요. 나는 당신에 대해서 좀더 알려고 노력하는 겁니다."

마리아는 또 한 모금 마셨다.

"아니면 마지막으로 읽은 건 어때요?"

"마지막으로 읽은 거라……" 마리아는 미간을 찡그렸다. "내가 마지막으로 읽은 건 이 메뉴판이네요."

"내가 마지막으로 읽은 건 당신의 목걸이고요." 에이제이가 말했다. "마리아."

그후로 식사 분위기는 완벽히 화기애애했다. 에이제이는 마리아가 무엇을 읽는지 알아내지 않을 것이다.

다음으로는 서점의 단골손님 마진이 자기 이웃에 사는 로지라는 이름의 쾌활한 여자 소방관을 소개해주었다. 파란 블리치 염색의 검은 머리, 무시무시한 팔 근육, 호탕한 웃음소리, 그리고 빨갛게 칠한 짧은 손톱에 조그맣게 그려넣은 주황색 불꽃. 로지는 대학 때 허들 챔피언이었고, 스포츠 역사책을 즐겨 읽으며 특히 육상 선수들의 자서전을 좋아한다.

세번째 데이트 때, 로지가 호세 칸세코의 자서전 『약물에 취해』[1]에서 드라마틱한 대목을 한창 설명하는데 에이제이가 중간에 끼어들었다. "그게 다 대필이라는 거 알고 있어요?"

로지는 알고 있고 또 상관없다고 말했다. "이런 우수한 성적을 낸 선수들은 훈련과 연습으로 눈코 뜰 새 없이 바빴다고요. 글쓰기 공부할 시간이 어디 있었겠어요?"

"하지만 그 책들은…… 요는, 근본적으로 그런 책들은 거짓말이라는 겁니다."

로지는 고개를 비틀어 에이제이를 쳐다보며 불꽃 손톱으로 테

---

[1] 호세 칸세코는 전직 야구선수이자 이종격투기 선수. 그가 이 책에서 경험을 토대로 미국 야구계의 스테로이드 약물복용에 관해 폭로하면서 쟁쟁한 선수들이 줄줄이 조사를 받았다.

이블을 톡톡 쳤다. "당신이 잘난쟁이라는 거 알아요? 그 때문에 많은 걸 놓치는 거지."

"그런 얘기 종종 들었습니다."

"인생의 모든 게 스포츠 자서전에 들어 있어요." 그녀가 말했다. "맹렬히 연습해서 성공하지만, 결국 몸이 망가져서 끝나죠."

"필립 로스[2]의 후기작들 같군요." 에이제이가 말했다.

로지는 팔짱을 끼었다. "유식해 보이려고 하는 말이죠?" 그녀가 말했다. "하지만, 정말이지, 듣는 상대방은 바보가 된 기분이라고."

그날 밤 침대에서, 섹스라기보단 레슬링에 가까운 정사를 치르고 나서, 로지는 몸을 굴려 그에게서 떨어지며 말했다. "당신을 다시 보고 싶은지는 잘 모르겠네."

"아까 기분 나쁘게 했다면 미안해요." 에이제이는 바지를 도로 입으며 말했다. "자서전 말예요."

로지는 손을 내저었다. "신경 쓰지 말아요. 원래 그렇게 생겨먹은 사람을 어쩌겠어요."

에이제이는 그녀 말이 맞다는 생각이 들었다. 혼자만 잘났고, 연애에는 쑥맥이다. 딸을 키우고, 서점을 운영하고, 책이나 읽으며 살겠지. 그만하면 차고 넘친다고 그는 결론을 내렸다.

---

2 펜포크너, 퓰리처 등 영미권의 거의 모든 문학상을 휩쓴 미국 현대문학의 거장. 자전적 캐릭터를 통해 유대계 중산층의 삶을 도발적으로 집요하게 묘사한다.

이즈메이의 고집에 따라, 마야는 춤을 배워야 한다는 결정이 내려졌다. "마야가 불우해지길 바라진 않겠죠?" 이즈메이의 말이었다.

"당연히 아니죠." 에이제이가 말했다.

"춤은 신체적으로뿐만 아니라 사회적으로도 중요해요. 마야의 성장이 위축되기를 바라는 건 아니겠지요."

"글쎄요. 여자아이라고 무용학원에 등록한다는 생각은, 좀 구식인데다 성차별적인 요소가 있다고 생각지 않아요?"

에이제이는 마야가 춤하고 잘 맞을지 확신이 없었다. 여섯 살이긴 해도 늘 책과 함께하는 이지적인 아이이고, 집이나 서점에서 만족스럽게 지내고 있다. "애의 성장이 위축되지도 않았어요." 에이제이가 말했다. "벌써 초등학교 저학년용 이야기책을 읽는데요."

"지적으로는 확실히 그렇지." 이즈메이는 끈질겼다. "하지만 애가 다른 누구보다, 특히 또래 애들보다, 당신과 함께 있는 걸 좋아하는 것 같은데 그건 좀 문제가 있어요."

"왜 문제인데요?" 이젠 에이제이의 등허리가 불쾌하게 따끔거렸다.

"결국 당신처럼 될 거라고요." 이즈메이가 말했다.

"그럼 안 될 건 뭐예요?"

이즈메이는 당연한 걸 물어보냐는 눈길로 그를 쳐다보았다. "이봐요, 에이제이, 당신네 부녀는 둘만의 작은 세상에 갇혀 있어요. 당신은 데이트도 안 하고—"

"데이트합니다."

"여행도 안 하고—"

에이제이가 말허리를 잘랐다. "내 문제를 이야기하려던 건 아니잖아요."

"따지고 들지 좀 말아요. 당신이 내게 대모가 되어달라고 부탁했고, 난 지금 당신한테 당신 딸을 무용학원에 등록하라고 얘기하는 거예요. 학원비는 내가 낼 테니까 더이상 잔말 말아요."

앨리스 섬에 무용학원은 단 한 곳이고, 다섯 살에서 여섯 살 여자아이들을 위한 반도 단 하나다. 학원장 겸 선생은 마담 올렌스카. 육십대의 마담 올렌스카는 과체중은 아니었지만 피부가 늘어져서 세월 때문에 뼈가 쪼그라들었나 하는 생각을 불러일으켰다. 항상 보석 반지를 끼고 있는 손가락은 관절이 하나씩 더 있는 것 같다. 아이들은 그녀에게 매료됨과 동시에 그녀를 무서워했다. 에이제이도 똑같은 느낌을 받았다. 처음 마야를 학원에 데려다줬을 때 마담 올렌스카는 이렇게 말했다. "피크리 씨, 당신은 이십 년 만에 우리 무용학원에 발을 들인 첫번째 남자야. 당신을 좀 이용해야겠어."

러시아식 악센트 때문에 어쩐지 음란한 초대처럼 들렸지만, 그녀가 주로 요구한 것은 육체노동이었다. 크리스마스 발표회를 위해서 에이제이는 커다란 나무 궤짝을 애들이 갖고 노는 블록처럼 조립해서 색칠하고, 글루건으로 퉁방울 눈과 종과 꽃을 붙이고, 반짝거리는 파이프 클리너로 수염과 더듬이를 제작했다. (손톱 밑에 낀 반짝이가 빠질 날이 없을 것 같았다.)

에이제이는 그해 겨울 자유시간의 대부분을 마담 올렌스카와 함께 보내면서 그녀에 대해 많은 것을 알게 되었다. 가령, 마담 올렌스카의 스타 제자는 지금 브로드웨이 쇼에서 공연하는 그녀의 딸이고, 딸과는 십 년 넘게 말 한 번 섞지 않았다. 그녀는 관절이 하나 더 있는 손가락을 에이제이에게 흔들어 보였다. "그런 일을 당하지 않도록 해." 그녀는 드라마틱하게 창밖을 내다보더니 이윽고 천천히 에이제이를 향해 돌아섰다. "당신은 프로그램에 서점 광고를 싣겠지, 암." 이건 질문이 아니었다. 아일랜드 서점은 〈호두까기 인형과 루돌프와 친구들〉 공연의 유일한 후원업체가 되었고, 서점에서 쓸 수 있는 크리스마스 쿠폰이 프로그램 뒤표지에 실렸다. 에이제이는 거기서 한 발 더 나아가, 추첨 경품으로 댄스를 주제로 한 책들이 담긴 선물바구니를 준비하고 수익금은 저 위대한 발레단에 돌아가도록 했다.

에이제이는 복권식으로 판매된 테이블에서 공연을 지켜봤는데, 몹시 지친 상태였고 약간 감기 기운도 있었다. 공연 순서는 숙련도 순이었으므로 마야가 속한 그룹이 제일 먼저 나왔다. 아이는 몹시 기품 있는 쥐까진 못 되어도 어쨌든 열정적이었다. 마야는 흥에 겨워 멋대로 종종걸음쳤다. 아이는 쥐라고 알아볼 수 있게 콧잔등에 주름을 잡았다. 마야는 에이제이가 공들여 꼬아놓은 파이프 클리너 꼬리를 흔들었다. 에이제이는 아이의 미래에 댄서로서의 이력은 해당 없음을 알았다.

에이제이와 함께 테이블을 지키던 이즈메이는 그에게 크리넥스를 건넸다.

"감기예요." 그가 말했다.

"물론 그렇겠죠." 이즈메이가 말했다.

저녁 공연이 끝나고 마담 올렌스카가 말했다. "고마워, 피크리 씨. 당신은 좋은 남자야."

"좋은 아이가 있는 것 같긴 해요." 에이제이는 분장실에서 자신의 새끼 쥐를 데려와야 한다.

"그래." 마담이 말했다. "하지만 그걸로는 부족해. 스스로에게 좋은 여자를 찾아줘야지."

"나는 지금 내 생활이 좋습니다." 에이제이가 말했다.

"아이로 충분하다고 생각하는 모양인데, 아이는 자라게 마련이야. 일로 충분하다고 생각하는 모양인데, 일이 따뜻한 몸뚱이만 한가." 마담 올렌스카가 벌써 보드카를 몇 잔 걸친 게 아닌가 싶다.

"메리 크리스마스입니다, 마담 올렌스카."

마야와 함께 집으로 걸어오면서 에이제이는 마담 올렌스카의 말을 곰곰 생각했다. 그는 거의 육 년 동안 혼자였다. 슬픔은 견디기 힘들었지만, 혼자인 것에는 별로 개의치 않았다. 게다가 아무나의 따뜻한 몸뚱이는 원하지 않았다. 그가 원하는 것은 너그러운 심장과 형편없는 옷차림의 어밀리아 로먼이다. 어밀리아 비슷은 해야지, 못해도.

눈이 내리기 시작하면서 마야의 수염에 눈송이가 걸렸다. 사진을 찍고 싶었지만, 사진을 찍기 위해 멈춰서고 싶진 않았다. "수염이 잘 어울리는데." 에이제이는 마야에게 말했다.

콧수염에 대한 칭찬이 그날 공연에 대한 논평을 줄줄이 촉발시켰지만, 에이제이는 마음이 딴 데 가 있었다. "마야," 그가 말했다. "너 내가 몇 살인지 알아?"

"네," 마야가 말했다. "스물둘."

"그보단 훨씬 많아."

"여든아홉?"

"난……" 에이제이는 양손을 네 번 펼쳐보인 다음 손가락 세 개를 들었다.

"마흔셋?"

"잘했어. 난 마흔세 살이고, 요즘 들어 사랑하고 헤어지고 어쩌고저쩌고 하는 게 더 좋다는 걸 배웠는데, 또 정말로 좋아하는 사람이 아니면 차라리 혼자가 낫다는 것도 배우게 됐어. 너도 동의하니?"

마야는 엄숙하게 고개를 끄덕였고, 쥐의 귀가 하마터면 떨어질 뻔했다.

"하지만 가끔은, 교훈을 배우는 데 진절머리가 나." 그는 딸의 어리둥절한 얼굴을 내려다보았다. "발 젖었니?"

마야는 고개를 끄덕였고, 에이제이는 아이가 업힐 수 있게 쭈그리고 앉았다. "양팔을 내 목에 둘러 꽉 잡아." 아이가 업히자 에이제이는 끙 소리를 내며 일어섰다. "전보다 컸구나."

마야가 에이제이의 귓불을 잡아당겼다. "이건 뭐예요?" 마야가 물었다.

"예전에 귀걸이를 했거든." 그가 말했다.

"왜요?" 아이가 물었다. "해적이었어요?"[1]

"어렸을 때." 그가 말했다.

"내 나이 때?"

"그보다는 나이 들어서. 어떤 아가씨가 있었지."

"처자?"

"여자. 그 아가씨는 큐어라는 밴드를 좋아했고, 내가 귀를 뚫으면 멋질 거라고 생각했어."

마야는 여기에 대해 잠깐 생각했다. "앵무새도 있었어요?"

"아니. 여자친구가 있었지."

"그 앵무새는 말할 줄 알았어요?"

"아니, 왜냐면 앵무새는 없었거든."

마야는 에이제이에게 장난치려고 들었다. "앵무새 이름은 뭐였어요?"

"앵무새는 없었어."

"하지만 만약에 있었다면, 이름을 뭐라고 불렀을까? 짐?"

"왜 남자 새일 거라고 생각해?" 에이제이가 물었다.

"아!" 마야는 손으로 자기 입을 막았고, 뒤로 젖히기 시작했다.

"아빠 목 꼭 붙들어, 안 그럼 떨어진다. 에이미라고 부르지 않았을까?"

"앵무새 에이미. 그럴 줄 알았어. 배도 있었어요?" 마야가 물었다.

---

1 언제 어디서고 죽음을 맞을 수 있는 해적들은 장례를 치러줄 사람이 보상을 받을 수 있도록 귀걸이를 했다는 속설이 있다.

"응. 배에는 책이 실려 있었고, 사실은 연구선에 가까웠지. 우린 연구를 아주 많이 했어."

"아빠가 이야기를 망치고 있어요."

"진짜야, 마야. 세상에는 사람을 죽이는 부류의 해적도 있고 연구를 하는 부류의 해적도 있는데, 네 아빠는 후자였어."

워낙 겨울철 방문객이 별로 없는 곳이지만, 올해의 앨리스 섬은 유난히 날씨가 궂었다. 도로는 빙판길이었고, 페리 운항은 한 번 끊기면 며칠씩 중단됐다. 대니얼 패리시마저 집에 머물 수밖에 없었다. 대니얼은 글을 조금 쓰고, 아내를 피하고, 나머지 시간은 에이제이와 마야와 함께 보냈다.

대부분의 여자들이 그렇듯 마야도 대니얼을 좋아했다. 그는 가게에 오면 아이라는 이유로 마야에게 철부지 대하듯 말하지 않았다. 여섯 살이라도 마야는 거들먹거리는 사람들한테 예민했다. 대니얼은 항상 마야가 무슨 책을 읽는지 어떤 생각을 하는지 물었다. 게다가 그는 숱 많은 금색 눈썹과 다마스크를 연상시키는 목소리의 보유자이다.

설날에서 일주일쯤 지난 어느 날 오후, 둘이서 서점 바닥에 앉아 책을 읽고 있다가 마야가 대니얼 쪽으로 고개를 들고 물었다. "대니얼 아저씨, 질문 있어요. 아저씨는 회사 안 가요?"

"난 지금 일하는 중인데, 마야." 대니얼이 말했다.

아이는 안경을 벗고 윗도리 자락으로 안경알을 닦았다. "일하는 것처럼 안 보여요. 책 읽는 걸로 보여요. 일할 때 가는 장소가 없어요?" 마야는 구체적인 예를 들었다. "램비에이스는 경찰관이에요. 아빠는 서점 주인이고. 아저씨는 뭘 하세요?"

대니얼은 마야를 번쩍 들어 아일랜드 서점의 이 지역 저자 코너로 데려갔다. 손윗동서에 대한 예우 차원에서 에이제이는 대니얼의 전 작품을 갖춰 두었다. 팔리는 책은 데뷔작 『사과나무의 아이들』뿐이지만. 대니얼은 책등에 적힌 자기 이름을 가리켰다. "저게 나야." 그가 말했다. "저게 내가 하는 일이지."

마야의 눈이 휘둥그레졌다. "대니얼 패리시, 아저씨는 책을 쓰는군요." 마야가 말했다. "아저씨는—" 마야는 경의를 담아 단어를 말했다. "작가군요. 이 책은 뭐에 관한 거예요?"

"인간의 어리석은 행동에 관한 얘기야. 사랑 이야기이고 비극이지."

"너무 막연해요." 마야가 말했다.

"남을 돌보는 데 일생을 바친 간호사에 관한 거야. 간호사가 교통사고를 당하고, 난생 처음으로 다른 사람들이 그녀를 돌봐야만 하게 돼."

"내가 읽을 책 같지는 않네요." 마야가 말했다.

"좀 진부하지?"

"아아아아니요." 마야는 대니얼의 감정을 상하게 하고 싶지 않았다. "하지만 난 액션이 좀더 많은 책이 좋아요."

"더 많은 액션이란 말이지? 나도 그래. 어쨌든 좋은 점은 말이죠, 피크리 양, 나는 책을 읽는 동안 내내 일을 더 잘하는 법을 배운다는 거죠." 대니얼이 설명했다.

마야는 그에 관해 생각해보았다. "나도 그런 일을 하고 싶어요."

"많은 사람들이 하고 싶어하지, 꼬마 아가씨."

"어떻게 하면 할 수 있어요?" 마야가 물었다.

"전술한 바와 같이, 책을 읽는 거지."

마야는 고개를 끄덕였다. "그건 하고 있어요."

"좋은 의자도 있어야 하고."

"그것도 있어요."

"그렇다면 길을 제대로 가고 있네." 대니얼은 그렇게 말한 다음 마야를 도로 바닥에 내려놓았다. "나머지는 다음에 가르쳐줄게. 넌 아주 훌륭한 말동무야, 알지?"

"우리 아빠가 하는 말이 그거예요."

"똑똑한 남자. 행운의 사나이. 좋은 남자. 그리고 똑똑한 아이."

에이제이가 위층에서 저녁 먹으라고 마야를 불렀다. "같이 먹을래?" 에이제이는 대니얼에게 물었다.

"나한테는 좀 일러서." 대니얼이 말했다. "거기다 해야 할 일도 있고." 그는 마야에게 윙크했다.

마침내 삼월이다. 도로가 녹으면서 온통 곤죽이 됐다. 페리 운항이 재개됐고, 대니얼 패리시의 방황도 재개됐다. 출판사 영업사원들이 자기네 여름철 도서목록을 들고 찾아왔고, 에이제이는 평소의 그답지 않게 친절하게 그들을 맞이했다. 그는 자신이 '집'에 있는 게 아니라 '직장'에 있다는 것을 마야에게 알리는 표시로 넥

타이를 착용하기 시작했다.

아마도 가장 고대하는 미팅이었기 때문에 어밀리아의 영업 방문을 가장 마지막 일정으로 잡았을 것이다. 약속 날짜 두 주 전쯤 에이제이는 어밀리아에게 문자를 보냈다. '피쿼드 괜찮습니까? 아니면 딴 데 새로운 곳을 시도해 보는 게 나을까요?'

'퀘퀘그 이번엔 내가 살게요.' 어밀리아의 답신이었다. '〈트루 블러드〉 아직도 안 봤어요?'

올겨울 날씨가 유독 사교활동에 호의적이지 않았으므로 에이제이는 밤에 마야가 잠든 후 〈트루 블러드〉 네 시즌 분량을 열심히 정주행했다. 이 프로젝트는 그리 오래 걸리지 않았는데, 생각했던 것보다 드라마가 마음에 들어서였다. 플래너리 오코너의 남부 고딕물과 『어셔가의 몰락』[1]과 칼리굴라[2] 이야기를 섞어놨달까. 어밀리아가 오면 무심한 척 〈트루 블러드〉 관련 지식을 슬쩍 흘려 감탄을 자아낼 계획이었다.

'와서 알아보시죠'라고 쓰긴 했지만 전송 버튼은 누르지 않았다. 이 문장은 너무 도발적으로 들린다. 어밀리아의 결혼식이 언제인지 몰랐으니 지금쯤 이미 유부녀일 수도 있다. '다음주 화요일에 봅시다'라고 고쳐 썼다.

수요일에 에이제이는 모르는 번호의 전화를 받았다. 알고 보니 미국의 영웅 브렛 브루어였고, 말투가 〈트루 블러드〉의 빌 같았

1 에드거 앨런 포의 작품. 현실과 환상이 섞인 음울한 분위기의 괴기 소설.
2 로마 제국의 3대 황제. 초기에는 선정을 펼쳐 시민의 지지를 받았으나 병의 후유증으로 정신이상이 생겨 비정상적인 국정을 펼치고 기행을 일삼다 암살당한다.

다. 가짜로 흉내낸 악센트 같다는 생각이 들었지만, 미국의 영웅이 남부 악센트를 꾸며낼 필요가 있을 리 없다. "피크리 씨, 저는 브렛 브루어라고 하는데요, 어밀리아의 일로 전화했습니다. 어밀리아가 사고를 당했는데요, 약속했던 일정을 바꿔야겠다고 전해달라더군요."

에이제이는 넥타이를 느슨하게 풀었다. "별일 아니길 바랍니다."

"그 덧신 좀 신지 말라고 내가 맨날 말렸는데. 비오는 날에는 괜찮지만, 빙판길에는 위험하잖아요? 그니까, 어밀리아가 여기 프로비던스에서 얼어붙은 계단에서 미끄러졌어요. 언젠가 그럴 거라고 내가 말했건만. 하여간 그래서 발목이 부러졌어요. 지금 수술을 받는 중입니다. 큰일은 아니지만, 한동안은 꼼짝 못할 겁니다."

"약혼녀 분께 안부 전해주시겠습니까?" 에이제이가 말했다.

잠시 침묵이 흘렀다. 에이제이는 전화가 끊겼나 했다. "그러죠."라고 말한 후 브렛 브루어는 전화를 끊었다.

어밀리아가 크게 다친 건 아니라니 한숨 놓였지만, 섬에 오지 못한다니 (또한 그 미국의 영웅이 여전히 확고부동하게 자리하고 있다는 소식에도) 약간 의기소침해졌다.

어밀리아에게 꽃이나 책을 보낼까 하다가 최종적으로 문자를 보내기로 했다. 에이제이는 〈트루 블러드〉에서 어밀리아를 웃길 만한 적당한 인용구를 열심히 찾았다. 구글에서 검색하니 다 너무 도발적인 것 같았다. 그는 이렇게 썼다. '다쳤다면서요. 쾌차를

빕니다. 나이틀리의 여름철 도서목록을 고대하고 있었는데. 조만
간 약속을 다시 잡을 수 있기를 바랍니다. 또한, 이런 말을 하게
되어 대단히 고통스럽군요. "제이슨 스택하우스에게 뱀파이어
피를 주는 건 당뇨병 환자한테 호호스를 주는 격이지."[1]

여섯 시간 후, 어밀리아의 답 문자가 왔다. '봤잖아요!!!'

에이제이: 봤죠.

어밀리아: 신간 소개는 휴대폰이나 스카이프로 할까요?

에이제이: 스카이프가 뭡니까?

어밀리아: 내가 전부 다 일일이 가르쳐줘야 해요?

스카이프가 뭔지 어밀리아의 설명을 들은 후, 두 사람은 그걸
로 통화하기로 했다.

화면상으로긴 해도 에이제이는 어밀리아를 보게 되어 기뻤다.
그녀가 도서목록을 쭉 소개하는 동안, 에이제이는 거기에 도무지
집중이 안 되는 자신을 발견했다. 그는 카메라 프레임 속의 그녀
뒤에 보이는 어밀리아다운 물건들에 매료되었다. 시들어가는 해
바라기가 담긴 유리병, 배서 대학 졸업장(그렇게 적혀 있는 것 같
다), 헤르미온느 그레인저 버블헤드 인형, 어릴 적 어밀리아와 아
마도 그녀의 부모님인 듯한 사람들의 사진 액자, 물방울무늬 스
카프가 드리워진 램프, 키스 해링 피겨처럼 보이는 스테이플러,
제목이 뭔지 잘 안 보이는 옛날 책, 반짝거리는 매니큐어 한 병,

---

1 제이슨 스택하우스는 바람둥이 캐릭터. 뱀파이어 피를 인간이 섭취하면 미
량으로도 놀라운 치유력을 발휘하고 환각 작용을 일으키고 그 피의 주인에게 성
적으로 이끌리게 한다. 호호스는 당분과 칼로리가 높은, 크림으로 속을 채운 초
콜릿 롤케이크 과자.

태엽 달린 바닷가재 장난감, 플라스틱 뱀파이어 송곳니 한 세트, 마개를 따지 않은 훌륭한 샴페인 한 병, 그리고—

"에이제이," 어밀리아가 끼어들었다. "듣고 있어요?"

"네, 물론이죠. 나는……" 당신 물건들을 유심히 쳐다보고 있었다? "스카이프하는 게 익숙지가 않아서. 스카이프한다고 동사형으로 써도 되나?"

"옥스퍼드 영어사전이 그 문제를 검토하진 않은 것 같지만, 써도 될 것 같은데요." 어밀리아가 말했다. "지금 얘기한 대로 나이틀리의 올여름 리스트에는 단편집이 한 권도 아니고 두 권이나 들어 있어요."

어밀리아는 단편집에 대해 자세히 얘기해나갔고, 에이제이는 스파이 짓으로 돌아갔다. 저 책은 뭘까? 성경이나 사전이라기엔 너무 얇다. 더 잘 보려고 얼굴을 갖다댔지만, 금박이 벗어진 글자는 화상통화 화면으로 판독하기엔 너무 희미했다. 확대하거나 각도를 바꿀 수 없다는 게 참 아쉬웠다. 어밀리아가 말을 멈췄다. 분명 이 대목에서 어떤 반응이 필요한 것이다.

"네, 무척 읽어보고 싶군요." 에이제이가 말했다.

"좋아요. 오늘이나 내일 중으로 이메일에 첨부해서 보낼게요. 그럼 가을철 도서목록이 나오기 전까진 이걸로 됐네요."

"그땐 직접 뵐 수 있으면 합니다."

"갈 거예요. 꼭 갈게요."

"저 책은 뭡니까?" 에이제이는 물었다.

"무슨 책?"

"당신 바로 뒤에 있는 테이블 위에 램프에 기대어 있는 저 오래된 책 말입니다."

"알고 싶죠?" 그녀가 말했다. "내가 제일 좋아하는 거예요. 대학 졸업선물로 아버지가 주신 거죠."

"그래서 뭔데요?"

"프로비던스까지 친히 와주신다면, 알려드리죠." 어밀리아가 말했다.

에이제이는 어밀리아를 쳐다봤다. 그녀는 말하면서 수첩에 뭘 적느라 고개도 들지 않았는데, 그렇지 않았다면 유혹하는 줄 알았을 것이다. 하지만 그래도……

"브렛 브루어는 괜찮은 남자 같더군요." 에이제이가 말했다.

"네?"

"그 사람이 당신이 다쳐서 못 온다고 나한테 전화했을 때 말입니다." 에이제이가 설명했다.

"아, 네."

"말하는 게 〈트루 블러드〉의 빌 같던데."

어밀리아는 웃음을 터뜨렸다. "이것 봐라, 〈트루 블러드〉 관련 지식을 막 뚝뚝 흘리고 다니네. 다음번에 브렛을 만나면 말해줘야겠다."

"그런데 결혼식은 언제입니까? 아니면 벌써 했나요?"

어밀리아는 고개를 들고 그를 쳐다보았다. "헤어졌어요, 공식적으로."

"저런." 에이제이가 말했다.

"꽤 됐어요. 크리스마스 때쯤."

"전화를 해주길래 난……"

"그때 마침 우리집에 왔길래. 나는 전 애인들하고도 친구로 지내려고 해요." 어밀리아가 말했다. "원래 성격이 그래서."

지나친 오지랖이라는 건 알고 있었지만 어쩔 수가 없었다. "왜 헤어졌어요?"

"브렛은 대단히 좋은 남자지만, 아쉽게도 실상 우리 사이엔 공통점이 별로 없었어요."

"감수성을 공유한다는 건 중요하죠." 에이제이가 말했다.

어밀리아의 휴대폰이 울렸다. "어머니예요. 받아야겠네." 그녀가 말했다. "두어 달 후에 보러 갈게요, 알았죠?"

에이제이는 고개를 끄덕였다. 딸각 하고 스카이프가 끊겼고, 어밀리아의 상태가 '자리 비움'으로 바뀌었다.

에이제이는 인터넷 브라우저를 열고 구글 검색창에 다음과 같은 문장을 넣고 검색했다. '로드아일랜드 프로비던스 근처 아이들과 가볼 만한 교육 명소.' 검색 결과는 딱히 이렇다 할 것이 없었다. 어린이 박물관, 인형 박물관, 등대, 그리고 나머지는 보스턴에서 오히려 더 쉽게 접할 수 있는 것들이다. 그는 동물 모양으로 다듬어놓은 정원수를 전시하는 포츠머스의 그린 애니멀 토피어리 가든으로 정했다. 얼마 전에 마야랑 같이 토피어리 동물들이 나오는 그림책을 읽었는데, 아이가 그 주제에 무척 흥미를 보이는 것 같았다. 게다가 섬을 벗어나보는 것도 좋지 않을까? 마야를 데리고 그 동물들을 보러 갔다가, 프로비던스에 잠깐 들러서

친구 병문안을 하는 거다.

"마야," 그날 저녁 에이제이는 저녁 식탁에서 말했다. "커다란 토피어리 코끼리 보고 싶니?"

마야는 에이제이를 스윽 쳐다보았다. "아빠 말투가 웃겨요."

"굉장하다고, 마야. 토피어리가 나오는 책 읽은 거 기억나냐?"

"그러니까, 내가 어렸을 때 말이죠."

"그래. 토피어리 동물원을 한 곳 찾았는데, 어쨌든 나는 친구 병문안하러 프로비던스에 가야 하고, 가는 김에 동물원에 가봐도 괜찮을 것 같아서." 에이제이는 컴퓨터를 꺼내서 토피어리 동물들이 있는 웹사이트를 마야에게 보여주었다.

"좋아요." 마야가 진지하게 말했다. "보고 싶네요." 마야는 웹사이트를 보면서 토피어리 가든이 프로비던스가 아니라 포츠머스에 있다고 나온다고 지적했다.

"포츠머스랑 프로비던스는 진짜 가까워." 에이제이가 말했다. "로드아일랜드는 우리나라에서 제일 작은 주니까."

그러나, 포츠머스와 프로비던스는 그렇게까지 가깝지 않은 것으로 드러났다. 버스가 다니긴 했지만 거기까지 가는 가장 편한 방법은 자동차였고, 에이제이는 운전면허가 없다. 그는 램비에이스에게 같이 가자고 전화했다.

"애가 토피어리에 푹 빠졌다고?" 램비에이스가 물었다.

"아주 환장했어." 에이제이가 말했다.

"애가 몰두하기엔 좀 이상한 종목 같아서 말야."

"원래 이상한 애잖아."

"근데 한겨울이 가든을 둘러보기에 가장 좋은 때야?"

"거의 초봄이잖아. 게다가, 마야는 지금 한창 토피어리에 미쳐 있어. 여름이 와도 토피어리에 흥미가 있을 거라고 누가 장담해?"

"사실 애들 맘이 금방 바뀌긴 하지." 램비에이스가 말했다.

"저기, 꼭 같이 안 가도 돼."

"아, 갈게. 거대한 초록 코끼리를 보고 싶지 않은 사람이 어디 있겠어? 요는, 그런데, 사람들이 이런 종류의 여행을 간다고 할 때 실은 다른 종류의 여행일 때도 있거든, 내 말 무슨 뜻인지 알지? 내가 알고 싶은 건 단지 내가 어떤 여행을 가는 건지 하는 거야. 우리가 토피어리를 보러 가는 거야, 아니면 뭔가 다른 걸 보러 가는 거야? 가령 당신의 그 여자사람친구라든가?"

에이제이는 숨을 깊이 들이마셨다. "잠깐 어밀리아를 보러 들를 수도 있겠다는 생각이 들긴 했어, 맞아."

이튿날 에이제이는 어밀리아에게 문자를 보냈다. '다음주에 마야하고 같이 로드아일랜드에 간다는 얘길 깜박했군요. 견본쇄를 우편으로 부치지 않아도 돼요, 내가 직접 받아 갈게요.'

어밀리아: 견본쇄는 여기 없어요. 뉴욕에 있는 회사에서 보내는데.

구상부터 엉망인 계획이 다 이렇지 뭐, 에이제이는 생각했다.

잠시 후에 어밀리아가 문자를 다시 보냈다. '근데 로드아일랜드에는 무슨 일로?'

에이제이: 포츠머스에 있는 토피어리 가든에 가려고요. 마야가 토피어리를 좋아해요! (느낌표 때문에 아주 약간 굴욕감이 들긴

했다.)

어밀리아: 그런 게 있는 줄도 몰랐어요. 나도 같이 가고 싶지만 아직 움직이는 게 시원찮아서.

에이제이는 일이 분 가량 기다렸다가 문자를 보냈다. '문병 갈까요? 잠깐 들를 수도 있는데.'

그녀는 곧바로 대답하지 않았다. 에이제이는 그녀의 침묵을 문병올 사람은 이미 다 왔다 갔다는 뜻으로 해석했다.

이튿날, 어밀리아의 답신이 왔다. '물론이죠. 좋아요. 밥 먹지 말고 와요. 내가 뭔가 만들어 놓을게요.'

"까치발을 하고 울타리 너머로 보면 대충 볼 수 있어." 에이제이가 말했다. "저기, 저어쪽에!" 그날 아침 일곱시에 앨리스 섬에서 출발해, 페리를 타고 하이애니스로 가서, 다시 차로 두 시간을 달려 포츠머스에 당도해서 그들이 알게 된 것은, 그린 애니멀 토피어리 가든이 십일월부터 오월까지 문을 닫는다는 사실이었다.

에이제이는 딸하고도, 램비에이스하고도 눈을 맞추지 못했다. 기온은 영하 2도였지만 민망함에 온몸이 후끈했다.

마야는 까치발을 하고도 소용이 없어서 폴짝폴짝 뛰었다. "아무것도 안 보여요."

"자, 더 높이 올려줄게." 램비에이스가 마야를 들어 목말을 태웠다.

"좀 보이는 것 같기도 한데." 마야가 미심쩍게 말했다. "아냐, 절대 아무것도 보이지 않아요. 다 덮어놨어요." 마야의 아랫입술

155

이 떨리기 시작했다. 마야는 고통스러운 눈빛으로 에이제이를 바라보았다. 에이제이는 더이상 감당할 수 없다고 생각했다.

돌연, 마야가 활짝 웃으며 에이제이에게 말했다. "근데 있잖아요, 아빠! 담요로 덮었는데도 코끼리가 어떻게 생겼는지 난 상상할 수 있어요. 호랑이도! 유니콘도!" 마야가 아버지를 향해 고개를 끄덕이는 것이 마치 이렇게 말하는 듯했다. '한겨울에 나를 여기 데려온 이유가 분명 이렇게 상상훈련을 하기 위해서였군요.'

"아주 잘했어, 마야." 그는 세상에서 제일 나쁜 부모가 된 기분이었지만, 마야의 아버지에 대한 믿음은 회복된 것 같았다.

"봐요, 램비에이스! 유니콘이 떨고 있어요. 담요를 덮고 있어서 기쁘대요. 보여요, 램비에이스?"

에이제이가 경비실 쪽으로 가자, 경비는 딱하다는 표정으로 그를 쳐다보았다. "늘 있는 일이죠." 경비가 말했다.

"내가 딸아이에게 평생 지울 수 없는 상처를 남겼겠죠?" 에이제이가 물었다.

"그럼요." 경비가 말했다. "그랬겠죠. 하지만 오늘 일 때문은 아닐 거예요. 토피어리 동물을 못 봤다고 삐뚤어진 아이는 없거든요."

"애 아버지의 진짜 목적이 프로비던스에서 요염한 아가씨를 만나는 거라고 해도요?"

경비는 그 부분을 듣지 못한 것 같았다. "제가 드릴 수 있는 제안은 대신 빅토리아풍 대저택을 둘러보시라는 거예요. 애들이 좋아해요."

"정말입니까?"

"좋아하는 애들도 있죠. 그럼요. 구경해봐요. 댁의 아이는 좋아하는 축에 속할지도 모르죠."

대저택에서 마야는 『클로디아의 비밀』[1]을 떠올렸는데, 램비에이스는 안 읽은 책이었다.

"아, 꼭 읽어봐요, 램비에이스." 마야가 말했다. "맘에 들 거예요. 한 여자애가 남동생이랑 같이 가출해서 —"

"가출은 웃어넘길 얘기가 아닌데." 램비에이스는 인상을 썼다. "경찰관으로서 말하는데, 애들은 길거리에서 잘 지내지 못해."

마야는 계속 이야기했다. "뉴욕에 있는 커다란 미술관에 가서 숨는 거예요. 그건 —"

"그건 그 자체로 범죄야." 램비에이스가 말했다. "명백한 불법 침범이지. 가택침입일 수도 있고."

"램비에이스," 마야가 말했다. "중요한 건 그게 아니라고요."

세 사람은 대저택에서 가격 대 성능비가 형편없는 점심을 먹고, 프로비던스로 가서 호텔에 체크인했다.

"당신은 어밀리아를 보러 가." 램비에이스가 에이제이에게 말했다. "나는 마야를 데리고 시내에 있는 어린이 미술관에 갈까 해. 미술관에 숨는 게 여러 면에서 비현실적이라는 것을 마야한테 알려줘야지. 최소한 911 테러 이후의 세계에서는 말이지."

1　E. L. 코닉스버그의 1968년 뉴베리상 수상작. 뉴욕 메트로폴리탄 미술관으로 가출한 남매의 이야기.

"안 그래도 돼." 에이제이는 마야를 데려가서 어밀리아를 방문하는 게 좀더 자연스럽게 보이도록 할 계획이었다. (그렇다, 사랑하는 딸을 소도구로 쓸 마음이 없지 않았다.)

"죄지은 표정 짓지 마." 램비에이스가 말했다. "그러라고 대부가 있는 거지. 후방지원."

에이제이는 다섯시 직전에 어밀리아의 집에 도착했다. 그는 샬레인 해리스 소설이 가득 든 아일랜드 서점 쇼핑백과 괜찮은 말벡 포도주 한 병, 해바라기 꽃다발을 가져왔다. 초인종을 울린 후, 꽃은 너무 노골적인 것 같아서 현관 앞 그네 위에 깔린 쿠션 밑에 쑤셔넣었다.

문을 연 어밀리아는 의료용 보행기에 무릎을 대고 나왔다. 분홍색 깁스는 학교에서 제일 인기 있는 아이의 졸업앨범처럼 사인이 잔뜩 적혀 있다. 그녀는 감청색 미니드레스를 입고 빨강 무늬 스카프를 멋지게 목에 둘렀다.

"마야는 어디 있어요?" 어밀리아가 물었다.

"친구가 프로비던스 어린이 미술관에 데려갔어요."

어밀리아는 고개를 갸웃거렸다. "이거 데이트는 아니죠?"

에이제이는 문 닫은 토피어리 가든에 대해 설명하려 했다. 그의 이야기는 말도 안 되게 설득력 없이 들렸다. 얘기하다 말고 쇼핑백을 떨구고 그대로 달아날 뻔했다.

"농담이에요." 어밀리아가 말했다. "들어와요."

어밀리아의 집은 어수선하긴 해도 깨끗했다. 보라색 벨벳 소파와 베이비 그랜드 피아노, 12인용 식탁, 친구들과 식구들 사진 액자 잔뜩, 다양한 건강 상태의 화분 몇 개, 퍼들글럼[1]이라는 이름의 얼룩무늬 애꾸눈 고양이, 그리고 당연히, 사방에 널린 책. 집 안에서는 지금 만들고 있는 음식 냄새가 났고, 그 정체는 라자냐와 갈릭 브레드로 밝혀졌다. 에이제이는 진흙을 묻혀 들어가지 않도록 장화를 벗었다. "집이 딱 당신답군요." 그가 말했다.

"뒤죽박죽이고 미스매치죠." 그녀가 말했다.

"절충주의적이고 매력적인데요." 에이제이는 헛기침을 하면서 오글거리는 느낌을 떨치려 애썼다.

저녁을 먹고 두번째 와인병을 딴 후에야 드디어 에이제이는 그녀와 브렛 브루어 사이에 무슨 일이 있었는지 물어볼 용기를 냈다.

어밀리아는 슬몃 웃었다. "사실대로 말해도, 당신이 오해하지 말았으면 좋겠어요."

"안 그럴게요. 약속합니다."

어밀리아는 남은 와인을 쭉 들이켰다. "지난 가을에, 우리가 내내 연락을 주고받고 있었을 때…… 저기, 당신 때문에 내가 브렛과 깨졌다고 생각지는 말아줬으면 싶군요, 그런 게 아니니까. 내가 브렛과 헤어진 건, 당신과 얘기하면서 다른 사람과 감수성을 공유하고 열정을 나눈다는 게 얼마나 중요한지 다시 기억해냈기 때문이에요. 바보 같죠."

"아뇨." 에이제이가 말했다.

어밀리아는 예쁜 다갈색 눈을 가늘게 떴다. "우리가 처음 만난

1 〈나니아 연대기〉에 등장하는 비관주의자.

날 당신 정말 고약했어. 나 아직 용서한 거 아니라고."

"잊었기를 바랐는데."

"안 잊었어요. 난 뒤끝이 꽤 있거든요, 에이제이."

"아주 못되게 굴었지요." 에이제이가 말했다. "변명을 하자면, 나로서는 아주 힘든 시기였습니다." 에이제이는 테이블 위로 상체를 기울여 어밀리아의 얼굴에 흘러내린 금색 곱슬머리를 쓸어넘겨주었다. "당신을 처음 보고선 민들레를 닮았다고 생각했어요."

어밀리아는 의식적으로 머리카락을 쓰다듬었다. "도무지 감당이 안 되는 머리라니까."

"내가 제일 좋아하는 꽃이에요."

"전문용어로 잡초인 것 같네요." 그녀가 말했다.

"당신 진짜 아름다워요."

"학교 다닐 때는 빅버드[1]란 소릴 들었죠."

"저런."

"더 나쁜 별명도 있었는걸요." 어밀리아가 말했다. "우리 엄마한테 당신 얘길 했어요. 좋은 연인감은 아닌 것 같다고 하시던데요, 에이제이."

"저도 압니다. 그래서 미안해요. 왜냐면 나는 당신을 말도 못하게 좋아하니까."

어밀리아는 한숨을 내쉬고 식탁을 치우려 일어났다.

에이제이가 일어났다. "아뇨, 두세요. 내가 할게요. 앉아 있어

1　유아 프로그램 〈세서미스트리트〉에 등장하는 노랗고 큰 새.

요." 그는 접시를 차곡차곡 쌓아서 식기 세척기로 가져갔다.

"그 책이 뭔지 보고 싶어요?" 어밀리아가 말했다.

"어떤 책이요?" 에이제이는 라자냐 접시를 수돗물로 채우며 말했다.

"당신이 물어봤던 내 작업실에 있는 책 말예요. 그거 보러 온 거 아니에요?" 어밀리아는 자리에서 일어나며 보행기 대신 목발을 짚었다. "작업실은 침실을 지나서 있어요."

에이제이는 고개를 끄덕였다. 그는 무례하게 보이지 않기 위해 빠른 걸음으로 침실을 통과했다. 작업실 문 앞에 거의 다 왔을 때 어밀리아가 침대에 앉으며 말했다. "잠깐만요. 책은 내일 보여줄게요." 그녀는 침대 옆자리를 가볍게 탁탁 두들겼다. "발목이 아파서 말이죠, 유혹이 일반적으로 갖춰야 할 미묘함이 좀 부족한 점 사과할게요."

에이제이는 가던 길을 되짚어 어밀리아의 침대로 다가가면서 쿨하려고 애썼지만, 그는 원래 쿨한 적이 없었다.

어밀리아가 잠든 뒤, 에이제이는 까치발을 하고 그녀의 작업실로 갔다.

램프에 기대어 있는 책은 두 사람이 컴퓨터 화면을 통해 대화한 그날 그대로였다. 직접 눈으로 봐도 표지는 알아보기 힘들 정도로 희미했다. 그는 제목이 있는 페이지를 펼쳤다. 『좋은 사람은 찾기 힘들다 외』. 플래너리 오코너.

'사랑하는 에이미에게'라고 책에 적혀 있었다. '엄마가 그러는데 이게 네가 가장 좋아하는 작가라더구나. 내가 먼저 타이틀 단편을 읽어봤는데 개의치 않기를 바란다. 좀 어두운 이야기이긴 하다만 재미있었다. 졸업을 축하한다! 나는 네가 자랑스럽다. 변치 않는 사랑을 담아, 아빠가.'

에이제이는 책을 덮어 도로 램프 옆에 세워놓았다.

그는 쪽지를 썼다. '사랑하는 어밀리아에게. 만약 당신이 니이틀리의 가을철 도서목록이 나올 때까지 기다렸다 앨리스 섬에 온다면 솔직히 못 견딜 것 같습니다. ─A. J. F.'

캘러베러스 카운티의
명물 뜀뛰는 개구리

마크 트웨인, 1865

개구리 내기에서 진 상습 내기꾼에 대한 이야기로, 포스트
모더니즘 소설의 원형이다. 줄거리는 대단할 게 없지만 트
웨인 특유의 이야기 솜씨에서 비롯된 재미 때문에 읽어볼
가치가 있다. (트웨인 소설을 읽고 있으면 종종 그가 나보
다 더 재미있어하는 건 아닐까 의심스럽다.)

'뜀뛰는 개구리'를 보면 항상 리언 프리드먼이 섬에 왔을 때
가 생각난다. 기억나니, 마야? 잘 모르겠다면 나중에 에이
미한테 물어봐라.

문지방 너머로 에이미의 낡은 보라색 소파에 앉아 있는 너
희 두 사람이 보인다. 너는 토니 모리슨의 『솔로몬의 노래』
를 읽고 있고, 에이미는 엘리자베스 스트라우트의 『올리브
키터리지』를 읽고 있지. 얼룩무늬 고양이 퍼들글럼이 두
사람 사이에 자리를 잡았고, 나는 기억이 닿는 그 어느 때
보다 행복하다.

—A. J. F.

그해 봄, 어밀리아는 플랫슈즈를 신게 됐고, 엄밀히 말해서 영업상 필요한 횟수보다 더 자주 아일랜드 서점을 방문했다. 그녀의 상사는 알면서도 별말 하지 않았다. 출판은 아직 점잖은 사람들의 비즈니스였고, 무엇보다, 에이제이 피크리는 이례적으로 많은 수량의 나이틀리 도서를 가져가고 있었으며 거의 북동부 회랑 지역 서점 중 톱이었다. 어밀리아의 상사는 그 많은 주문량이 사랑에서 비롯됐든 영업활동에서 비롯됐든 둘 다였든 알 바 아니었다. "서점 앞에다가," 상사는 어밀리아에게 말했다. "나이틀리 프레스 매대를 따로 차리고 집중조명을 설치하자고 피크리 씨한테 제안해보면 어때요?"

　그해 봄, 에이제이는 어밀리아가 하이애니스로 돌아가는 페리를 타기 직전 그녀에게 키스하며 말했다. "당신은 섬에 정착하면 안 되겠지. 일 때문에 출장을 무척 자주 가야 하니까."

　어밀리아는 두 팔을 앞으로 쭉 편 채 에이제이를 붙들고 피식 비웃었다. "그렇지. 근데 나한테 앨리스 섬으로 이사와달라는 부탁을 그런 식으로 하는 거야?"

　"아니, 난…… 그게, 난 당신 생각해서." 에이제이가 말했다. "앨리스로 이사하는 건 당신한테 현실성이 없는 얘기잖아. 요는 그렇다는 거지."

"그치, 현실성이 없지." 어밀리아가 말했다. 그녀는 형광 핑크색 손톱으로 에이제이의 가슴에 하트를 새겼다.

"그건 뭐라는 색조야?" 에이제이가 물었다.

"장밋빛 안경." 기적이 울렸고, 어밀리아는 배에 올랐다.

그해 봄, 그레이하운드 버스를 기다리며 에이제이는 어밀리아에게 말했다. "일 년에 세 달만 앨리스에 있으면 안 되겠지."

"아프가니스탄으로 통근하는 게 더 쉽겠다." 그녀가 말했다. "그나저나 그 얘기를 버스 정류장까지 갖고 와서 꺼내는 게 마음에 드는걸."

"마지막 순간까지 그 생각을 머리에서 떨쳐내려 애썼어."

"그것도 하나의 전략이긴 하군."

"좋은 전략은 아니었다는 뜻으로 알아들을게." 에이제이는 그녀의 손을 잡았다. 어밀리아의 손은 크긴 해도 모양이 좋았다. 피아노를 치는 사람의 손이다. 조각가의 손이다. "당신은 예술가의 손을 가졌어."

어밀리아는 미간을 찌푸리며 눈을 굴렸다. "그리고 출판사 영업사원의 정신을 가졌지."

그녀의 손톱은 짙은 자줏빛으로 칠했다. "이번엔 무슨 색이야?" 에이제이가 물었다.

"여행자 블루스. 그러니까 생각나는데, 다음에 내가 앨리스에 왔을 때 마야의 손톱에 매니큐어를 칠해줘도 될까? 마야가 자꾸

해달라고 하네."

그해 봄, 어밀리아는 마야를 데리고 약국 겸 화장품 가게에 가서 좋아하는 네일 폴리시 색을 고르라고 했다. "어떻게 골라요?" 마야가 물었다.

"지금 어떤 기분인지 스스로에게 물어봐도 되고," 어밀리아가 말했다. "어떤 기분이 되고 싶은지 물어봐도 좋고."

마야는 주욱 늘어선 유리병을 유심히 관찰했다. 빨강을 골랐다가 도로 내려놓았다. 마야는 무지갯빛 도는 은색을 선반에서 꺼내들었다.

"와, 예쁘다. 하이라이트는 이거야. 각 컬러마다 이름이 있거든." 어밀리아는 마야에게 말했다. "병을 거꾸로 들어 바닥면을 봐봐."

마야는 시키는 대로 했다. "책처럼 제목이 있어요! 진주의 아침." 마야가 읽었다. "그건 뭐예요?"

어밀리아는 하늘색을 골랐다. "가볍게 살자."

그주 주말, 마야는 에이제이와 함께 부두까지 나왔다. 마야가 어밀리아의 목을 꼭 끌어안고는 가지 말라고 했다. "나도 가고 싶지 않아." 어밀리아가 말했다.

"그런데 왜 가야 해요?" 마야가 물었다.

"왜냐면 나는 여기 살지 않으니까."

"왜 여기 안 살아요?"

"왜냐면 일터가 딴 데 있으니까."

"우리 가게에 와서 일해도 돼요."

"그럴 수는 없지. 네 아빠가 날 죽이려 들걸. 게다가, 난 내가 지금 하는 일이 좋아." 어밀리아는 에이제이를 쳐다보았고, 그는 휴대폰을 점검하는 척하는 대단한 연기를 하고 있었다. 기적이 울렸다.

"에이미한테 작별인사하자." 에이제이가 말했다.

어밀리아는 페리에 올라서 에이제이에게 전화했다. "난 프로비던스에서 못 움직여. 당신은 앨리스에서 못 나오고. 해결방안이 보이지 않는 상황이지."

"그렇지." 에이제이는 동의했다. "오늘은 무슨 색으로 칠했어?"

"가볍게 살자."

"무슨 의미심장한 얘기인가?"

"아니." 그녀가 말했다.

그해 봄, 어밀리아의 어머니가 말했다. "이건 너한테 불공평한 일이야. 넌 서른여섯이고, 앞으로 더 어려질 리는 없잖니. 네가 진심으로 애를 갖고 싶다면, 불가능한 관계에 시간을 낭비하면 안 돼, 에이미."

그리고 이즈메이가 에이제이에게 말했다. "제부가 그 어밀리아란 사람하고 정말 진지한 게 아니라면, 그 사람이 제부 인생에 그렇게 큰 부분을 차지하게 만드는 건 마야한테 불공평한 일이야."

그리고 대니얼이 에이제이에게 말했다. "여자 때문에 삶을 바꾸다니 안 될 일이지."

그해 유월, 좋은 날씨 덕분에 에이제이와 어밀리아는 이런저런 반대의견을 잊어버렸다. 어밀리아는 가을철 도서목록을 홍보하러 와서는 두 주 동안 머물렀다. 그녀는 시어서커 반바지에 데이지 장식이 달린 플립플랍을 신었다. "올여름에는 자주 못 볼 거야." 그녀가 말했다. "출장도 있고, 팔월에는 어머니가 프로비던스에 오시거든."

"내가 보러 갈 수도 있는데." 에이제이가 제안했다.

"정말 볼 여유가 없어서 그래." 어밀리아가 말했다. "팔월밖에 시간이 안 되는데, 우리 어머니가 좀 적응이 쉽지 않은 분이야."

에이제이는 어밀리아의 튼튼하고 부드러운 등에 선블록 크림을 발라주면서 그녀 없이는 살 수 없다는 간결한 결론에 도달했다. 그는 어밀리아가 앨리스에 와야 하는 이유를 어떻게든 만들어 내리라 결심했다.

어밀리아가 프로비던스에 막 도착했을 때 에이제이는 그녀에게 스카이프로 전화를 걸었다. "전부터 생각하던 건데. 여름철 관광객들이 아직 섬에 있을 팔월에 리언 프리드먼 사인회를 열어야 해."

"당신은 관광객들 엄청 싫어하잖아." 어밀리아가 말했다. 그녀는 에이제이가 앨리스 섬의 여름 한철 주민들에 대해 큰소리로 불평하는 것을 한두 번 들은 게 아니었다. 캡틴 부머에서 아이스크림을 사갖고 바로 서점에 들어오는 일가족, 아장아장 걷는 아기가 사방팔방 만지고 돌아다니게 놔두는 일가족, 큰소리로 웃어대는 연극 페스티벌 사람들, 일주일에 한 번 바닷물에 몸을 담그는 것으로 개인 위생과 청결은 충분하다고 생각하는 피서객들.

"그건 아니지." 에이제이가 말했다. "내가 불평불만이 많긴 해도, 그 사람들이 또 상당량의 책을 구매하는걸. 게다가 니콜도 종종 하던 말이지만, 세간의 믿음과는 달리 작가 이벤트 최적의 시기는 팔월이야. 그때쯤 되면 사람들도 슬슬 지루해져 기분전환 거리라면 뭐든 달려들거든, 저자 낭독회 같은 거라도."

"저자 낭독회라니," 어밀리아가 말했다. "세상에, 그런 수준 이하의 오락거리를."

"〈트루 블러드〉에 비하면 그렇다는 말이겠지."

어밀리아는 못 들은 척했다. "사실 난 낭독회를 아주 좋아해." 어밀리아가 출판계에 막 뛰어들었을 무렵, 남자친구 손에 이끌려 92번가 Y[1]에서 하는 앨리스 맥더모트[2] 유료 이벤트에 간 적이 있었다. 어밀리아는 『차밍 빌리』를 별로라고 생각했는데, 맥더모트의 낭독 ─ 작가의 손짓, 특정 단어에 넣은 방점 ─ 을 들으면서 자신이 그 소설을 전혀 이해하지 못하고 있었음을 깨달았다. 낭독회를 나와 지하철역으로 가는 길에 남자가 그녀에게 사과했다. "재미없었다면 미안해." 일주일 후 어밀리아는 그 남자와 헤어졌다. 이제 와 생각하니, 얼마나 철이 없었는지, 눈은 또 얼마나 터무니없이 높았는지.

"알았어." 어밀리아가 에이제이에게 말했다. "홍보담당자하고 연결해줄게."

"당신도 올 거지?"

"노력해볼게. 어머니가 팔월에 오시는 바람에 ─"

---

1 미국 뉴욕 소재 비영리 문화예술센터.
2 미국의 소설가이며 존스홉킨스대학 인문학부 교수. 『차밍 빌리』로 전미도서상을 수상했다.

"모시고 와!" 에이제이가 말했다. "당신 어머니를 만나뵙고 싶어."

"당신이 아직 우리 어머니를 안 만나봐서 그래." 어밀리아가 말했다.

"어밀리아, 내 사랑, 당신이 와야 해. 당신을 위해서 리언 프리드먼을 초청하는 거라고."

"리언 프리드먼을 만나고 싶다고 얘기한 기억 없는데." 어밀리아가 말했다. 하지만 영상통화의 미덕이 바로 이거였다. 에이제이는 어밀리아가 빙그레 웃고 있는 모습을 볼 수 있었다.

월요일 아침 에이제이가 제일 먼저 한 일은 나이틀리의 리언 프리드먼 홍보담당자에게 전화를 거는 것이었다. 홍보담당자는 스물여섯이었고 항상 그렇듯 새파란 신참이었다. 그녀는 리언 프리드먼을 구글에서 검색해보고 나서야 무슨 책인지 알았다. "아, 와, 『늦게 핀 꽃』에 대해 작가 만남 요청을 주신 첫번째 고객인데요."

"그 책은 우리 가게에서 정말 잘나가요. 상당히 많이 팔렸습니다." 에이제이가 말했다.

"리언 프리드먼의 작가 행사를 주최하는 첫번째 서점이 되겠네요. 정말 유례 없는 일이군요. 아마 가능하지 않을까 싶은데." 홍보담당자가 잠깐 뜸을 들였다. "작가가 행사에 나올는지 알아봐달라고 담당 편집자에게 얘기해 볼게요. 저는 작가를 만나본 적은 없구요, 지금 사진을 보고 있는데, 음…… 상당히 원숙하시네요. 나중에 다시 전화드려도 될까요?"

171

"작가가 여행을 감당하지 못할 정도로 원숙하지는 않다고 가정하고, 여름철 관광객들이 떠나기 전 팔월 말경에 행사 일정을 잡았으면 합니다. 그러면 책이 더 많이 팔릴 테니까요."

일주일 후, 홍보담당자는 리언 프리드먼이 아직 죽지 않았으며 팔월에 아일랜드 서점 방문이 가능하다는 전언을 남겼다.

에이제이는 몇 년째 작가 이벤트를 열지 않았다. 핑계를 대자면 그런 행사 계획과 준비에 재능이 없다는 이유였다. 아일랜드 서점이 마지막으로 작가 이벤트를 열었던 건 니콜이 아직 살아있을 때였고, 항상 그녀가 모든 일을 맡아 처리했다. 에이제이는 니콜이 뭘 어떻게 했던가 열심히 기억을 더듬었다.

그는 책을 주문하고, 리언 프리드먼의 늙은 얼굴이 찍힌 포스터를 가게 안에 걸고, 관련 소셜 미디어에 게시글을 쓰고, 친구들과 직원들한테도 공유해달라고 부탁했다. 그래도 뭔가 노력이 부족해 보였다. 니콜의 북파티에는 늘 신선한 홍보수법이 동원됐으므로, 에이제이도 뭔가 하나 생각해내려 애썼다. 리언 프리드먼은 '늙어빠졌고', 책은 완전히 망했다. 둘 중 어느 사실도 행사를 띄우는 데 도움이 될 것 같지 않다. 책은 낭만적이긴 했지만 굉장히 우울했다. 에이제이는 램비에이스에게 전화를 넣어보기로 했다. 램비에이스는 코스트코 냉동새우를 제안했고, 이제 에이제이는 그것이 램비에이스의 고정 파티 준비물임을 알고 있었다. "이봐," 램비에이스가 말했다. "지금 행사를 연다면, 난 제프리 디버를 만나고 싶어 죽겠어. 우리 앨리스 섬 파출소 사람들은 전부 디버의 왕팬이라고."

그다음으로 연락한 사람은 대니얼이었는데, 그는 이런 정보를 주었다. "훌륭한 북파티에는 술만 충분히 있으면 돼."

"이즈메이 좀 바꿔줘." 에이제이가 말했다.

"아주 문학적이지도 않고 재치 있는 아이디어도 아니지만, 가든파티는 어떨까?" 이즈메이가 말했다. "『늦게 핀 꽃』, 그러니까 꽃이잖아요?"

"그렇죠."

"다들 모자에 꽃을 꽂는 거예요. 모자 콘테스트나 뭐 그런 걸 하고 작가를 심사위원으로 앉히는 거죠. 분위기도 밝아지고, 제부와 친구 사이인 아줌마들도 서로 우스꽝스런 모자를 쓴 사진을 찍기 위해서라도 다들 나타날걸요."

에이제이는 그 아이디어를 잠시 고민해 보았다. "끔찍하게 들리는데요."

"그냥 제안일 뿐이에요."

"하지만 생각해 보니까, 괜찮은 종류의 끔찍함일 수도 있겠군요."

"칭찬으로 받아들이죠. 어밀리아도 오나요?"

"꼭 왔으면 합니다." 에이제이가 말했다. "이 빌어먹을 파티를 하는 이유가 다 그녀 때문인데."

그해 유월, 에이제이와 마야는 앨리스 섬에 있는 유일한 고급 보석상에 갔다. 에이제이는 사각형 보석이 심플하게 세팅된 빈티지 반지를 가리켰다.

"너무 평범해요." 마야가 말했다. 마야는 리츠 호텔만큼 커다란 노랑 다이아몬드를 골랐고, 그것은 얼추 양호한 상태의『태멀레인』초판가에 맞먹는 가격임이 드러났다.

두 사람은 에나멜 꽃잎이 정중앙의 다이아몬드를 감싸는 형태로 세팅된 1960년대 반지로 합의를 보았다. "데이지 같아요." 마야가 말했다. "에이미는 꽃과 행복한 것들을 좋아해요."

에이제이는 반지가 좀 촌스럽고 요란하다고 생각했지만, 마야의 말이 맞다는 것을 알고 있었다. 이건 어밀리아가 고를 만한 반지였고, 그녀를 행복하게 해줄 만한 반지였다. 최소한 그녀의 플립플랍과 어울리긴 할 것이다.

서점으로 돌아오는 길에 에이제이는 어밀리아가 거절할 수도 있음을 마야에게 미리 경고했다. "그래도 에이미와 우리는 여전히 친구야." 에이제이가 말했다. "그녀가 거절한다손 쳐도."

마야는 고개를 끄덕였고, 다시 또 좀더 고개를 끄덕였다. "에이미가 왜 거절할까요?"

"글쎄다…… 이유야 많지, 사실. 네 아빠가 그렇게 탐나는 남편감은 못 되거든."

마야는 깔깔 웃었다. "바보같이."

"그리고 우리가 사는 곳은 접근성이 좋지 않은데 에이미는 일 때문에 출장을 다녀야 하고."

"북파티 때 물어볼 거예요?" 마야가 물었다.

에이제이는 고개를 저었다. "아니, 에이미를 민망하게 만들고 싶진 않아."

"그게 왜 민망하게 만들어요?"

"글쎄다, 보는 눈들 때문에 청혼을 받아들여야만 한다는 압박 감을 주고 싶진 않거든, 무슨 말인지 알지?" 에이제이는 아홉 살 때 아버지와 함께 자이언츠 경기를 보러 간 적이 있었다. 부자는 우연히 하프타임 때 대형 스크린을 통해 프러포즈를 받은 여자 바로 옆에 앉아 있었다. 카메라가 그녀를 비추자 여자는 '네'라고 대답했다. 그러나 세번째 쿼터가 시작되자마자 여자는 주체할 수 없이 울음을 터뜨렸다. 그후로 에이제이는 풋볼이 좋아지지 않았 다. "그리고 나 자신도 민망해지는 일을 피하고 싶어."

"그럼 파티가 끝난 다음에?" 마야가 말했다.

"그래, 용기를 끌어모을 수 있다면." 그는 마야를 바라보았다. "그나저나 너는 괜찮은 거냐?"

마야는 고개를 끄덕이고 티셔츠 자락에 안경알을 문질렀다. "아빠, 내가 에이미한테 토피어리 얘기를 했어요."

"구체적으로 토피어리의 무엇에 관해서?"

"난 토피어리를 별로 좋아하지도 않고, 우리가 그때 로드아일 랜드의 토피어리 가든에 간 건 에이미를 보러 간 게 분명하다고."

"왜 그런 얘기를 했어?"

"두어 달 전에 에이미가 아빠는 '가끔씩 무슨 생각을 하는지 알기 힘든 사람'이라고 했거든요."

"유감스럽지만 그게 사실이 아닐까 싶다."

저자들이란 원래 프로필 사진과 별로 닮지 않았다지만, 리언 프리드먼을 만난 자리에서 맨 처음 든 생각은 '정말로' 사진과 안 닮았다는 것이었다. 사진 리언 프리드먼은 더 날씬하고 깨끗이 면도하고 코도 더 길었다. 실물 리언 프리드먼은 노년의 어니스트 헤밍웨이와 백화점 산타클로스 사이의 중간 어디쯤으로 보였다. 크고 붉은 코와 불룩한 배, 텁수룩한 흰 수염, 반질거리는 눈. 실물 리언 프리드먼은 저자 프로필 사진보다 십 년은 젊어 보였다. 에이제이는 단순히 과도한 체중과 턱수염 때문이라고 생각하기로 했다. "리언 프리드먼입니다. 불세출의 소설가죠." 프리드먼이 그렇게 자기 소개를 했다. 그는 에이제이를 끌어당겨 곰처럼 포옹했다. "만나서 반갑소이다. 당신은 분명 에이제이겠구먼, 나이틀리의 그 처자 왈 당신이 내 소설을 아주 좋아한다던데. 취향이 아주 고급져, 내 입으로 말하긴 뭣하지만."

"선생님께서 그 책을 소설이라고 부르다니 재미있군요." 에이제이가 말했다. "소설인가요 자서전인가요?"

"아, 흠, 그거에 관해서라면 집 나간 소가 돌아올 때까지 토론을 해도 되지 않겠소? 혹시 마실 거 좀 없을까. 난 항상 묵은 와인이 좀 들어가야 이런 종류의 행사가 훨씬 더 잘 되더라고."

이즈메이는 이날 행사를 위해 차와 한입 크기 샌드위치를 준비했지만 술은 없었다. 이벤트는 일요일 오후 두시로 잡혀 있었고, 이즈메이는 파티 분위기에 술은 어울리지도 필요하지도 않을 거라 생각했다. 에이제이는 위층으로 올라가 와인을 한 병 챙겨왔다.

아래층에 내려와보니 마야가 리언 프리드먼의 무릎 위에 앉아 있었다.

"난 『늦게 핀 꽃』 좋아해요." 마야가 얘기하고 있었다. "나도 타깃 독자가 맞는지는 모르겠지만."

"오호호, 그것 참 매우 재미있는 논평이구나, 꼬마 아가씨."

"나는 논평을 많이 해요. 내가 직접 만나본 다른 작가는 대니얼 패리시밖에 없어요. 대니얼 아세요?"

"아는 것 같지 않은걸."

마야는 한숨을 내쉬었다. "아저씨는 대니얼 패리시보다 얘기하기 힘드네요. 제일 좋아하는 책이 뭐예요?"

"나한테 좋아하는 책이 있는지도 모르겠네. 그거 말고, 크리스마스 선물로 뭘 받고 싶은지 얘기해줄래?"

"크리스마스요?" 마야가 말했다. "크리스마스는 아직 네 달 남았는데요."

에이제이는 프리드먼에게 딸의 반환을 요청하고, 대신 와인한 잔으로 교환해주었다. "고맙소이다." 프리드먼이 말했다.

"폐가 되지 않는다면 낭독회를 하기 전에 준비된 책에 사인을 좀 해주시겠습니까?" 에이제이는 프리드먼을 안쪽으로 안내하여 자리를 마련하고 한 상자분의 페이퍼백과 펜을 주었다. 프리드먼이 자신의 이름을 책표지에 적으려는 순간 에이제이가 저지했다. "우리는 보통 책 안쪽 표제지에 저자 사인을 받는데요. 괜찮으시다면 말이죠."

"미안합니다." 프리드먼이 대답했다. "이런 건 처음이라."

"아뇨, 별 말씀을." 에이제이가 말했다.

"내가 저 앞에서 어떤 역할을 해야 하는지 알려주시겠소?"

"아, 그렇군요." 에이제이가 말했다. "제가 먼저 선생님에 관해서 몇 마디 얘기한 다음, 선생님이 책을 소개하게 됩니다. 가령 어떤 계기로 이 책을 쓰게 됐는지라든가요. 그 후에 한두 페이지 정도 책을 낭독하고 나서 시간이 되면 독자와의 질의응답 시간을 가질 겁니다. 아, 그리고 기념 삼아 모자 콘테스트를 열 건데, 선생님께서 우승자를 가려주시면 영광이겠습니다."

"그거 신나겠네." 프리드먼이 말했다. "프리드먼. F-R-I-E-D-M-A-N." 그는 사인을 하면서 철자를 읊었다. "자꾸 까먹는단 말이야."

"까먹어요?" 에이제이가 물었다.

"E가 하나 더 있어야 하지 않나, 아닌가?"

작가들은 원래 괴팍한 사람들이니 에이제이는 대수롭지 않게 넘기기로 했다. "아이들하고 편하게 어울리시는 것 같던데요." 에이제이가 말했다.

"네…… 크리스마스 때 근처 메이시 백화점에서 산타클로스 역할을 종종 하거든요."

"진짜요? 그러기 쉽지 않은데."

"이래 봬도 제가 그 방면으로 요령이 꽤 좋아요."

"그런 뜻이 아니라—" 에이제이는 잠깐 말을 멈추고, 지금 하려는 얘기에 프리드먼이 불쾌해하지 않을까 애써 가늠해보았다. "제 말은 그냥, 선생님은 유대인이시잖아요."[1]

1 유대인은 크리스마스를 축하하지 않는다.

"맞아요."

"책에서 그 점을 아주 강조하셨죠. '신앙을 버린 유대인'이라고. 이 표현이 맞나요?"

"표현이야 자기 하고 싶은 대로 하면 되지." 프리드먼이 말했다. "저기, 와인보다 더 센 건 없나?"

낭독회가 시작될 즈음 이미 프리드먼은 몇 잔 걸쳤고, 에이제이는 작가가 긴 고유명사와 외국어 구절 몇 개, 이를테면 차파쿠아,[2] 아프레 무아 르 델루지,[3] 하다사,[4] 라하임,[5] 할라[6] 등등을 읽으면서 버벅댄 것은 술 탓이겠거니 했다. 큰소리로 낭독하는 것이 편치 않은 작가들도 있으니까. 질의응답 시간에 프리드먼은 단답형으로 일관했다.

질문: 아내분이 돌아가셨을 때 어떠셨나요?

답변: 슬펐죠. 우라지게 슬펐죠.

질문: 제일 좋아하는 책이 뭔가요?

답변: 성경. 아니면 『모리와 함께한 화요일』.[7] 그래도 아마 성경일 겁니다.

2 뉴욕 웨스트체스터카운티 북부의 작은 마을.
3 Après moi le déluge. "나 죽은 다음 세상이 멸망하든 말든 알게 뭐람." 루이 15세의 정부 마담 퐁파두르의 말이라고 전해진다.
4 뉴욕에 근거한 유대 여성 단체.
5 유대인들이 건배할 때 외치는 히브리어.
6 유대인들이 안식일에 먹는 전통 빵.
7 미국 작가 미치 앨봄의 대표작. 세계적 베스트셀러가 되었고 TV 영화로도 만들어졌다.

질문: 사진보다 젊어 보이시네요.

답변: 와, 감사합니다!

질문: 신문사에서 일하는 건 어떤가요?

답변: 손이 항상 더럽죠.

그는 최고의 모자를 고르거나 줄 서 있는 사람들한테 사인해 줄 때 더 편안해 보였다. 에이제이는 제법 참가자를 끌어모았고 줄은 문 밖까지 이어졌다. "메이시 백화점에서 하듯이 대기자 라인을 설치했어야 하는데." 프리드먼이 제안했다.

"이 업계에서는 그런 게 거의 필요가 없어서." 에이제이가 말했다.

어밀리아와 그녀의 어머니가 맨 마지막으로 책에 사인을 받았다.

"만나뵙게 되어 정말 기뻐요." 어밀리아가 말했다. "제 남자친구와 저는 선생님의 책이 아니었다면 연인이 되지 못했을 거예요."

에이제이는 주머니 속에 든 약혼반지를 만지작거렸다. 지금인가? 아냐, 너무 대형 스크린이야.

"포옹 한번 합시다." 프리드먼이 어밀리아에게 말했다. 어밀리아는 테이블 너머로 상체를 숙였고, 에이제이는 저 늙은이가 어밀리아의 블라우스 속을 흘끔거리는 것을 본 것 같았다.

"그게 소설의 힘이라는 거지." 프리드먼이 말했다.

어밀리아는 프리드먼을 유심히 관찰했다. "그러게요." 그녀는 멈칫했다. "그게 소설에 불과한 건 아니잖아요? 실제로 일어난 일이지."

"그럼, 귀여운 아가씨, 그렇고말고." 프리드먼이 말했다.

에이제이가 끼어들었다. "아마 프리드먼 선생님은 그거야말로 이야기의 힘이라는 말씀을 하고 싶으셨던 거지요."

몸집은 삐쩍이만 하지만 성질은 사마귀 같은 어밀리아의 어머니가 말했다. "아마 프리드먼 선생은 같은 책을 좋아한다는 사실에 기반한 연애는 딱히 연애라고 할 수도 없다는 얘기를 하시려는 거겠지." 그러더니 어밀리아의 어머니는 프리드먼 선생에게 손을 내밀어 악수를 청했다. "마거릿 로먼이에요. 내 남편도 몇 년 전에 죽었지요. 내 딸 어밀리아 덕분에 난 찰스턴 과부 독서모임에서 당신 책을 읽었어요. 다들 굉장하다고 하더군요."

"아, 멋지군요. 그것 참……" 프리드먼은 로먼 부인을 보며 밝은 미소를 지었다. "그것 참……"

"네?" 로먼 부인이 뒷말을 재촉했다.

프리드먼은 헛기침을 하고 이마와 코에서 땀을 닦았다. 얼굴이 상기되니 더욱 산타클로스처럼 보였다. 그는 뭔가 말을 하려는 듯 입을 여는가 싶더니 방금 사인한 책들과 로먼 부인의 베이지색 페라가모 뾰족구두 위로 토사물을 쏟았다. "술을 너무 많이 마셨나." 프리드먼이 말했다. 그는 트림을 했다.

"확실히 그래 보이는군요." 로먼 부인이 말했다.

"엄마, 에이제이의 집이 여기 2층이에요." 어밀리아는 계단을 가리켰다.

"가게 위층에 산단 말이니?" 로먼 부인이 물었다. "그 재밌는 얘기를 왜 진즉―" 바로 이때, 로먼 부인은 급속도로 퍼지는 토사물 웅덩이에 미끄러졌다. 금방 자세를 바로잡긴 했지만, 가작으로 뽑힌 그녀의 모자는 가망이 없었다.

프리드먼이 에이제이를 돌아보며 말했다. "죄송하게 됐습니다. 술을 너무 많이 마셨나 봐요. 신선한 공기를 쐬고 담배 한 대 피우면 가끔 속이 진정되기도 하는데. 밖으로 나가는 길을 누가 좀 알려주시면……"

에이제이는 프리드먼을 뒷문으로 안내했다.

"무슨 일이에요?" 마야가 물었다. 마야는 프리드먼이 하는 얘기가 자신의 관심사가 아님을 알고부터 『번개 도둑』[1]에 도로 빠져 있던 중이었다. 마야는 사인용 테이블로 걸어왔다가 토사물을 보고 덩달아 욱 토하고 말았다.

어밀리아가 마야 쪽으로 달려갔다. "괜찮아?"

"저런 걸 보게 될 줄 몰랐어요." 마야가 말했다.

한편, 가게 옆 골목에서 리언 프리드먼은 다시 토했다.

"식중독에 걸리신 것 같습니까?" 에이제이가 물었다.

프리드먼은 대답하지 않았다.

"페리 때문에 배멀미를 하시는 걸까요? 아니면 너무 흥분하셔서? 열기 때문에?" 에이제이는 왜 이렇게 떠들어대야 한다는 강박이 느껴지는지 알 수 없었다. "프리드먼 선생님, 먹을 거라도 좀 갖다드릴까요?"

"라이터 있어요?" 프리드먼이 쉰 목소리로 말했다. "라이터가

1 릭 라이어던의 청소년용 판타지 소설.

든 가방을 놓고 나왔네."

에이제이는 가게로 다시 달려갔다. 프리드먼의 가방은 어디 있
는지 보이지 않았다. "라이터가 필요합니다!" 그는 외쳤다. 에이
제이가 목소리를 높이는 경우는 드문 일이다. "아 진짜, 라이터
빌려줄 사람 없어요?"

하지만 계산대를 지키는 직원 한 명과 프리드먼 사인회의 패잔
병 두어 명을 제외하곤 다 가버린 후였다. 어밀리아 나이쯤 되어
보이는 세련된 옷차림의 한 여자가 큼지막한 가죽 손가방을 열
며 말했다. "나한테 있을지도 몰라요."

에이제이는 여자가 가방을 뒤지는 동안, 정말이지 캐리어만
한 가방이었다, 속을 끓이며 서 있었다. 에이제이는, 바로 그래서
작가를 가게로 오게 하면 안 되는 거야, 하는 생각을 했다. 여자
는 빈손을 들어 보였다. "미안해요. 아버지가 폐기종으로 돌아가
신 후론 끊었는데, 그래도 하나쯤 있을지도 모른다고 생각했거
든요."

"아뇨, 괜찮습니다. 위층에 있을 겁니다."

"작가분한테 문제가 생겼나요?" 여자가 물었다.

"별일 아니에요." 에이제이는 계단으로 향하며 대답했다.

집에 올라와보니 마야가 저 혼자 있었다. 눈이 그렁그렁했다.
"나 토했어요, 아빠."

"저런." 에이제이는 서랍 속에서 라이터를 찾아냈다. 그는 서랍
을 탕 소리내어 닫았다. "어밀리아는 어디 있어?"

"청혼하려고요?" 마야가 물었다.

"아냐. 지금 이 순간에는 안 돼. 알코올중독자한테 라이터를 배달해야 하거든."

마야는 이 정보를 곰곰 생각해 보았다. "같이 가도 돼요?" 마야가 물었다.

에이제이는 라이터를 주머니에 넣고, 이제는 안아 옮기기엔 너무 커진 마야를 편의상 들어 안았다.

둘은 계단을 내려가 서점을 지나 에이제이가 프리드먼을 두고 온 바깥으로 나갔다. 연기가 후광처럼 프리드먼의 뒤통수를 감싸고 있었다. 그의 손가락 사이에서 나른하게 늘어진 파이프는 묘하게 부글거리는 소리를 내고 있었다.

"선생님 가방을 못 찾았어요." 에이제이가 말했다.

"그건 쭉 내가 갖고 있었지." 프리드먼이 말했다.

"그건 무슨 담배예요?" 마야가 물었다. "그렇게 생긴 담뱃대는 난생처음 봤어요."

처음에 에이제이는 반사적으로 마야의 눈을 가리려 했다. 그러나 이내 껄껄 웃음을 터뜨렸다. 프리드먼 저 양반이 진짜 마약용품을 들고 비행기를 탔단 말이야? 에이제이는 딸을 돌아보았다. "마야, 우리 작년에 읽은 『이상한 나라의 앨리스』[1] 기억나?"

"프리드먼은 어디 있어?" 어밀리아가 물었다.

"이즈메이의 SUV 뒷자석에서 기절했어." 에이제이가 대답

[1] 물담배를 피우는 애벌레가 등장한다. 이 소설에 마약과 관련된 은유가 많다는 주장도 있다.

했다.

"불쌍한 이즈메이."

"처형은 그런 데 익숙해. 여러 해 동안 대니얼 패리시의 미디어 수행비서였으니까." 에이제이는 인상을 썼다. "나도 같이 가는 게 도리겠지." 원래 계획은 이즈메이가 프리드먼을 페리까지, 또 배에서 내린 후 공항까지 바래다주는 것이었지만, 처형한테만 맡길 수는 없었다.

어밀리아가 그에게 키스했다. "착한 사람. 난 마야를 보면서 여기를 치울게."

"고마워. 근데 참 거지같군." 에이제이가 말했다. "당신이 섬에 머무는 마지막 날이잖아."

"뭐, 최소한 기억에는 남겠어. 리언 프리드먼을 데려와줘서 고마워, 내가 상상했던 작가하곤 약간 달랐지만."

"아주 약간이지." 그는 어밀리아에게 키스하고 미간에 주름을 잡았다. "이거보단 더 로맨틱하게 될 줄 알았는데."

"몹시 로맨틱했어. 늙은 호색한 주정뱅이가 내 블라우스 속을 들여다보는 것보다 더 로맨틱한 일이 어디 있겠어?"

"주정뱅이이기만 한 건 아니고……" 에이제이는 마리화나를 뜻하는 보편적인 손동작을 해보였다.

"암이나 뭐 그런 병이 있는 거 아닐까?"[2] 어밀리아가 말했다.

"그럴지도……"

"적어도 행사가 끝날 때까지 기다려주긴 했잖아." 어밀리아가

2 의료 목적인 경우 마리화나의 휴대와 사용이 허용된다.

말했다.

"나로서는, 그래서 행사가 더 최악이 된 것 같은데." 에이제이가 말했다.

이즈메이가 차에서 경적을 울렸다.

"날 부르는 거야." 에이제이가 말했다. "오늘밤에 정말 어머니하고 같이 호텔에 있어야 해?"

"그래야 하는 건 아니지. 난 다 큰 어른이라고, 에이제이." 어밀리아가 말했다. "단지 내일 아침 일찍 프로비던스로 출발해야 하니까 그런 거지."

"아주 좋은 인상은 못 드린 것 같네." 에이제이가 말했다.

"그런 사람은 지금껏 아무도 없었어." 어밀리아가 말했다. "나라면 그런 걱정 안 해."

"저기, 가능하면 자지 말고 기다려줘." 이즈메이가 다시 클랙슨을 울렸고, 에이제이는 차로 달려갔다.

어밀리아는 서점 청소에 착수했다. 그녀는 토사물부터 시작했고, 마야는 꽃잎이나 플라스틱 컵처럼 좀 불쾌감이 덜한 폐기물들을 한군데로 모았다. 안쪽 통로에 라이터가 없는 여자가 앉아 있었다. 그녀는 챙이 늘어진 회색 페도라를 쓰고 발목까지 오는 긴 실크 드레스를 입었다. 중고 옷가게에서 샀나 싶은 옷들이지만, 실제로 중고샵에서 옷을 사는 어밀리아는 그게 만만찮게 비싼 옷들임을 알아보았다. "낭독회 때문에 오셨나요?" 어밀리아가 물었다.

"네." 여자가 말했다.

"어땠어요?" 어밀리아가 물었다.

"무척 활발한 분이시더군요." 여자가 말했다.

"네, 그렇죠." 어밀리아는 스폰지의 물기를 양동이에 짰다. "내가 기대했던 그대로였다고는 차마 말 못 하겠지만."

"어떤 기대를 했는데요?" 여자가 물었다.

"좀더 지성적인 사람일 줄 알았죠. 잘난 척 재수없게 들리죠. 적당한 말이 아닌 것 같아요. 뭐랄까, 좀더 현명한 사람?"

여자는 고개를 끄덕였다. "아뇨, 무슨 말씀인지 알겠어요."

"내 기대치가 너무 높았나 봐요. 난 프리드먼 씨의 책을 낸 출판사에서 일하거든요. 사실 내가 팔아온 책들 중 제일 좋아하는 책이었는데."

"왜 그 책을 제일 좋아해요?" 여자가 물었다.

"난……" 어밀리아는 여자를 쳐다보았다. 여자의 눈은 상냥했다. 어밀리아는 상냥한 눈빛에 종종 속았다. "아버지가 돌아가시고 얼마 안 됐을 때였고, 저자의 목소리에 뭔가 아버지를 생각나게 하는 면이 있었던 것 같아요. 게다가 책 속에 수많은 진실이, 실화들이 들어 있었죠." 어밀리아는 이제 바닥 쓸기로 넘어갔다.

"제가 방해가 되나요?" 여자가 물었다.

"아뇨, 거기 그대로 계시면 돼요."

"보고만 있자니 미안해서." 여자가 말했다.

"난 비질하는 거 좋아해요, 그리고 뭘 돕기엔 옷을 너무 잘 차려입었잖아요." 어밀리아는 길고 리드미컬한 비질로 가게 안을 쓸었다.

"원래 낭독회가 끝나면 출판사 사람한테 청소를 시키나요?" 여자가 물었다.

어밀리아는 웃음을 터뜨렸다. "아뇨. 이 서점 주인은 내 남자친구이기도 하거든요. 오늘 하루 도와주는 거예요."

여자는 고개를 주억거렸다. "책이 나온 지 몇 해가 지났는데 리언 프리드먼을 여기까지 초청한 걸 보면 주인분이 엄청난 팬인가 봐요."

"네." 어밀리아는 목소리를 낮춰 소곤거렸다. "사실은, 날 위해서 벌인 일이에요. 우리 둘이 함께 좋아한 첫 책이거든요."

"어머 귀여워라. 처음 같이 간 레스토랑이라든지 처음 함께 춤을 췄던 노래라든지 뭐 그런 거네요."

"맞아요."

"혹시 그 사람이 당신에게 청혼하려고 계획했던 건 아닐까요?" 여자가 물었다.

"저도 잠깐 그런 생각이 들긴 했죠."

어밀리아는 쓰레받기를 휴지통에 비웠다.

"책이 안 팔린 이유가 뭐라고 생각하세요?" 여자는 잠시 말을 끊었다가 질문을 던졌다.

"『늦게 핀 꽃』이요? 흠…… 경쟁이 심하거든요. 책이 좋아도 별 성과가 없을 때도 더러 있죠."

"힘든 일이겠어요." 여자가 말했다.

"책을 쓴다거나 뭐 그런 일을 하세요?"

"노력은 해봤죠, 네."

어밀리아는 손을 멈추고 여자를 똑바로 쳐다보았다. 여자의 긴 갈색 생머리는 예쁘게 손질됐고 곧게 쭉 뻗었다. 여자의 가방은 아마 어밀리아의 자동차 값은 가뿐히 나갈 거다. 어밀리아는 악수를 청하며 여자에게 자신을 소개했다. "어밀리아 로먼입니다."

"리어노라 페리스예요."

"리어노라. 리언과 비슷하네요." 마야가 큰소리로 말했다. 밀크셰이크도 한 잔 마셨고 다시 활기찬 상태가 되어 있었다. "저는 마야 피크리예요."

"앨리스 섬에 사세요?" 어밀리아가 리어노라에게 물었다.

"아뇨, 그냥 하루 온 거예요. 낭독회 때문에."

리어노라는 자리에서 일어났고, 어밀리아는 리어노라가 앉아 있던 의자를 접어 벽에 세워놓았다.

"당신도 그 책의 열혈 팬인가 봐요." 어밀리아가 말했다. "아까 말했듯이 내 남자친구 집이 여기라 경험상 아는데, 앨리스는 세상에서 제일 오기 편한 곳은 못 되거든요."

"네, 못 되죠." 리어노라는 손가방을 집어들며 말했다.

불현듯 어떤 생각이 어밀리아의 머릿속을 스쳤다. 그녀는 돌아서서 큰소리로 말했다. "목적 없이 길을 떠나는 사람은 없다. 방황하는 자에게도 방황하고자 하는 소망이 있는 법."

"『늦게 핀 꽃』 중 한 구절이네요." 한참 말이 없던 리어노라가 입을 열었다. "정말 좋아했군요."

"네." 어밀리아가 말했다. "'젊었을 때는 전혀 젊은 줄 몰랐다.' 뭐 그런 얘기였는데. 그다음 구절을 기억하세요?"

"아뇨." 리어노라가 말했다.

"작가들이 자기가 쓴 걸 다 기억하는 건 아니더라고요." 어밀리아가 말했다. "어떻게 기억하겠어요?"

"얘기 즐거웠어요." 리어노라는 문을 향해 발걸음을 옮겼다. 어밀리아는 리어노라의 한쪽 어깨에 손을 올렸다.

"당신이죠, 맞죠?" 어밀리아가 말했다. "당신이 리언 프리드먼이야."

리어노라는 고개를 저었다. "꼭 그런 건 아니죠."

"그게 무슨 말이에요?"

"아주 오래전, 한 아가씨가 소설을 썼고, 그걸 팔아보려고 애썼는데, 아무도 거들떠보지 않았어요. 아내를 여읜 노인에 관한 얘기였고, 초자연적 존재도 안 나오고 구미가 당길 만한 줄거리도 아니고, 그래서 여자는 책 제목을 바꾸고 자서전이라고 하면 더 쉽겠다고 생각했죠."

"그건…… 그건…… 옳지 않아요." 어밀리아는 말을 더듬었다.

"아뇨, 왜요. 그 안에 든 모든 것은 여전히 정서적으로 진실이에요, 문자 그대로의 사실은 아닐지라도."

"그럼 아까 그 남자는 누구였죠?"

"소개소에 전화를 했어요. 그 사람은 보통 산타클로스 역을 한다더군요."

어밀리아는 고개를 절레절레 흔들었다. "이해가 안 가네. 낭독회는 왜 승낙했어요? 굳이 비용을 들여가며 번잡한 일을 왜 한 거예요? 위험을 무릅쓰고?"

"책은 이미 망했지만 그래도 이따금 알고 싶어지잖아요…… 내 작품이 누군가에게 어떤 의미가 있다는 걸 내 두 눈으로 목격하고 싶었어요."

어밀리아는 리어노라를 빤히 쳐다보았다. "바보가 된 기분이네." 어밀리아는 마침내 입을 열었다. "당신은 훌륭한 작가예요, 그거 알아요?"

"알아요." 리어노라가 말했다.

리어노라 페리스는 길가의 어둠 속으로 사라졌고, 어밀리아는 다시 가게로 들어왔다.

마야가 말했다. "아주 이상한 하루였어요."

"그러게."

"저 여자는 누구예요, 에이미?" 마야가 물었다.

"이야기하자면 길어." 어밀리아가 마야에게 말했다.

마야는 얼굴을 찌푸렸다.

"프리드먼 선생님의 먼 친척이래." 어밀리아가 말했다.

어밀리아는 마야를 재우고 혼자 한잔 따라 마시면서 에이제이에게 리어노라 페리스에 관해 말을 할지 말지 곰곰 생각했다. 그녀는 에이제이에게 작가 이벤트에 대한 불쾌감을 심어주고 싶지 않았다. 또한 그의 눈에 자신이 어리석게 보이거나 직업상의 위신이 떨어지는 것도 싫었다. 그녀가 그에게 판매한 책이 이제는 사기로 드러난 셈이니까. 어쩌면 리어노라 페리스가 옳을지도 모른다. 그 책이 엄밀히 따져 진실인가 아닌가는 중요하지 않을지도 모른다. 어밀리아는 대학교 2학년 때 문학이론 시간에 들었던 세미나를 떠올렸다. '무엇이 진실인가?' 강사가 묻곤 했다. '자서전이란 것도 어차피 해석되어 구성된 것 아닌가?' 그녀는 수업시간에 항상 졸았는데, 아홉 명밖에 안 듣는 수업이어서 창피했다. 이렇게 세월이 흘렀는데도 그 수업을 생각하니 잠이 올 것만 같았다.

에이세이는 일시 조금 넘어 집에 도착했다. "배웅은 어땠어?" 어밀리아가 물었다.

"제일 좋았던 건 프리드먼이 거의 내내 기절해 있었다는 거였어. 마지막 이십 분은 이즈메이의 차 뒷좌석을 청소해야 했지." 에이제이가 보고했다.

"그럼, 자, 다음번 작가 이벤트를 기다려 마지않겠습니다, 피크리 씨."

"그렇게나 대참사였어?"

"아니. 사실 다들 무척 즐거운 시간을 보냈다고 생각해. 책도 많이 팔았고." 어밀리아는 이만 가려고 자리에서 일어났다. 지금 일어나지 않으면 리어노라 페리스에 대해 얘기하고 싶은 충동을 이기지 못할 것이다. "호텔로 돌아가야 해. 내일 아침 일찍 출발하니까."

"아니, 잠깐만. 좀만 있어줘." 에이제이는 주머니 속 보석함을 만지작거렸다. 결과가 어떻게 되든, 그녀에게 한번 물어보지도 않고 이 여름을 끝내기는 싫었다. 기회가 달아나려는 참이었다. 그는 주머니에서 상자를 꺼내 어밀리아를 향해 던졌다. "빨리 생각해." 그가 말했다.

"뭘?" 어밀리아는 말하면서 돌아섰다. 날아온 보석함이 그녀의 이마를 정통으로 맞혔다. "아야. 무슨 짓이야, 에이제이?"

"못 가게 한다는 게. 받을 줄 알고. 미안해." 에이제이는 어밀리아에게 다가가 이마에 키스했다.

"좀 높게 던졌어."

"당신이 나보다 크잖아. 가끔 그 차이를 과대평가하게 된다니까."

어밀리아는 바닥에 떨어진 상자를 주워서 열었다.

"당신 거야." 에이제이가 말했다. "그게……" 그는 한쪽 무릎을 꿇고 어밀리아의 손을 두 손으로 덥석 잡고, 연극 배우처럼 꾸며내고 있다는 느낌을 떨쳐내려 애썼다. "결혼합시다." 그는 거의 고통스러운 표정으로 말을 꺼냈다. "난 섬에 처박혀 있고, 가난하고, 애도 딸렸고, 수익이 점점 줄어드는 사업에 종사하고 있다는 거 잘 알아요. 당신 어머니가 나를 싫어하고, 작가 이벤트를 주최하는 일에는 영 젬병이라는 것도 잘 알고 있습니다."

"특이한 청혼이네." 어밀리아가 말했다. "당신의 장점부터 시작해야지, 에이제이."

"내가 말할 수 있는 거라곤…… 내가 말할 수 있는 거라곤, 우린 함께 헤쳐나갈 수 있을 거예요, 맹세코. 나는 내가 읽는 책을 당신도 같이 읽기를 바랍니다. 나는 어밀리아가 그 책에 관해 어떻게 생각하는지 알고 싶습니다. 내 아내가 되어주세요. 당신에게 책과 대화와 나의 온 심장을 약속할 수 있습니다, 에이미."

어밀리아는 그의 말이 진실임을 알고 있었다. 그는, 방금 그가 말한 이유들로 인해, 그녀에게든 누구에게든 재앙에 가까운 배우자였다. 출장길은 죽음일 것이다. 이 남자는, 이 에이제이라는 자는, 까다롭고 골치 아프고 따지길 좋아한다. 자기가 절대 틀릴 리 없다고 생각한다. 어쩌면 진짜로 틀리는 법이 없을지도 모른다.

하지만 틀린 적이 있다. 결코 오류를 내지 않는 에이제이가 리언 프리드먼이 사기꾼이라는 냄새를 맡지 못했다. 지금 이 순간 그게 왜 중요한지 모르겠지만, 확실히 중요했다. 아마 그것이 그에게 소년 같은, 망상적인 부분이 있다는 증거일지도. 어밀리아는 고개를 살짝 기울였다. 당신을 사랑하니까 이건 비밀로 해두겠어. 리언 프리드먼(리어노라 페리스?)이 썼듯, '좋은 결혼이란, 적어도 한 부분은 음모로 이루어진다.'

어밀리아는 미간을 찡그렸고, 에이제이는 그녀가 거절하려나 보다 생각했다. "좋은 사람은 찾기 힘들다." 그녀가 마침내 말했다.

"오코너의 단편을 말하는 거야? 당신 책상 위에 있던. 이런 순간에 떠올리기엔 지독히 어두운 얘긴데."

"아냐, 당신을 말하는 거야. 나는 끝없이 찾았는데. 겨우 기차 두 편과 배 한 척 거리였군."

"차로 다니면 기차는 좀 생략해도 돼." 에이제이가 말했다.

"당신이 운전에 관해 뭘 아는데?" 어밀리아가 물었다.

이듬해 가을, 단풍이 든 직후, 어밀리아와 에이제이는 결혼식을 올렸다.

램비에이스는 짝을 맞추기 위해 자신의 어머니와 같이 왔고, 어머니가 아들에게 말했다. "내가 결혼식이라면 원래 다 좋아하긴 하지만, 성숙한 두 사람이 결혼하기로 결심하니까 유독 멋스럽지 않아?" 램비에이스의 어머니는 언젠가 아들도 재혼하기를 바라고 있다.

"무슨 말씀이신지 알아요, 엄마. 눈 감고 달려드는 걸로 보이지 않는다는 거죠." 램비에이스가 말했다. "남자는 여자가 완벽하지 않다는 걸 알죠. 여자는 남자가 전혀 완벽하지 않다는 걸 알고. 둘 다 세상에 완벽이란 건 없다는 걸 알고 있죠."

마야는 반지를 들고 가는 역할을 선택했다. 그게 화동보다 더 책임감 있는 자리라는 이유였다. "꽃을 잃어버리면 다른 꽃을 가져오면 되지만," 마야는 논리를 폈다. "반지를 잃어버리면 다들 영원히 슬퍼하잖아요. 반지를 가지고 있는 사람에게 더 큰 힘이 있는 거예요."

"골룸처럼 말하는군." 에이제이가 말했다.

"골룸이 누구예요?" 마야는 알고 싶어 했다.

"네 아빠가 좋아하는, 상태 심각한 너드 친구 하나 있어." 어밀리아가 말했다.

결혼식 전에 어밀리아는 마야에게 선물을 주었다. '이 책은 마야 태멀레인 피크리의 소유입니다'라고 적힌 장서표가 담긴 조그만 상자였다. 인생의 지금 단계에서 마야는 자기 이름이 쓰인 물건을 아주 좋아했다.

"우리가 가족이 되어 기뻐." 어밀리아가 말했다. "난 정말 네가 좋아, 마야."

마야는 자신의 첫번째 장서표를 현재 읽고 있는 책, 『옥타비안 낫싱』[1] 제2권에 붙이느라 정신이 없었다. "네," 마야가 말했다. "아, 잠시만요." 마야는 주머니에서 귤색 매니큐어 병을 꺼냈다. "선물이에요."

"나 귤색은 없었는데." 어밀리아가 말했다. "고마워."

"알아요. 그래서 그걸로 고른 거예요."

에이미는 병을 뒤집어 바닥면에 적힌 제목을 읽었다. '좋은 사람과 귤(Good Man-darin)은 찾기 힘들다.'

에이제이는 결혼식 때 리언 프리드먼을 부르자고 했지만, 어밀리아가 거부했다. 두 사람은 『늦게 핀 꽃』의 한 구절을 결혼식 때 어밀리아의 대학 동창이 읽는 것에 대해서는 합의했다. 낭독한 부분은 다음과 같았다.

'사랑받지 못하리라는 은밀한 두려움이 우리를 고립시킨다. 하지만 고립이야말로 사랑받지 못하리라는 생각을 하게 만드는 유일한 이유다. 언젠가, 언제일지 모르는 어느 날, 당신은 차를 몰고 길을 가리라. 그리고 언젠가, 언제일지 모르는 어느 날, 그가 혹은 그녀가 거기에 있으리라. 당신은 사랑받을 것이다. 생애 처음으로, 결코 혼자가 아니기에. 혼자가 아니기를 선택했기에.'

어밀리아의 대학 동창들 중 아무도 이 글을 읽고 있는 여자를 아는 사람이 없었지만, 그걸 특별히 이상하게 여기는 사람도 없

---

1 미국 독립전쟁을 배경으로 심리실험에 이용된 흑인 소년의 인생을 그린 M. T. 앤더슨의 청소년 소설.

었다. 배서 대학이 작긴 해도 전교생이 모두 서로 알고 지내는 곳은 절대 아니었고, 어밀리아는 늘 온갖 동아리에서 친구를 사귀는 재주가 좋았다.

서머 드레스의 여자들

어윈 쇼, 1939

남자는 아내 옆에서 딴 여자들을 뚫어져라 쳐다본다. 아
내는 마뜩잖다. 결말의 멋진 비틀기는 반전에 가깝다. 너
는 영리한 독자니까 반전이 있을 거라는 걸 아마 알겠지.
(반전이 있으리란 걸 알면 그 반전은 만족도가 떨어지는
가? 예상치 못한 반전은 조악한 구성의 증후인가? 글을 쓸
때는 이런 것들을 고려해야 해.)

딱히 글쓰기와 관련된 사항은 아니지만…… 언젠가 너도
결혼에 대해 생각할 날이 오겠지. 주변에 딴 사람이 있어
도 너밖에 안 보인다는 사람을 골라라.

—A. J. F.

이즈메이는 현관 홀에서 기다리고 있다. 한쪽 발로 다른 쪽 종아리를 감싼 모양으로 다리를 꼬고 앉아 있다. 전에 여자 앵커가 이렇게 앉은 모습을 봤는데 그게 인상 깊었다. 그런 다리 꼬기를 완수하려면 가느다란 다리와 유연한 무릎이 필요하다. 이즈메이는 오늘을 위해 고른 드레스가 너무 얇은 건 아닐까 생각한다. 실크 재질의 원피스인데 여름도 다 갔다.

그녀는 휴대폰을 들여다본다. 오전 열한시, 그 말은 결혼식이 이미 시작했다는 얘기다. 남편 빼고 혼자라도 출발해야 할까?

이왕 늦은 거, 혼자 가봤자 의미 없다고 판단한다. 기다리고 있으면 대니얼이 왔을 때 소리라도 지를 수 있다. 그런 데서라도 즐거움을 찾아야지.

대니얼은 열한시 이십육분에 현관 문지방을 넘었다. "미안해." 그가 말했다. "수업 듣는 애들 중 몇 명이 한잔하러 가자고 해서. 한 잔이 두 잔 되고, 그렇게 됐네, 당신도 알잖아."

"그래." 이즈메이가 말했다. 더이상 소리지를 기분도 안 난다. 침묵이 더 나을 것이다.

"사무실에서 넘어졌는데. 등허리가 아파 죽겠네." 대니얼은 아내의 뺨에 키스했다. "모습이 근사한데." 그는 휘파람을 불었다. "여전히 끝내주는 다리야, 이즈메이."

"옷 갈아입어." 그녀가 말했다. "술독에 빠졌다 나온 냄새가 나. 직접 운전해서 온 거야?"

"안 취했어. 이건 숙취야. 말은 정확히 해야지, 이즈메이."

"당신이 여태 살아 있는 게 기적이다." 그녀가 말했다.

"그 말이 맞을 거야." 그는 위층으로 올라가며 대꾸했다.

"내려올 때 내 숄 좀 갖다줄래?"라고 말했지만 대니얼이 들었는지는 모르겠다.

결혼식이란, 결혼식은 원래 다, 항상 이렇겠지, 이즈메이는 생각했다. 푸른색 시어서커 양복을 입은 에이제이는 사람이 어설퍼 보였다. 턱시도라도 좀 빌려입지. 여긴 저지 해변이 아니라 앨리스 섬이라고. 어밀리아는 저 꼴불견 르네상스 축제 드레스를 어디서 구한 거지? 하얗다기보다 누리끼리하고, 꼭 히피처럼 보인다. 어밀리아가 원래 빈티지 옷을 입고 다니긴 하지만 딱히 그런 옷들에 어울리는 몸매는 아니다. 머리에 꽂은 저 거대한 거베라 꽃은 누굴 놀리는 건가. 맙소사, 스무 살도 아니고. 잇몸이 다 보이게 웃네.

내가 언제부터 이렇게 삐딱해졌지? 이즈메이는 생각했다. 저들의 행복이 나의 불행은 아닌데. 아니라야지. 매순간 이 세상의 행복과 불행이 똑같은 비율로 존재한다면 어찌 되랴. 마음을 곱게 써야 한다. 나이가 마흔쯤 되면 미움이 얼굴에 드러난다는 게 정설이다. 게다가 어밀리아는 매력적인 사람이다, 니콜처럼 예쁘지는 않아도. 마야가 얼마나 활짝 웃는지 보라고. 이빨이 또 빠졌네. 에이제이도 무척 행복하다. 저 운좋은 자식이 울지 않으려고 참는 것 좀 봐.

이즈메이는 에이제이를 위해 실제로 기뻐했다. 그 의미야 어찌됐든. 하지만 결혼식 자체는 고역이었다. 그 행사는 동생의 죽음을 더욱 확실히 못박았고 자신의 이런저런 좌절과 낙담을 괜히 곱씹게 만들었다. 어느덧 마흔네 살이다. 너무 잘생긴 남자와 결혼했고, 그 남자를 더이상 사랑하지 않는다. 지난 열두어 해 동안 일곱 번의 유산을 겪었다. 산부인과 의사의 말에 따르면, 갱년기다. '이제 그만'이란 뜻이다.

이즈메이는 식장 건너편 마야를 바라보았다. 정말 예쁜 아이이고, 똑똑하기까지 하다. 이즈메이는 마야에게 손을 흔들었지만, 마야는 고개를 책 속에 묻고 있어서 보지 못한 것 같다. 저 꼬마 아가씨는 유독 이즈메이에게 살갑게 굴지 않는데, 다들 이상하게 생각하는 점이다. 대체로 마야는 어른들과 함께 있는 편을 좋아하고, 이십 년간 가르치는 일을 해온 이즈메이는 애들을 다루는데 능숙하다. 이십 년이라니, 세상에. 알지 못하는 새에 그녀는 남자애들의 눈길이 저절로 꽂히는 각선미의 생기발랄한 신입 교사에서 학교 연극부를 맡고 있는 나이든 패리시 선생님이 되었다. 연극에 그렇게 많은 신경과 관심을 쏟다니, 사람들은 그녀가 어리석다고 생각한다. 물론 그들은 그녀의 노력과 투자를 과대평가하고 있다. 고만고만한 범작들만 양산하는 이 짓을 얼마나 오래 계속할 수 있을까? 얼굴은 매번 달라져도 지금껏 가르친 아이들 중에 미래의 메릴 스트립은 없었다.

이즈메이는 어깨에 두른 숄을 더욱 단단히 여미고 좀 걷기로 했다. 선착장으로 내려가서 키튼 힐을 벗고 인적 없는 해변을 걸었다. 늦은 구월이었고, 바람은 가을처럼 찼다. 여자가 바다로 헤엄쳐 나가 결국 자살한 그 책 제목이 뭐였더라, 이즈메이는 열심히 기억을 더듬었다.

아주 쉽잖아, 이즈메이는 생각했다. 물속을 걸어간다. 잠시 헤엄친다. 너무 멀리 헤엄쳐간다. 돌아오려고 기를 쓰지 않는다. 폐에 물이 찬다. 잠깐은 고통스럽겠지만 곧 끝난다. 다시 아플 일도 없고, 양심에 거리낄 것도 없다. 지저분한 것도 남기지 않는다. 언젠가 시신이 해변에 밀려올 수도 있다. 아닐 수도 있다. 대니얼은 나를 찾지도 않을 거야. 찾을지도 모르지만, 아주 그렇게 열심히 찾을 리는 절대 없다.

맞아! 케이트 쇼팽의 『각성』이었어. 열일곱 때 그 장편소설(중편인가?)을 얼마나 좋아했는데.

마야의 어머니도 같은 식으로 삶을 끝냈다. 이즈메이는 새삼스럽게 메리언 윌리스가 『각성』을 읽은 게 아닐까 싶었다. 몇 년 동안 그녀는 메리언 윌리스에 대해 많은 생각을 했다.

이즈메이는 물속으로 걸어 들어갔고, 생각했던 것보다 훨씬 물이 찼다. 할 수 있어, 그녀는 생각했다. 그냥 걷기만 하면 돼.

그냥 저질러도 돼.

"이즈메이!"

이즈메이는 저도 모르게 돌아봤다. 램비에이스, 에이제이의 성 가신 경찰 친구다. 램비에이스는 그녀의 구두를 들고 있었다.

"수영하기엔 좀 춥지 않아요?"

"약간요." 그녀가 대답했다. "머리 좀 식히려고 나왔어요."

램비에이스가 그녀에게 다가왔다. "그렇군요."

이즈메이의 이가 덜덜 떨리며 맞부딪혔고, 램비에이스는 양복 윗도리를 벗어 그녀의 어깨에 걸쳐주었다. "힘드시죠." 램비에이스가 말했다. "에이제이가 여동생이 아닌 딴 여자랑 결혼하는 걸 보는 건."

"네, 하지만 어밀리아도 사랑스러워 보여요." 이즈메이는 눈물이 났다. 하지만 해가 거의 져서 램비에이스한테 들켰는지는 확실치 않다.

"결혼식이란 건," 그가 말했다. "사람을 지독히 외롭게 만들 수도 있네요."

"그러게요."

"선을 넘을 생각은 없고, 또 우리가 서로 그렇게 잘 아는 사이는 아니라는 건 알지만, 음, 당신 남편은 멍청이예요. 만약 당신처럼 예쁜 전문직 여자가 내─"

"선 넘었어요."

"미안합니다." 램비에이스가 말했다. "내가 무례했죠."

이즈메이는 고개를 저었다. "무례하다고는 말 못 하겠는데요." 그녀가 말했다. "외투를 빌려줬잖아요. 고마워요."

"앨리스에선 가을이 일찍 오죠." 램비에이스가 말했다. "안으로 들어가시죠."

대니얼은 피쿼드의 고래 바로 밑 바 자리에서 어밀리아의 들러리에게 작업을 걸고 있었다. 고래는 크리스마스 시즌을 맞아 전구로 칭칭 감쌌다. 히치콕 스타일의 금발머리에 안경을 쓴 재닌은 어밀리아와 함께 출판사 말단에서부터 시작해서 지금의 위치까지 올라왔다. 대니얼은 몰랐지만, 재닌에게는 이 위대한 작가가 선을 넘지 않도록 단속하는 임무가 주어졌다.

결혼식을 위해 어밀리아는 재닌에게 노란색 깅엄 드레스를 골라 사줬다. "두 번 다시 안 입을 거라는 거 알아." 어밀리아가 했던 말이다.

"소화하기 힘든 색이죠." 대니얼이 말했다. "그걸 입고도 대단히 멋져 보이네요. 재닌, 맞죠?"

재닌은 고개를 끄덕였다.

"신부 들러리 재닌. 무슨 일을 하시는지 여쭤봐도 될까요?" 대니얼이 말했다. "이거 너무 뻔한 파티용 대사인가?"

"편집자예요." 재닌이 말했다.

"섹시하고 영리한 편집자. 어떤 책을 만드세요?"

"제가 맡았던 해리엇 터브먼[1]에 관한 어린이 그림책이 두어 해 전 칼데콧 수상작이었죠."

---

1 지하철도라는 지하조직을 통해 흑인 노예들을 탈출시켰고, 남북전쟁 때 스파이로 활약했으며, 말년에는 여성 참정권 운동에 기여한 흑인 여성 인권운동가.

"굉장하군요." 말은 그렇게 했지만 속으로는 실망했다. 대니얼은 새로운 출판사를 물색중이었다. 책 판매량이 예전 같지 않았고, 출판사 사람들이 충분히 잘해주고 있지는 않다는 생각이 들었다. 출판사에서 자신을 버리기 전에 자기 쪽에서 출판사를 차고 싶었다. "대상이었죠?"

"아뇨. 우수상이었는데요."

"당신은 틀림없이 훌륭한 편집자예요." 그가 말했다.

"무슨 근거로?"

"뭐, 우수상인데 대상을 탔다고 내가 착각하게 놔두지 않았잖아요."

재닌은 손목시계를 들여다보았다.

"재닌은 손목시계를 본다." 대니얼이 말했다. "그녀는 늙은 작가와 있는 것이 따분하다."

재닌은 싱긋 웃었다. "두번째 문장은 삭제하죠. 독자들도 알 거예요. 말하지 말고 보여주라."

"그런 얘길 하실 거라면 저는 마실 게 필요하군요." 대니얼은 손짓으로 바텐더를 불렀다. "보드카. 그레이 구스가 있다면 그걸로 주세요. 그리고 탄산수도." 그는 재닌을 돌아보았다. "뭐 드시겠습니까?"

"로제 와인 한 잔 주세요."

"'말하지 말고 보여주라'는 건 완전히 헛소리죠, 신부 들러리 재닌 씨." 대니얼은 가르치려 들었다. "그건 시드 필드의 시나리오 책에 나온 얘기인데, 소설 작법과는 하등 상관이 없어요. 소설은 오로지 말하는 겁니다. 적어도 가장 훌륭한 소설들은 그렇단 말이죠. 소설이 시나리오의 모조품이 되어선 안 되죠."

"고등학교 때 당신 책을 읽었어요." 재닌이 말했다.

"아, 그 얘긴 하지 맙시다. 퇴물이 된 기분이 드니까."

"우리 엄마가 가장 좋아하는 책이었죠."

대니얼은 가슴에 총을 맞는 시늉을 했다. 이즈메이가 그의 어깨를 가볍게 쳤다. "나 집에 갈 거야." 그녀는 남편의 귀에 속삭였다.

대니얼은 그녀를 따라 나왔다. "이즈메이, 잠깐만."

대니얼은 운전을 하기엔 너무 취했으므로 이즈메이가 운전대를 잡았다. 그들은 앨리스 섬에서 가장 비싼 동네인 클리프에 산다. 그곳의 집들은 모두 전망이 좋고, 거기까지 가는 오르막 도로는 구불구불하니 사각지역이 즐비하고, 불빛도 별로 없고, 주의를 애원하는 노란 표지판들이 줄지어 서 있다.

"방금 커브 돌 때 속도가 좀 빨랐어, 여보." 대니얼이 말했다.

이즈메이는 이대로 도로를 벗어나 차를 바다에 처박아 버릴까 생각했고, 생각만으로도 행복했으며, 혼자만 자살하려 했을 때보다 더 행복했다. 그 순간 그녀는 자신이 죽고 싶어하지 않는다는 것을 깨달았다. 그녀는 대니얼이 죽었으면 싶었다. 최소한 사라져주기라도 했으면 싶었다. 그래, 사라져버려. 그녀는 그렇게 마음을 정했다.

"난 더이상 당신을 사랑하지 않아."

"이즈메이, 무슨 말도 안 되는 소리야. 당신은 결혼식에만 갔다

오면 이러더라."

"당신은 좋은 사람이 아니야." 이즈메이가 말했다.

"난 복잡한 사람이지. 좋은 사람은 못 될지 몰라도 분명 최악
은 아니라고. 완벽히 평범한 결혼생활인데 끝장낼 이유는 없어."
대니얼이 말했다.

"당신은 베짱이고, 나는 개미야. 그리고 난 개미 노릇하는 데
진절머리가 나."

"그건 좀 어린애 같은 비유인데. 좀더 나은 비유를 해봐."

이즈메이는 차를 갓길에 세웠다. 손이 덜덜 떨렸다.

"당신은 나쁜 놈이야. 더 나쁜 건, 나까지 덩달아 나쁜 년으로
만들었다는 거야." 그녀가 말했다.

"무슨 말을 하는 건지 모르겠네." 차 한 대가 그들 옆으로 쌩하
니 달려갔고, SUV의 차체가 흔들릴 정도로 바싹 붙어 지나갔다.
"이즈메이, 여기에 차를 세우는 건 미친 짓이야. 말싸움을 하고
싶다면 집에 가서 제대로 하자."

"그애가 에이제이와 어밀리아와 함께 있는 걸 볼 때마다, 난 토
할 것 같아. 그애는 우리 애가 됐어야 했어."

"무슨 소리야?"

"마야." 이즈메이가 말했다. "당신이 해야 할 일을 했다면, 그애
는 우리 애가 됐을 거야. 하지만 당신은, 당신은 뭐든 절대 힘들여
노력하는 법이 없어. 그리고 내가 당신의 그 어리광을 다 받아줬
지." 이즈메이는 대니얼을 물끄러미 쳐다보았다. "메리언 윌리스
가 당신 애인이었다는 거 알아."

"그렇지 않아."

"거짓말하지 마! 그 여자가 당신 앞마당에서 자살하려고 여기까지 왔다는 거 다 알아. 그 여자가 마야를 당신에게 넘기려 했지만, 당신은 너무 게을렀든지 아니면 비겁했든지 애를 달라고 하지도 않았어."

"진짜 그렇게 생각했다면 왜 당신은 그때 가만있었던 거야?" 대니얼이 물었다.

"왜냐면 그건 내 일이 아니니까! 난 임신한 상태였고, 당신이 싸지른 똥을 치우는 건 내 책임이 아니잖아."

차가 또 한 대 거의 그들을 옆으로 밀어붙이다시피 빠르게 지나갔다.

"하지만 당신이 용기 있게 나한테 사정을 얘기했다면, 난 그애를 입양했을 거야, 대니얼. 당신을 용서했을 거고, 그애를 받아들였을 거라고. 난 당신이 뭔가 얘기할 때까지 기다렸지만, 당신은 입도 벙긋하지 않았지. 나는 몇 날을, 몇 주를, 몇 년을 기다렸어."

"이즈메이, 당신 멋대로 생각하는 건 자유지만, 메리언 월리스는 내 여자친구가 아니야. 낭독회 때 왔던 팬이었어."

"당신 날 바보로 아는 거야?"

대니얼은 고개를 저었다. "낭독회 때 한 번 왔던 아가씨였고, 딱 한 번 같이 잤어. 그애가 내 애라고 어떻게 확신하겠어?" 그는 이즈메이의 손을 잡으려 했지만, 그녀는 손을 확 잡아뺐다.

"웃긴다." 이즈메이가 말했다. "그나마 남아 있던 애정의 마지막 한 방울까지 깨끗이 사라졌어."

"난 여전히 당신을 사랑해." 대니얼이 말했다. 바로 그때, 백미러에 다른 차의 헤드라이트가 비쳤다.

그들은 뒤에서 들이받혔고, 그 충격에 차가 중앙선을 넘어서 양방향 도로를 다 막고 섰다.

"난 괜찮은 것 같은데." 대니얼이 말했다. "당신 괜찮아?"

"다리가," 그녀가 말했다. "부러진 것 같아."

헤드라이트가 또 비쳤고, 이번에는 반대편 도로에서였다. "이즈메이, 차를 돌려야 해." 그가 고개를 들자 때맞춰 트럭이 눈에 들어왔다. 반전인걸, 그는 생각했다.

대니얼의 저 유명한 데뷔작의 첫 장에서, 주인공은 재앙과도 같은 교통사고를 당한다. 대니얼은 그 부분을 쓰느라 고생깨나 했는데, 끔찍한 교통사고에 대해 아는 거라곤 죄 책이나 영화에서 본 것뿐이었기 때문이다. 쉰 번쯤 고쳐쓴 후에야 마침내 어떤 식으로 묘사할지 결정했는데, 그것도 썩 마음에 들지는 않았다. 모더니즘 시인들의 문체에서 이래저래 끌어다 붙인 식이었다. 아폴리네르[1]였나 브르통[2]이었나, 하지만 그 어느 쪽의 수준에도 이르지 못했다.

빛은, 그녀의 두 눈이 휘둥그레질 만큼 밝다.

경적은, 나른하고 너무 늦다.

1 프랑스의 시인이자 평론가. 초현실주의의 선구자이며 20세기 초 전위 예술이론을 확립하는 데 크게 기여했다.
2 20세기 초현실주의를 대표하는 프랑스의 시인이자 미술이론가.

금속은 휴지처럼 구겨진다.

몸은 고통스럽지 않다, 이미 어딘가 다른 곳으로 날아갔으므로.

그래, 대니얼은 충돌 직후, 죽음 직전에 생각했다. 딱 그거군. 문장은 그가 생각했던 것만큼 나쁘지는 않았다.

제2부

아버지와의 대화

그레이스 페일리, 1972

몸져누운 아버지가 '가장 훌륭한' 스토리텔링 방법에 대해
딸과 논쟁한다. 분명 마음에 들어할 거야, 마야. 지금 바로
아래층에 내려가서 네 손에 이 책을 쥐여줄지도 몰라.

— A. J. F.

마야의 창의적 글쓰기 수업 숙제는, 자신이 좀더 잘 알았으면 좋았을걸 하는 인물에 대해 이야기하는 것이었다. "나의 생물학적 아버지는 내게 유령이나 다름없다." 마야는 썼다. 첫 문장은 잘 풀렸는데, 이 다음엔 어디로 가지? 마야는 이백오십 단어를 쓰면서 아침나절을 다 허비한 끝에 패배를 인정했다. 이야기랄 게 없었다. 그 남자에 관해 아는 게 아무것도 없으니. 그는 정녕 마야에게 유령이었다. 애초에 구상부터 실패가 내재된 일이었다.

에이제이는 딸에게 그릴드 치즈 샌드위치를 갖다주며 물었다. "잘되어 가십니까, 헤밍웨이 씨?"

"노크 좀 하면 어디 덧나요?" 마야는 샌드위치를 받아들고 문을 쾅 닫았다. 전에는 가게 위층에 사는 게 좋았지만, 이젠 열네 살이 됐고 어밀리아도 함께 살고 있으니 집이 비좁게 느껴졌다. 그리고 시끄러웠다. 하루종일 아래층에서 손님들 말소리가 들렸다. 이런 환경에서 사람이 어떻게 글을 써?

자포자기하는 심정으로 마야는 어밀리아의 고양이에 대해서 썼다.

'퍼들글럼은 프로비던스에서 앨리스 섬으로 이사를 하게 될

줄 꿈에도 생각지 못했다.'

마야는 문장을 수정했다. '퍼들글럼은 서점 위층에 살게 될 줄
꿈에도 생각지 못했다.'

기교를 부렸군, 마야는 판단했다. 창의적 글쓰기 수업을 맡은
밸보니 선생님은 바로 그렇게 말할 것이다. 마야는 이미 빗방울
의 시점에서, 또 아주 낡은 도서관 책의 시점에서 글을 쓴 적이 있
다. 밸보니 선생님은 그 도서관 책 스토리에 이렇게 평을 달았다.
'흥미로운 콘셉트. 하지만 다음에는 인간 캐릭터에 관해 써보는
게 어떨까. 정말 활유법을 네 특기로 삼고 싶은 것?'

마야는 '활유법'을 사전에서 찾아보고, 아냐, 이걸 특기로 삼고
싶은 건 아냐, 라고 생각했다. '특기' 따위를 갖고 싶은 게 아니다.
하지만 그게 특기 같은 거라고 한들 나무랄 일인가? 마야는 책을
읽고, 손님들의 삶을 상상하고, 때로는 찻주전자나 책갈피 회전
대 같은 무생물의 삶을 상상하며 어린 시절을 보냈다. 외로운 어
린 시절은 아니었지만, 마야의 절친한 벗들 중 대다수는 결코 현
실적이라고 볼 수 없었다.

잠시 후 어밀리아가 노크를 했다. "숙제하는 중이니? 잠깐 쉴
래?"

"들어오세요." 마야가 말했다.

어밀리아는 침대 위에 털썩 앉았다. "뭘 쓰고 있어?"

"저도 모르겠어요. 그게 문제예요. 하나 생각난 게 있는데, 잘
풀리지가 않아요."

"아, 그건 문제지."

마야는 숙제에 관해 설명했다. "나한테 중요한 사람에 관해 쓰는 거예요. 죽은 사람이나, 더 잘 알았으면 좋았을걸 싶은 사람에 대해서요."

"네 어머니에 대해 쓰면 되지 않을까?"

마야는 고개를 설레설레 흔들었다. 마야는 어밀리아의 기분을 상하게 하고 싶지 않았지만, 이건 누가 봐도 분명한 문제 같았다. "생물학적 아버지만큼이나 엄마에 대해서도 아는 게 없는걸요." 마야가 말했다.

"넌 어머니와 두 해를 같이 살았잖아. 이름도 알고 배경과 사정도 좀 알고. 그걸 출발점으로 삼으면 어때."

"엄마에 대해서는 그만큼 알면 됐다고 생각해요. 엄마에게는 기회가 있었죠. 스스로 다 말아먹었지만."

"그렇지 않아." 어밀리아가 말했다.

"우리 엄마는 삶을 포기했잖아요?"

"이유가 있었을 거야. 분명 네 어머니 나름대로 최선을 다했을 거라고." 어밀리아의 어머니는 이태 전에 세상을 떴다. 그들 모녀의 관계는 때론 위기도 있었지만, 어밀리아는 뜻밖에도 어머니가 맹렬히 그리웠다. 가령, 어머니는 죽을 때까지 격월로 딸에게 새 속옷을 부쳤다. 어밀리아는 평생 단 한 번도 스스로 속옷을 살 일이 없었다. 최근에서야 티제이맥스의 란제리 매장 앞에 서 있는 자신을 발견했고, 팬티를 고르면서 울음이 터졌다. '나를 그토록 사랑해주는 사람은 다시는 없을 거야.'

"죽은 사람?" 에이제이가 저녁을 먹으면서 말했다. "대니얼 패리시는 어때? 둘이 친했잖아."

"애기 때 얘기죠." 마야가 말했다.

"대니얼 때문에 작가가 되기로 한 거 아니냐?"

마야는 미간을 찌푸리며 눈을 굴렸다. "아뇨."

"어렸을 때 대니얼한테 푹 빠져 있었거든." 에이제이가 어밀리아에게 말했다.

"아빠아! 내가 언제."

"문학적 첫사랑은 중요하지." 어밀리아가 말했다. "난 존 어빙[1]이었는데."

"거짓말." 에이제이가 말했다. "앤 M. 마틴[2]이면서."

껄껄 웃으며 어밀리아는 자신의 잔에 와인을 더 따랐다. "응, 그 말이 아마 맞을 거야."

"두 분 모두 지금 이 상황이 무척 재밌다고 생각하시니 기쁘군요." 마야가 말했다. "난 아마 낙제할 테고 그러면 아마 나도 우리 엄마와 똑같은 최후를 맞이하겠죠." 마야는 식탁에서 일어나 자기 방으로 달려갔다. 그러나 이 집은 드라마틱한 퇴장에 걸맞게 설계되지 않았고, 마야는 서가에 무릎을 찍고 말았다. "이 집은 정말이지 너무 비좁아." 마야가 말했다.

마야는 시위하듯 자기 방으로 걸어가 문을 쾅 닫았다.

---

1 『가아프가 본 세상』(1978)으로 세계적 베스트셀러 작가로 부상한 미국의 소설가. 다섯 편의 소설이 영화화됐으며, 〈사이더 하우스〉를 직접 각색해서 아카데미상을 받기도 했다.

2 어린이와 청소년 책을 주로 쓰며 〈베이비시터 클럽〉 시리즈로 유명하다.

"뒤따라가봐야 할까?" 에이제이가 소곤거렸다.

"그럴 거 없어. 마야한테는 자기만의 공간이 필요해. 십대 여자애인걸. 혼자 분을 삭이게 좀 놔둬."

"마야 말이 맞는 것 같아." 에이제이가 말했다. "여긴 너무 비좁아."

그들은 결혼한 후 줄곧 온라인으로 부동산을 훑었다. 마야가 중학생이 되니, 화장실 하나 딸린 다락방 같은 집은 급격한 감소세를 보이며 마술처럼 쫄아들었다. 에이제이는 마야나 어밀리아와 화장실 쟁탈전을 벌이기 싫어 주로 가게 공용 화장실을 썼다. 손님들은 저 두 여인네보다는 점잖았다. 게다가 사업이 잘되는 편이라(적어도 안정적이었다), 만약 이사해서 위층이 비면 어린이 부문을 확장해서 동화 구연 코너를 마련한다든가, 아니면 선물과 카드 코너를 만들 수도 있다.

그런데 앨리스 섬에서 그들의 예산 범위 안에 있는 집은 죄다 신혼집 스타일이었고, 에이제이는 인생에서 신혼의 단계는 이미 넘어서지 않았나 생각했다. 주방과 공간 구획은 요상하고, 방 크기는 너무 작고, 기초 공사 문제와 관련해서 불길한 말들이 떠돌았다. 부동산 검색을 시작하기 이전에는, 『태멀레인』을 떠올리며 어떤 식으로든 아쉬워한 적이 한 손으로 꼽을 정도였던 것 같은데.

그날 저녁 늦게, 마야는 방문 아래 이런 쪽지가 끼워져 있는 것을 발견했다.

마야,

쓰다 막혔을 때는 읽는 게 도움이 된다.

안톤 체호프의 「미녀」, 캐서린 맨스필드의 「인형의 집」, J. D. 샐린저의 「바나나피시를 위한 완벽한 날」, ZZ 패커의 「브라우니」 혹은 「딴 데서 커피를 마시다」, 에이미 헴플의 「앨 졸슨이 묻혀 있는 묘지에서」, 레이먼드 카버의 「뚱보」, 어니스트 헤밍웨이의 「인디언 마을」.

아래층에 다 있을 거야. 못 찾겠으면 얘기해라, 네가 나보다 뭐가 어디 있는지 더 잘 알 테지만.

사랑을 담아, 아빠가

마야는 도서목록을 주머니에 쑤셔넣고 문을 닫은 가게로 내려갔다. 마야는 책갈피를 꽂아두는 회전대를 돌리고 ─ 어이, 잘 있었니, 회전대! ─ 오른쪽 문학 코너로 홱 꺾었다.

밸보니 선생님에게 숙제를 낼 때 마야는 긴장되고 살짝 흥분한 상태였다.

"「바닷가 나들이」라." 밸보니 선생이 제목을 읽었다.

"모래의 시점에서 쓴 거예요." 마야가 말했다 "겨울을 맞은 앨리스 섬에서 모래가 관광객들을 그리워하는 거죠."

밸보니 선생은 몸을 움찔거렸고, 꽉 끼는 검정 가죽바지에서 찌익 소리가 났다. 그는 학생들에게 글을 읽을 때는 풍부한 식견과 비판적 시각을 유지하면서도 긍정적인 면에 역점을 두라고 지도하는 입장이다. "흐음, 벌써부터 생생한 묘사가 느껴지는걸."

"농담이에요, 밸보니 선생님. 활유법에서 벗어나려 노력하는 중입니다."

"기대되네, 얼른 읽어보고 싶군요." 밸보니 선생이 말했다.

그 다음주, 밸보니 선생은 작품을 하나 낭독할 테니 다들 똑바로 앉으라고 말했다. 자신의 글이 선택되는 것은 신나고 들뜨는 일이다. 비록 그것이 비평의 도마에 오른다는 의미라도. 비평을 받는 것은 흥미진진한 일이다.

"어떻게 생각하나요?" 선생은 낭독을 마치고 반 아이들에게 물었다.

"흐음," 세라 핍이 말했다. "언짢게 할 생각은 없지만, 대화문이 좀 후지군요. 인물의 의도는 알겠는데 그래도 좀더 구어체를 사용하는 게 좋지 않았을까요?" 세라 핍은 자신의 블로그 '페이즐리 유니콘 북리뷰'에 서평을 올린다. 맨날 출판사에서 무료로 책을 받았다고 떠벌리고 다닌다. "그리고 왜 삼인칭 시점이죠? 왜 현재시제로 쓰고? 그래서 저한테는 글이 좀 유치하게 느껴지네요."

학대받은 소년 영웅이 초자연적 방해물과 부모라는 장애물을 극복한다는 글을 쓴 빌리 리버먼이 말했다. "결말이 어떻게 된 건지 이해를 못하겠는데요? 혼란스러워요."

"그건 여러가지로 해석할 수 있게 한 것 같은데." 밸보니 선생이 말했다. "지난주에 열린 결말에 관해 얘기한 것 기억나요?"

매기 마케이커스는 이야기 중 경제와 관련된 부분에 모순이 있는데 그래도 어쨌든 마음에 든다고 말했다. 매기는 수학과 토론 수업 시간표가 엉키는 바람에 이 과목을 선택했을 뿐이다.

애브너 쇼셰는 다방면에서 이의를 제기했다. 등장인물이 거짓말을 하는 소설은 좋아하지 않는다면서("믿을 수 없는 화자에는 질렸어요" — 이 개념은 두 주 전에 처음 배웠다), 디 나쁜 건, 아무 사건도 일어나지 않은 것 같다고 했다. 그렇다고 마야가 그애 말에 상처 입은 것은 아니다. 왜냐면 애브너의 글은 전부 똑같은 반전, 즉 '모든 게 꿈이었다'로 끝나니까.

"마음에 드는 점은 없나요?" 밸보니 선생이 물었다.

"문법요." 세라 핍이 말했다.

존 퍼네스가 말했다. "무척 슬퍼서 좋아요." 존은 속눈썹이 길고 갈색이며 앞머리를 아이돌 가수처럼 올백으로 넘겼다. 존은 할머니의 손에 관한 글을 써서 냉혈한 세라 핍마저 눈물을 흘리게 만들었다.

"나도 그래." 밸보니 선생이 말했다. "독자로서 나는 여러분이 이의를 제기한 것들이 오히려 마음에 와닿았어요. 어느 정도 격식을 갖춘 문어체와 결말의 모호함도 좋구요. '믿을 수 없는 화자'라는 평에는 동의하기 힘드네. 이 개념에 대해서는 다시 한번 다뤄야겠군. 경제적 요소도 그리 형편없게 다뤄진 건 아닌 듯하고. 총체적으로 봤을 때 이 이야기는 존의 「우리 할머니의 손」과 더불어 이번 학기 수업에서 가장 훌륭한 작품이에요. 이 두 작품을 카운티 소설 공모전에 앨리스타운 고등학교 출품작으로 내겠습니다."

애브너가 툴툴거렸다. "글쓴이가 누군지 말씀 안 해주셨잖아요."

"맞아, 그래. 마야가 썼어요. 존과 마야에게 박수를 보내죠."

마야는 너무 우쭐하는 티를 내지 않으려 애썼다.

"엄청나다, 그지? 뱉보니 선생님이 우리 걸 채택하시다니." 수업이 끝나고 존이 말을 걸었다. 이유는 모르겠지만 존은 마야의 사물함까지 마야를 쫓아왔다.

"응." 마야가 말했다. "네 글 좋았어." 마야는 존이 쓴 소설을 좋아했지만, 그건 전에 그랬다는 얘기고 지금은 정말로 자신이 우승자가 되고 싶다. 대상에게는 150달러짜리 아마존 상품권과 트로피가 수여된다.

"상 타면 뭘 살 거야?" 존이 물었다.

"책은 아니야. 아빠한테 잔뜩 있으니까."

"넌 행운아야." 존이 말했다. "나도 서점에 살았으면 좋겠다."

"난 서점 위층에 살아, 서점이 아니라. 그리고 그렇게 굉장하지도 않아."

"틀림없이 굉장할걸."

존은 눈을 가린 갈색 앞머리를 쓸어올렸다. "엄마가 시상식 때 너도 우리 차로 같이 가면 어떻겠느냐고 하셔."

"공모전 얘기는 겨우 방금 전에 들었잖아." 마야가 말했다.

"우리 엄만 그런 분이니까. 카풀을 항상 좋아하셔. 너네 아빠한테 물어봐."

"문제는, 우리 아빠도 시상식에 가고 싶어할 텐데 운전을 안 하시거든. 그래서 아마 우리 대모나 대부 차로 가자고 할 거야. 그리고 너희 엄마도 가고 싶어하실 테고. 그러니 카풀이 가능할 지 모르겠네." 마야는 삼십 분째 얘기하고 있는 듯한 기분이었다.

존이 씩 웃으며 고개를 흔들어 부푼 앞머리를 살짝 튕겼다. "괜찮아. 언젠가 딴 데 갈 때 태워다줘도 되지?"

시상식은 하이애니스의 한 고등학교에서 열렸다. 고작 체육관 이었고(온갖 구기종목의 공 냄새가 여전히 또렷했다) 시상식은 아직 시작도 안 했는데 다들 교회에서처럼 숨죽여 속삭였다. 뭔가 중대하고도 문학적인 일이 이곳에서 벌어지려는 참이다.

스무 개 고등학교에서 사십 작품이 출품됐으며, 상위 세 작품 만 낭독된다. 마야는 존 퍼네스 앞에서 낭독연습을 했다. 존은 좀 더 숨을 쉬고 읽는 속도도 늦출 것을 권했다. 마야는 계속 호흡법 과 낭독을 연습했고, 이건 흔히들 생각하는 것보다 쉽지 않았다. 마야도 존이 낭독하는 것을 들어주었다. 마야는 존에게 평소 목 소리로 읽으라고 조언했다. 존은 아나운서처럼 한껏 꾸민 목소리 를 냈다. "좋으면서 그런다." 존의 말이었다. 이제 존은 마야에게 항상 그 꾸민 목소리로 말을 건다. 짜증나게시리.

밸보니 선생은 누가 봐도 다른 학교 교사일 수밖에 없는 여자 와 얘기하고 있었다. 여자는 딱 교사다운 차림새, 꽃무늬 원피스 에 눈송이 자수가 새겨진 베이지색 카디건을 입었고, 밸보니 선생의 말에 무조건 고개를 끄덕였다. 물론 밸보니 선생은 늘 입던 가죽바지를 입었고, 외출이니만큼 가죽 재킷도 걸쳐 기본적으로 가죽 정장이다. 마야는 밸보니 선생이 자신을 칭찬하는 말을 아버지에게 들려주고 싶어 선생님을 에이제이에게 소개하고 싶었다. 또 한편으론 에이제이가 황당한 짓을 할까봐 만나지 않았으면 싶기도 했다. 지난달 가게에서 스마이드 영어 선생님을 에이제이에게 소개했는데, 에이제이가 선생님의 손에 책을 꾹 쥐여주며 이렇게 말했다. "이 소설을 마음에 들어하실 겁니다. 아주 교묘하게 에로틱하죠." 마야는 죽고 싶었다.

에이제이는 넥타이를 매고 왔고, 마야는 청바지였다. 처음엔 어밀리아가 골라준 드레스를 입었다가, 유난 떠는 것처럼 보일 것 같아서 관뒀다. 이번주 어밀리아는 프로비던스에 머물렀고, 나중에 시상식장에서 만나자고 했지만 십중팔구 늦을 것이다. 분명 드레스를 안 입었다고 서운해하겠지.

지휘봉으로 교탁을 두드리는 소리가 들렸다. 눈송이 카디건의 선생이 아일랜드 카운티 고등부 단편소설 공모전에 오신 것을 환영한다고 말했다. 선생은 올해 출품작들이 특히나 다양하고 감동적이었다고 찬사를 발했다. 그녀는 발표를 맡게 되어 영광이며 모두가 상을 받았으면 좋겠다고 얘기한 후, 첫번째 최종 결선 후보작을 발표했다.

당연히 존 퍼네스는 결선 후보에 올랐다. 마야는 의자 깊숙이 앉아 낭독을 들었다. 이야기는 기억하고 있던 것보다 더 좋다. 할머니의 손이 티슈 같다는 묘사가 마음에 든다. 마야는 에이제이를 쳐다보면서 그가 어떻게 반응하는지 살폈다. 눈빛이 멍한 것이 지루하다는 표정이었다.

두번째 이야기는 블랙하트 고등학교에서 온 버지니아 킴의 작품이었다. 「여행」은 중국에서 입양된 아이에 관한 이야기다. 에이제이는 두어 번 고개를 주억거렸다. 분명 「우리 할머니의 손」보다 이쪽이 더 마음에 든 것이다.

마야는 입상권에 들지 못할까봐 불안해졌다. 청바지를 입고 와서 다행이다. 마야는 밖으로 나가는 가장 빠른 길을 찾아 두리번거렸다. 어밀리아가 강당 문 옆에 서 있었다. 그녀는 마야에게 엄지손가락을 들어보였다. "드레스는? 드레스는 어떻게 된 거야?" 어밀리아가 입 모양으로 물었다.

마야는 어깨를 으쓱하고 다시 돌아앉아 「여행」을 들었다. 버지니아 킴은 새하얀 피터팬 칼라가 달린 검정 벨벳 드레스를 입었다. 버지니아는 매우 작은 목소리로, 가끔은 속삭임과 다를 바 없는 소리로 낭독했다. 모든 청중이 상체를 내밀고 집중해서 듣기를 바라는 것 같았다.

불행히도 「여행」은 끝이 없었고, 「우리 할머니의 손」보다 다섯 배는 길었다. 얼마 있다가 마야는 듣기를 포기했다. 그 시간이면 차라리 중국에 갔다 오겠다 싶었다. 「바닷가 나들이」가 상위 세 작품 안에 들지 못하더라도 축하연 때 티셔츠와 쿠키는 있을 것이다. 하지만 순위에 들지도 못했는데 누가 축하연까지 머물고 싶겠는가?

순위에 들기만 하면, 대상을 타지 못해도 분하지 않을 거야.

존 퍼네스가 대상을 타면, 그애를 미워하지 않도록 노력할 거야.

내가 대상을 타면, 아마존 상품권은 자선단체에 기부할 거야. 가령 불우아동이라든가 고아원에.

상을 못 타면, 뭐 어때. 상을 타기 위해 글을 쓴 것도, 숙제로 내기 위해 글을 쓴 것도 아닌데. 그냥 숙제로 내고 싶은 거였다면 퍼들글럼에 관해 쓸 수도 있었다. 창의적 글쓰기 수업의 성적은 통과/낙제로만 표시된다.

세번째 후보작이 호명됐고, 마야는 에이제이의 손을 꼭 쥐었다.

바나나피시를 위한 완벽한 날

J. D. 샐린저, 1948

어떤 것이 훌륭하고 보편적으로 인정된다고 해서, 그게 그
것을 싫어할 충분한 이유가 되지는 않는다. (주: 이 문장을
쓰는 데 반나절이 걸렸다. 내 두뇌가 '보편적으로 인정된다'
는 말에서 헛돌더군.)

너의 카운티 단편소설 공모전 출품작 「바닷가 나들이」에
서 나는 샐린저의 단편이 연상됐다. 내가 이 얘기를 꺼내
는 건 네가 대상을 탔어야 한다고 생각하기 때문이야. 대
상 수상작, 아마 제목이 「우리 할머니의 손」이었지, 그건
형식이나 이야기나 모두 훨씬 단순했어, 확실히 감정을 더
건드리긴 했지만. 기운 내, 마야. 서점 주인으로서 장담하
는데, 수상 경력이란 건 판매에는 좀 영향을 끼칠지 모르
지만 완성도 면에서는 거의 아무런 상관도 없다.

— A. J. F.

P.S. 네 단편에서 가장 발전가능성이 엿보이는 부분은, 이
야기에서 공감을 보여주고 있다는 점이야. 사람들은 왜 지

금 그런 행동을 하는가? 위대한 글쓰기의 특징이지.

P.P.S. 한가지 흠을 잡자면, 수영을 할 줄 안다는 내용은 좀더 일찍 도입했으면 하는 정도.

P.P.P.S. 하나 더, 독자들도 ATM이 뭔지는 알걸.

바닷가 나들이

마야 태멀레인 피크리
담당교사: 에드워드 밸보니
앨리스타운 고등학교 9학년

메리는 늦어서 뛰어간다. 방은 개인실이지만 욕실은 여섯 명이 같이 쓰는데 비어 있을 때가 없는 것 같다. 욕실에서 돌아오니 베이비시터가 침대 위에 앉아 있다. "메리, 오 분 기다렸어."

"미안." 메리가 말한다. "샤워를 하고 싶었는데 욕실이 비질 않아서."

"벌써 열한시야." 베이비시터가 말한다. "난 정오까지 일하는 비용만 받았고, 열두시 십오분까지 다른 곳에 가야 한다고. 그러니까 돌아올 때는 늦지 않았으면 좋겠어."

메리는 베이비시터에게 고맙다고 한다. 그녀는 아기의 이마에 키스하며 말한다. "잘 있어."

메리는 캠퍼스를 가로질러 영문학과로 달려간다. 계단을 뛰어 올라간다. 다 왔을 때쯤 지도교수는 이미 사무실을 나서고 있다. "메리. 막 나가려는 참이었는데. 안 오는 줄 알았지. 들어와요."

메리는 교수의 방으로 들어간다. 교수는 메리의 과제물을 꺼내 책상 위에 놓는다. "메리, 전에는 올A를 받더니 지금은 전과목에서 낙제군."

"죄송해요." 메리가 말한다. "좀더 노력하겠습니다."

"신변에 무슨 문제라도 생겼나요?" 교수가 묻는다. "전에는 우리 과 최상위권이었잖아."

"아뇨." 메리는 입술을 깨문다.

"이 대학에서 장학금을 받고 있죠. 한동안 성적이 좋지 않았기 때문에 이미 곤란한 상황이에요. 내가 대학에 얘기하면 아마 장학금 지급이 끊기거나 적어도 정학은 맞을 거야."

"제발 그러지 말아주세요!" 메리는 간청한다. "저는 갈 곳이 없어요. 제게 돈 나오는 데라곤 장학금밖에 없습니다."

"당신 본인을 위해서예요, 메리. 고향에 돌아가서 잘 추슬러봐요. 몇 주 후면 크리스마스니까. 부모님도 이해하실걸."

메리는 십오 분 늦게 기숙사로 돌아온다. 베이비시터는 메리가 돌아오자 얼굴을 찌푸린다. "메리," 베이비시터가 말한다. "또 늦었잖아! 네가 늦으면 내 다음 일정에 지장이 생긴다고. 미안해. 아기는 정말 예쁘지만, 더이상 네 애는 못 봐줄 것 같다."

메리는 베이비시터에게서 아기를 받아든다. "알았어." 메리가 말한다.

"그리고," 베이비시터가 덧붙인다. "지난 세 번의 베이비시터 비용을 못 받았어. 시간당 십 달러니까 삼십 달러야."

"다음에 주면 안 될까?" 메리가 묻는다. "오는 길에 ATM(현금자동지급기)에서 찾을 생각이었는데 시간이 없었어."

베이비시터는 인상을 쓴다. "봉투에 넣고 내 이름 써서 내 기숙

사 방에 놔둬. 크리스마스 전까지 꼭 받았으면 좋겠어. 사야 할
선물이 있거든."

메리는 약속한다.

"안녕, 아가야." 베이비시터가 말한다. "크리스마스 잘 보내."

아기는 옹알거린다.

"연휴 때 둘이 무슨 특별한 계획이라도 있어?" 베이비시터가
묻는다.

"아기를 데리고 엄마를 보러 갈까 해. 코네티컷 그리니치에 사
시거든. 늘 커다란 크리스마스 트리를 만들어 놓고 맛있는 저녁
도 해주시고, 나랑 마이러 선물도 잔뜩 있을 거야."

"진짜 근사할 것 같다." 베이비시터가 말한다.

메리는 아기 띠를 하고 걸어서 은행에 간다. 현금카드로 잔고
를 확인한다. 계좌에 75.17달러가 있다. 그녀는 40달러를 인출한
다음 은행에 들어가서 잔돈으로 바꾼다.

30달러를 봉투에 넣고 베이비시터 이름을 쓴다. 지하철 표를
사고 종점까지 간다. 이 동네는 메리의 대학이 있는 동네만큼 깔
끔하지 않다.

메리는 거리를 걸어간다. 정문 앞에 철망 울타리가 쳐진 다 쓰
러져가는 집으로 간다. 마당 안 말뚝에 개가 한 마리 묶여 있다.
개가 아기를 보고 짖어대자 아기는 울기 시작한다.

"괜찮아, 아가." 메리가 말한다. "저 개는 너한테 아무 짓도
못해."

두 사람은 집 안으로 들어간다. 집은 매우 더럽고 사방에 애들이 있다. 애들도 더럽다. 애들은 시끄럽고 제각기 나이대가 다르다. 휠체어를 타고 있는 아이들도 있고 장애가 있는 아이들도 있다.

"안녕, 메리" 장애가 있는 소녀가 말한다. "여기는 무슨 일이야?"

"엄마를 보러 왔어." 메리가 말한다.

"위층에 계셔. 별로 기분이 안 좋아."

"고마워."

"메리, 그거 네 애야?" 장애인 소녀가 묻는다.

"아니." 메리가 말한다. 그녀는 입술을 깨문다. "친구네 애를 잠깐 봐주는 거야."

"하버드는 어때?" 장애인 소녀가 묻는다.

"좋아." 메리가 말한다.

"분명 올A를 받겠지."

메리는 어깨를 으쓱한다.

"넌 사람이 너무 겸손해, 메리. 아직도 수영팀에서 운동하니?"

메리는 거듭 어깨를 으쓱한다. 그녀는 엄마를 보러 계단을 올라간다.

엄마는 병적으로 비만인 백인 여자다. 메리는 비쩍 마른 흑인 여자다. 엄마는 메리의 생물학적 어머니일 리가 없다.

"안녕, 엄마." 메리가 말한다. "메리 크리스마스." 메리는 뚱뚱한 여자의 볼에 입맞춘다.

"안녕, 메리. 우리 명문대생. 이곳 위탁가정에서 널 다시 보게 될 줄은 몰랐는데."

"저도요."

"네 아기냐?" 엄마가 묻는다.

메리는 한숨을 내쉰다. "네."

"남우세스럽게." 엄마가 말한다. "너같이 똑똑한 애가, 인생을 망치다니. 섹스는 절대 하지 말라고 내가 말하지 않던? 항상 콘돔을 쓰라고 내가 말하지 않던?"

"그러셨죠, 엄마." 메리는 입술을 깨문다. "엄마, 아기하고 나하고 잠깐 여기 있어도 될까요? 당분간 휴학하고 정리를 좀 하기로 했어요. 도와주시면 많은 힘이 될 거예요."

"오, 메리. 나도 도와주면 좋겠지만, 집이 꽉 찼어. 네가 있을 방이 없어. 넌 나이가 들어서 매사추세츠주 정부에서 양육지원금을 받지도 못해."

"엄마, 난 달리 갈 데가 없어요."

"메리, 이렇게 해야 할 것 같다. 애 아버지한테 연락을 해."

메리는 고개를 흔든다. "그럴 정도로 잘 아는 사람은 아니에요."

"그럼 아기를 입양 보내야 할 것 같다."

메리는 다시 고개를 저었다. "그것도 못 하겠어요."

메리는 기숙사 방으로 돌아온다. 그녀는 아기 짐을 싼다. 가방에 엘모 인형을 넣는다. 복도에 있던 여자애가 메리의 방에 들어

온다.

"메리, 어디 가려고?"

메리는 해맑게 웃는다. "바닷가 나들이를 갈까 해." 그녀가 말한다. "아기가 바다를 좋아하거든."

"바닷가에 가기엔 좀 춥지 않을까?" 여자애가 묻는다.

"별로." 메리가 말한다. "아기랑 나는 제일 따뜻한 옷을 입을 거야. 게다가 겨울 바다는 진짜 근사해."

여자애는 어깨를 으쓱한다. "그렇겠지."

"어렸을 때 항상 아빠랑 같이 바다에 갔었거든."

메리는 베이비시터의 기숙사 방에 들러 봉투를 놔두었다. 기차역에서 그녀는 신용카드로 기차표와 앨리스 섬으로 가는 배표를 샀다.

"아기는 표가 없어도 돼요." 표를 파는 사람이 메리에게 말한다.

"잘됐네요." 메리가 말한다.

앨리스 섬에 도착한 메리의 눈에 제일 먼저 들어온 것은 서점이다. 그녀는 서점 안에 들어가 아기의 몸을 덥힌다. 계산대 앞에 한 남자가 있다. 그는 태도가 까칠하고 컨버스 스니커즈를 신고 있다.

가게 안에 크리스마스 캐럴이 흐른다. 노래는 〈해브 유어셀프 어 메리 리틀 크리스마스〉다.

"이 곡을 들으면 너무 슬퍼." 한 손님이 말한다. "내가 들어본 중 가장 슬픈 곡이야. 왜 이렇게 슬픈 크리스마스 노래를 만든 걸까?"

"읽을 것을 찾고 있는데요." 메리가 말한다.

남자가 약간 덜 까칠해진다. "어떤 종류의 책을 좋아하십니까?"

"아, 뭐든지요, 하지만 가장 좋아하는 건 등장인물이 고난을 겪지만 마지막에는 극복한다는 내용의 책이에요. 인생이 꼭 그렇진 않다는 건 알아요. 아마 그래서 그런 내용을 제일 좋아하는 거겠죠."

서점 주인은 그녀에게 딱 맞는 책이 있다고 말한다. 하지만 그가 되돌아오자 메리는 사라지고 없다. "손님?"

그는 혹시 메리가 돌아올지 몰라 책을 카운터 위에 놓아둔다.

메리는 바닷가에 있다. 그러나 아기는 그녀와 같이 있지 않다.

그녀는 수영팀에서 수영을 했었다. 고등학교 때 주 대회 수영 챔피언에 오를 정도로 잘했다. 이날, 파도는 거칠고 물은 차고, 메리는 연습을 안 한 지 오래다.

그녀는 헤엄쳐 나간다. 등대를 지나, 되돌아오지 않는다.

<끝>

"축하해." 마야는 축하연에서 존 퍼네스에게 말했다. 마야는 한 손에 돌돌 말린 티셔츠를 쥐고 있다. 마야의 상장은 어밀리아가 갖고 있다. 3등이었다.

존은 어깨를 으쓱했고, 한껏 위로 돋운 머리카락이 한 차례 일렁였다. "네가 대상을 타야 한다고 생각했는데, 그래도 앨리스타운 고등학교 출품작 두 개를 모두 결선에 올리다니 심사위원들도 나름 쿨해."

"밸보니 선생님이 훌륭한 교사인가 보지."

"상품권을 둘이 반씩 나눠가져도 돼, 네가 그러고 싶으면." 존이 말했다.

마야는 고개를 저었다. 그런 식으로 갖고 싶진 않았다.

"너라면 뭘 샀을 거야?"

"기부하려고 했어. 불우아동들한테."

"진짜로?" 존은 아나운서 목소리를 냈다.

"우리 아빠 인터넷 쇼핑하는 거 별로 안 좋아하거든."

"너 나한테 화나지 않아?" 존이 말했다.

"무슨. 네가 상을 타서 기쁜걸. 파이팅!" 마야는 존의 어깨를 퍽 때렸다.

"아야."

"나중에 보자. 앨리스로 돌아가는 카페리를 타야 해서."

"우리도 그래." 존이 말했다. "하지만 아직 시간 많이 남았는데."

"아빠가 가게에서 할 일이 있어."

"학교에서 보자." 존은 또 아나운서 투로 말했다.

집으로 돌아오는 차 안에서 어밀리아는 마야에게 굉장한 소설도 쓰고 상도 탔다고 축하를 건넸지만, 에이제이는 아무 말도 하지 않았다.

마야는 에이제이가 자기에게 실망한 게 분명하다고 생각했는데, 차에서 내리기 직전 에이제이가 말했다. "도대체가 공정하지가 않아. 사람들은 맨날 좋아하는 것만 좋아하니, 이게 참 놀랍고 무서운 일이야. 개인적 취향과 어느 특정한 날 특정한 그룹의 사람들에 달려 있으니까. 가령, 최종 결선에 오른 후보자 셋 중 둘이 여자였으니 남자 쪽으로 약간 저울이 기울었을 수 있어. 아니면 심사위원들 중 한 명이 지난주에 할머니 상을 당해서 그 작품이 특별히 영향력을 발휘했다거나. 누가 알겠냐. 하지만 내 이거 하나는 분명히 알지. 마야 태멀레인 피크리의 「바닷가 나들이」는 어엿한 작가의 작품이야." 마야는 아버지가 포옹을 하려는 줄 알았는데, 에이제이는 대신 악수를 청했다. 마치 동료를 맞이하는 듯한, 서점을 방문한 작가를 맞이하는 듯한 태도였다.

한 문장이 마야의 머릿속에 떠올랐다. '우리 아버지가 내 손을

잡고 악수했을 때, 나는 내가 작가가 되었음을 알았다.'

학기가 끝나기 직전, 에이제이와 어밀리아는 집을 계약했다. 가게에서 약 십 분 거리였고, 섬 안쪽에 위치한 집이었다. 방 네 개에 욕실 두 개, 그리고 에이제이가 젊은 작가의 집필 환경에 필수라고 생각하는 고요함을 갖춘 집이었지만, 누구나 꿈에 그리는 그런 집은 아니었다. 전 주인은 이 집에서 죽었는데, 그 할머니는 집을 떠날 생각이 없었으면서도 지난 오십 년 동안 관리를 제대로 하지 않았다. 천장은 낮았고, 다양한 시대의 벽지를 몇 겹이나 뜯어내야 했다. 기초는 흔들흔들 불안했다. 에이제이는 그 집을 '십 년 후의 집'이라고 불렀는데, '십 년 후에는 살 만해질 집'이라는 뜻이었다. 어밀리아는 '프로젝트'라고 불렀고, 곧장 공사에 착수했다. 마야는 얼마 전 『반지의 제왕』 3부작의 여정을 헤쳐 나온 터라 '백엔드'라고 명명했다. "호빗이 살 것처럼 생긴 집이잖아요."

에이제이는 딸의 이마에 입맞춤했다. 이런 훌륭한 너드를 배출하다니 기쁘기 그지없었다.

고자질하는 심장

E. A. 포, 1843

진실로!

마야, 내게 어밀리아 이전에 다른 아내가 있었고, 서점 주인이 되기 전에 다른 일을 했었다는 걸 넌 아마 모를 거다. 나는 니콜 에번스라는 이름의 여성과 결혼했었다. 나는 그녀를 무척 사랑했어. 그녀는 교통사고로 죽었고, 그때 이후로 오랫동안 내 안의 커다란 부분이 죽어 있었다. 널 발견하기 전까지.

니콜과 나는 대학에서 만났고, 대학원에 입학한 그해 여름에 결혼했다. 그녀는 시인이 되고 싶었지만, 그 전에 이십 세기 여성 시인들(에이드리엔 리치, 마리안 무어, 엘리자베스 비숍. 그녀는 실비아 플라스를 진짜 혐오했어)을 주제로 박사학위를 따기 위해 고군분투하고 있었다. 나는 나대로 영문학 박사학위를 준비하고 있었다. 내 논문은 E. A. 포의 작품에 나타난 질병 묘사에 관한 것이었고, 특별히 좋아하는 주제도 아니었지만 진짜 경멸할 정도로 정나미가 떨어지던 중이었지. 그때 니콜이 문학적 삶을 살아가는 더 나은, 더 행복한 길이 있을 거라고 말을 꺼냈다. 내가 말했어, "그래, 가령 어떤?"

그녀가 말했다. "서점 주인."

"좀더 자세히 말해봐." 내가 말했다.

"내 고향에 서점이 하나도 없다는 거 알아?"

"진짜? 앨리스 정도 되는 동네면 하나쯤 있을 법도 한데."

"그래." 그녀가 말했다. "서점 없는 동네는 동네라고도 할 수 없지."

그렇게 우리는 대학원을 때려치우고 그녀의 신탁기금을 헐어 앨리스 섬으로 이주했고, 아일랜드 서점이라는 가게를 열었지.

어떤 미래가 펼쳐질지 당시엔 전혀 알지 못했음은, 말할 필요가 있을까?

니콜의 사고 이후 몇 년 동안 나는 만약 그때 박사학위를 마쳤더라면 내 인생이 어떻게 됐을까 종종 생각했다.

말이 옆으로 샜군.

이 작품은 E. A. 포의 단편 중 가장 잘 알려진 작품이라고 해도 될 거야. '하루살이'라고 표시된 상자를 보면 내 공책과 스물다섯 쪽짜리 논문(주로 「고자질하는 심장」에 관한 것이다)이 있을 거야. 혹시라도 네 아비가 다른 삶을 살았던 시절에 작업했던 걸 좀더 읽어보고픈 마음이 있다면.

— A. J. F.

"소설을 읽을 때 무엇보다 거슬리는 건 느슨한 결말이야." 더그 리프먼 부소장은 그렇게 말하며 램비에이스가 준비한 오르되브르 중에서 미니 키쉬 네 개를 골라 담고 있었다. 십수 년간 '대장의 선택 북클럽'을 주최해온 끝에 램비에이스는 북클럽에서 가장 중요한 것, 대화를 나눌 선정 도서보다 훨씬 중요한 것은 음식이라는 것을 알았다.

"부소장," 램비에이스가 말했다. "키쉬는 최대 세 개까지야, 안 그럼 딴 사람들 먹을 게 모자라."

부소장은 키쉬 하나를 트레이에 도로 내려놓았다. "가령, 그렇지, 그 바이올린은 대체 어떻게 된 거지? 내가 뭘 놓쳤나? 그 귀중한 스트라디바리우스가 그냥 연기처럼 사라진 건 아닐 테고."

"좋은 지적이야." 램비에이스가 말했다. "딴 사람은?"

"제가 질색팔색하는 게 뭔지 알잖아요." 강력계의 캐시가 말했다. "경찰 업무를 조잡하게 다루는 게 정말 싫어. 가령, 아무도 장갑을 안 끼고 있으면 고함이 나와. '집어쳐, 당신들 지금 사건 현장을 오염시키고 있잖아!'"

"디버 소설에서는 그런 염려 놔도 돼." 접수계의 실비오가 말했다.

"다들 디버만 같으면야." 램비에이스가 말했다.

"근데 엉성한 경찰 업무보다 더 싫은 건 모든 게 너무 빨리 해결된다는 거야." 강력계 캐시가 말을 이었다. "디버조차도 그래. 사건이란 건 푸는 데 시간이 들잖아. 몇 년이 걸릴 때도 있고. 사건 하나를 붙들고 하세월을 씨름해야 하는데."

"좋은 지적이네, 캐시."

"그나저나 이 미니 키쉬 진짜 맛있군."

"코스트코 거야." 램비에이스가 말했다.

"난 여자 캐릭터들이 맘에 안 들어." 여자 소방관 로지가 말했다. "여자 경찰은 맨날 경찰 집안에다 모델 출신이야. 단점 같은 건 끽해야 하나고."

"손톱을 물어뜯는다." 강력계 캐시가 대꾸했다. "제멋대로 뻗친 머리. 아니면 입이 싸다."

로지 소방관이 껄껄 웃었다. "경찰 쪽 여자에 대한 판타지란 게 다 그 모양이라니까."

"글쎄," 데이브 부소장이 말했다. "난 그런 판타지 좋던데."

"작가가 강조하고 싶은 건, 중요한 건 바이올린이 아니라는 게 아닐까?" 램비에이스가 말했다.

"설마, 당연히 중요하죠." 데이브 부소장이 말했다.

"요는, 그 바이올린이 사람들 각자의 인생에 끼친 영향이 중요하다는 게 아닐까?" 램비에이스가 말을 이었다.

"우우," 로지 소방관이 말했다. 그녀는 엄지손가락을 들어 아래를 가리키는 시늉을 했다. "우우우우."

에이제이는 계산대에 앉아 토론을 경청하고 있었다. 아일랜드 서점이 주관하는 열두어 개의 독서회 가운데, '대장의 선택'은 단연코 그가 가장 좋아하는 모임이었다. 램비에이스가 소리쳐 그를 불렀다. "여기 지원사격이 필요해, 에이제이. 바이올린을 누가 훔쳤는지 꼭 알아야 할 필요가 있나."

"내 경험상, 범인을 알려주면 독자들에게는 더욱 만족스러운 책이 되지." 에이제이가 말했다. "하지만 나 개인적으로는 불명확해도 괜찮다고 봐."

사람들의 환호성에 '책이 되지' 이후의 말은 전부 묻혀 버렸다.

"배신자." 램비에이스가 소리를 질렀다.

바로 그때, 이즈메이가 가게에 들어오면서 풍경이 울렸다. 사람들은 독서 토론으로 되돌아갔지만, 램비에이스는 그녀를 빤히 쳐다보지 않을 수 없었다. 이즈메이는 가녀린 허리를 강조하는 풍성한 치맛자락의 새하얀 서머 드레스 차림이었다. 붉은 머리칼을 다시 길게 길러 인상이 부드러워졌다. 램비에이스는 전처가 창문 앞에 꽂아두곤 하던 난초가 생각났다.

이즈메이는 에이제이에게 다가갔다. 그녀는 카운터 위에 종이를 한 장 내려놨다. "드디어 연극을 골랐어요." 그녀가 말했다. "『우리 읍내』[1]가 50부 정도 필요할 것 같아요."

---

1 손톤 와일더의 작품. 1938년 퓰리처상을 수상했다. 총 3막으로 이루어진 작품으로 사람의 성장, 결혼, 죽음에 이르는 과정을 담담히 보여주며 현재의 삶이 중요하다는 메시지를 전한다.

"고전이네요." 에이제이가 말했다.

대니얼 패리시가 죽고 십수 년이 지난 후에야, 대장의 선택 모임이 끝나고 삼십 분이 지난 후에야, 램비에이스는 에이제이에게 특별 요청을 하기에 충분한 시간이 흘렀다고 판단했다. "주제넘은 짓은 하기 싫지만, 자네 처형한테 꽤 잘생긴 경찰관하고 데이트할 생각 없는지 한번 물어봐줄래?"

"누굴 얘기하는 거야?"

"나. 꽤 잘생긴 부분은 농담 좀 했어. 나도 내가 딱히 일등급 송아지가 아니라는 건 잘 알아."

"아니, 그게 아니라 누구한테 물어보라는 거냐고. 어밀리아는 외동딸인데."

"어밀리아 말고. 자네 전부인의 언니 말이야, 이즈메이."

"아, 그렇군, 이즈메이." 에이제이는 멈칫했다. "이즈메이? 정말? 이즈메이한테?"

"응, 원래 좀 좋아했거든. 고등학교 때부터. 이즈메이 쪽에서는 별로 날 눈여겨보지 않았지만. 우리 둘 다 적은 나이는 아니니까, 이젠 되든 안 되든 부딪쳐봐야지."

에이제이는 이즈메이에게 전화를 걸어 요청을 전달했다.

"램비에이스가?" 그녀가 물었다. "그 사람이?"

"좋은 남자예요." 에이제이가 말했다.

"아니 그냥…… 뭐, 경찰하고는 데이트해본 적이 없으니까." 이즈메이가 말했다.

"그거 굉장히 차별적인 말로 들리려고 하는데."

"그런 의도는 아니지만, 블루칼라는 취향에 맞았던 적이 없어서."

'그래서 대니얼하고는 그렇게나 둘이 잘 맞으셨고' 하고 에이제이는 생각했지만 입 밖에 내지는 않았다.

"물론, 내 결혼생활은 '재앙'이었죠." 이즈메이가 말했다.

며칠 후, 이즈메이와 램비에이스는 엘 코라손에서 만났다. 이즈메이는 서프 앤 터프[1]와 진토닉을 주문했다. 어차피 두번째 데이트는 없을 테니 조신한 척 꾸밀 필요는 없었다.

"식성이 좋군요." 램비에이스가 말했다. "나도 같은 걸로 하죠."

"자, 그럼," 이즈메이가 말했다. "근무를 하지 않을 때는 뭘 해요?"

"흠, 믿지 않을지 모르지만," 램비에이스는 쑥스럽게 말했다. "책을 많이 읽어요. 당신이 보기엔 그리 많지 않을지도 모르지만. 당신은 영어 선생님이니까."

"무슨 책을 읽어요?" 이즈메이가 물었다.

"이것저것 조금씩 다요. 처음엔 범죄 소설로 시작했어요. 말 안해도 짐작하시겠죠. 그러다가 에이제이가 다른 종류의 책들도 권했어요. 당신들이 순문학이라고 부르는 그런 책들이죠. 일부는 내 취향에 비해 액션이 충분하지 않더라고요. 좀 민망하지만 영어덜트 소설을 좋아해요. 액션과 감정도 풍부하고. 에이제이가 읽는 건 뭐든 다 읽어요. 그는 단편소설을 편애하는데 ─ "

1 새우나 랍스터 같은 해산물과 육류 스테이크가 함께 있는 메인코스 요리.

"맞아요."

"그리고 마야가 읽는 것도 다 읽습니다. 그 두 사람과 책 얘기를 하는 게 좋아요. 그 둘은 책벌레죠. 저는 경관들의 독서회를 주관하고 있어요. '대장의 선택'이라는 팻말 본 적 있지 않아요?"

이즈메이는 고개를 흔들었다.

"내가 말이 너무 많죠, 미안합니다. 긴장했나 봐요."

"괜찮아요." 이즈메이는 술을 홀짝였다. "대니얼의 책은 읽어봤어요?"

"네, 한 권은. 데뷔작요."

"맘에 들던가요?"

"내 스타일은 아니더군요. 하지만 아주 잘 쓴 책이었어요."

이즈메이는 고개를 끄덕였다.

"남편이 그립나요?" 램비에이스가 물었다.

"별로." 그녀는 잠시 뜸을 두었다가 말했다. "가끔 그이의 유머감각이 그립긴 해요. 하지만 그의 가장 좋은 부분은 책에 다 있어요. 그가 몹시 그리워지면 언제든 책을 읽으면 될 거라고 생각해요. 아직 읽고 싶은 마음이 든 적은 없지만." 이즈메이는 피식 웃었다.

"그럼 뭘 읽으십니까?"

"희곡, 이런저런 시 약간. 그리고 매년 가르치는 책들이 있어요. 『더버빌가의 테스』『자니 총을 얻다』『무기여 잘 있거라』『오웬 미니를 위한 기도』, 어떤 해에는 『폭풍의 언덕』『사일러스 마너』『그들의 눈은 신을 보고 있었다』나 『성 안의 카산드라』도 가르치고. 이 책들은 오랜 친구들이나 다름없어요.

하지만 새 책을 고를 때면, 온전히 나 자신을 위해 고르자면, 제일 좋아하는 류의 캐릭터는 머나먼 곳에 사는 여자예요. 인도. 아니면 방콕. 여주인공이 남편을 떠날 때도 있어요. 아예 싱글인 경우도 있는데, 현명하게도 결혼생활이 자신과 맞지 않는다는 것을 잘 알고 있는 거지. 여주인공이 애인을 여럿 두는 것도 좋아해요. 햇빛으로부터 흰 피부를 보호하려고 모자를 쓰는 것도 좋아요. 여행을 하고 모험을 하는 것도 좋고. 호텔이나 스티커가 붙은 캐리어에 대한 묘사도 좋아해요. 음식과 옷과 보석에 대한 묘사도 좋아하고. 약간의 로맨스도 있지만 과하지 않게. 이야기는 시대극. 휴대폰 없고, SNS 없고, 인터넷도 전혀. 이상적인 배경은 1920년대나 1940년대. 전쟁 중이어도 되지만 그냥 배경으로만. 선혈이 낭자한 건 사양이에요. 섹스도 어느 정도 나오지만 너무 노골적인 묘사는 아닐 것. 애들은 싫어요. 내 보기엔 애들은 종종 이야기를 망치거든."

"난 애 없어요." 램비에이스가 말했다.

"현실에서는 개의치 않아요. 난 그냥 애들에 관한 얘기를 읽기가 싫은 거예요. 결말은 해피엔딩이든 새드엔딩이든 상관없어요, 개연성만 해치지 않는다면. 여주인공은 정착할 수도 있고, 작은 사업을 시작할 수도 있고, 아니면 대양에 빠져죽을 수도 있겠지. 결정적으로, 근사한 표지가 중요해요. 내용이 얼마나 훌륭하든 그건 문제가 안 돼요. 일분일초도 못생긴 대상에 내 시간을 쏟고 싶지 않아요. 네, 천박하죠."

"당신은 진짜 죽이게 예쁜 여자예요." 램비에이스가 말했다.

"난 평범해요." 이즈메이가 말했다.

"전혀."

"예쁘다 혹은 잘생겼다는 건 구애하기에 좋은 이유가 못 돼요. 학생들한테 노상 그렇게 말해주죠."

"그게 못생긴 표지의 책은 읽지 않는 여자의 말이라는 거죠."

"흠, 난 지금 당신한테 경고하는 거예요. 난 표지만 예쁘지 내용은 형편없는 책일 수도 있다고."

램비에이스는 끙 신음을 흘렸다. "저도 그런 책 좀 알아요."

"예를 들면?"

"나의 첫 결혼. 아내가 예뻤는데 성격이 안 좋았어요."

"그럼 똑같은 실수를 두 번 하려고요?"

"설마, 난 서가에 놓인 당신을 십수 년간 봐왔어요. 뒤표지에 실린 인용구도 읽고 줄거리도 읽었죠. 배려심 많은 교사. 대모. 지역사회의 견실한 구성원. 여동생의 남편과 그 딸을 돌보는 사람. 아마도 너무 어린 나이에 시작된, 그러나 최선을 다했던 불행한 결혼생활."

"개략적인 이미지군요."

"하지만 계속 읽어보고 싶은 마음이 들기에 충분한데요." 램비에이스는 그녀를 보고 싱긋 웃었다. "디저트 주문할까요?"

"섹스는 진짜 오래간만인데." 이즈메이는 자기 집으로 가는 차 안에서 말했다.

"괜찮습니다." 램비에이스가 말했다.

"섹스를 해야 한다고요." 이즈메이는 분명히 말했다. "그러니까 당신도 하고 싶다면."

"하고 싶어요." 램비에이스가 말했다. "그게 두번째 데이트가 없다는 뜻이 아니라면요. 난 당신이 다른 남자를 얻을 때까지 준비운동 대상이 되고 싶진 않습니다."

이즈메이는 깔깔 웃으며 램비에이스를 자신의 침실로 이끌었다. 그녀는 불을 켜둔 채로 옷을 벗었다. 쉰한 살의 여자가 어떻게 생겼는지 그에게 똑똑히 보여주고 싶었다.

램비에이스는 낮게 휘파람을 불었다.

"친절하기도 해라, 하지만 그 전에 나를 제대로 봤어야죠." 그녀가 말했다. "흉터가 확실히 보이죠."

긴 흉터가 그녀의 무릎부터 허리까지 나 있다. 램비에이스는 엄지로 그녀의 흉터를 찬찬히 훑었다. 인형 옆에 난 솔기 같다. "네, 보여요, 하지만 그렇다고 뭐 달라지는 건 전혀 없어요."

이즈메이의 다리는 열다섯 군데 부러졌고 오른쪽 고관절을 새로 심어야 했지만 그 외에는 멀쩡했다. 대니얼은 그의 인생에서 단 한 번, 충돌의 가장 큰 타격을 고스란히 받고 말았다.

"많이 아파요?" 램비에이스가 물었다. "조심해야 되나?"

이즈메이는 고개를 흔들고 그에게 옷을 벗으라고 말했다.

아침이 되어 이즈메이가 먼저 잠에서 깼다. "아침 만들어 줄게요." 그녀가 말했다. 램비에이스는 잠에 취해 고개를 끄덕였고, 이즈메이는 그의 민머리에 입을 맞췄다.

"이렇게 머리를 민 건 숱이 없어져서야, 아니면 이런 스타일이 맘에 들어서?" 이즈메이가 물었다.

"둘 다 약간씩." 램비에이스가 대답했다.

이즈메이는 수건을 침대로 갖다주고 방을 나갔다. 램비에이스는 느긋하게 채비를 했다. 침대 옆 탁자의 서랍을 열고 그녀의 물건을 슬금슬금 뒤져본다. 이즈메이는 그녀와 닮은 향기가 나는 비싸 보이는 로션을 갖고 있다. 램비에이스는 로션을 약간 덜어 손에 문지른다. 그녀의 옷장을 연다. 옷들이 자그맣다. 실크 드레스도 있고, 다림질한 면 블라우스, 모직 펜슬 스커트, 종잇장처럼 얇은 캐시미어 카디건도 있다. 전부 다 세련된 베이지색과 회색 계열 옷으로 티끌 하나 없이 완벽한 상태로 걸려 있다. 옷장 꼭대기 선반을 보니 구두가 원 상자에 든 채로 가지런히 배열되어 있다. 구두 상자들 위에, 공주님 분홍색의 아동용 책가방이 눈에 들어온다.

그의 노련한 경찰 눈에 어린애 책가방은 왠지 모를 위화감이 들며 밟힌다. 그러면 안 된다는 건 알았지만 그는 가방을 내려 지퍼를 연다. 안에는 크레파스가 든 지퍼 필통과 색칠용 그림책 두어 권이 있다. 그는 색칠그림책을 꺼내든다. 맨 앞장에 '마야'라고 커다랗게 써 있다. 그림책 뒤에 다른 책이 또 있다. 엉성한 것이 책이라기보다 팸플릿 같다. 램비에이스는 표지를 보았다.

표지에는 크레파스 자국이 보기 싫게 나 있다.

램비에이스는 이 사태를 어떻게 이해해야 할지 알 수 없었다.

그의 경찰 두뇌는 다음과 같은 질문지를 만들어내며 찰칵찰칵 돌아간다. (1) 이것은 에이제이가 도둑맞은 『태멀레인』인가? (2) 왜 『태멀레인』이 이즈메이의 수중에 있는가? (3) 어떻게 『태멀레인』에 온통 크레파스 칠이 되어 있으며, 이 색칠은 누가 한 것인가? 마야가? (4) 왜 『태멀레인』이 마야의 이름이 쓰여 있는 책가방 속에 들었는가?

램비에이스는 이즈메이에게 해명을 요구하려 아래층으로 뛰어내려가려다가 마음을 바꿨다.

그는 그 고문서를 몇 초간 더 들여다보았다.

그가 앉아 있는 곳까지 팬케이크 냄새가 올라왔다. 아래층에서 팬케이크를 만들고 있을 이즈메이가 그려진다. 비단 나이트가운 위에 하얀 앞치마를 두르고 있을 것이다. 아니면 앞치마만 걸친 채 아무것도 안 입고 있을지도 모른다. 거 참 흥분되는걸. 또 섹스를 할지도 몰라. 부엌 식탁에서는 안 돼. 영화에서 아무리 에로틱하게 그려져도 부엌 식탁에서 섹스를 하는 건 불편하다. 소파는

255

괜찮을지도. 다시 위층으로 올라오거나. 이즈메이의 침대 매트리스는 굉장히 푹신하고, 시트는 몇천 수짜리는 되는 것임에 분명하다.

램비에이스는 스스로 훌륭한 경찰이라는 자부심도 있고, 이제 아래층으로 내려가 자신이 왜 가야 하는지 그럴 듯한 핑계를 대야 한다는 것도 잘 알고 있다.

근데 이거 오렌지 가는 소리 아냐? 시럽도 데우고 있나?

어차피 책은 망가졌다.

게다가 도둑 맞은 것도 아주 오래전 일이다. 벌써 십 년도 넘었다. 에이제이는 행복한 결혼생활을 하고 있다. 마야도 자리를 잡았다. 이즈메이는 고통받아왔다.

램비에이스가 이 여자를 정말로 좋아한다는 건 두말할 나위도 없다. 어쨌든 이 건은 램비에이스와 관련이 없는 문제다. 그는 책을 도로 가방 속에 넣고 지퍼를 잠그고, 가방을 원래 있던 자리에 올려놨다.

램비에이스가 보기에 경찰은 나이들면서 두 부류로 나뉜다. 남에게 잣대를 들이대는 경향이 점점 강해지는 쪽과 약해지는 쪽. 램비에이스는 젊었을 때처럼 융통성 없고 고지식하지는 않다. 사람들은 온갖 종류의 일들을 저지르고, 보통은 나름대로 이유가 있게 마련이다.

그는 아래층으로 내려가 식탁 앞에 앉았다. 둥근 식탁은 그가 여태까지 본 중 가장 하얀 식탁보로 덮여 있었다. "냄새 죽이는데요." 그가 말했다.

"누군가를 위해 요리를 만드니까 좋네요. 위층에 꽤 오래 있던데." 이즈메이는 그에게 갓 짜낸 오렌지주스를 한 잔 따라주며 말했다. 그녀의 앞치마는 청록색이고, 검은색 운동복을 입고 있다.

"저기," 램비에이스가 말을 꺼낸다. "마야가 공모전에 낸 단편소설 읽어봤어요? 난 수월하게 대상을 탈 줄 알았는데."

"아직 못 봤네." 이즈메이가 말했다.

"기본적으로 마야가 제 어머니 생의 마지막 날을 자기 버전으로 쓴 거예요." 램비에이스가 말했다.

"제법 조숙한 애라니까." 이즈메이가 말했다.

"난 항상 마야의 어머니가 왜 앨리스를 택했을까 궁금했어요."

이즈메이는 팬케이크를 뒤집고, 또 하나 뒤집었다. "사람들이 하는 행동의 이유를 누가 다 일일이 알겠어요?"

무쇠 머리

에이미 벤더, 2005

분명히 말해두는데, 새것이 전부 다 옛것보다 나쁘다는 건 아니다.

호박 머리 부부가 무쇠 머리 아이를 낳는다. 요즘 들어 나는, 매우 명백한 이유가 있다고 짐작되는데, 이 소설이 무척 많이 생각난다.

— A. J. F.

P.S. 토비아스 울프의 「머릿속에 박힌 총알」도 자꾸 생각난다. 그것도 한번 읽어보렴.

크리스마스에 맞춰 에이제이의 어머니가 왔다. 아들과는 어느 한 구석도 닮은 데가 없었다. 폴라는 왜소한 백인으로 잿빛 머리카락을 아주 길게 길렀다. 십 년 전쯤 컴퓨터 회사에서 퇴직한 뒤로는 한 번도 자르지 않았다. 은퇴 후에는 거의 애리조나에서 지낸다. 직접 색칠한 돌로 장신구를 만든다. 수감자들에게 읽기와 쓰기를 가르친다. 주인 없는 시베리안 허스키 구호 활동을 한다. 매주 다른 식당에 가려고 노력한다. 몇몇 사람들 — 여자들과 남자들 — 과 데이트를 한다. 폴라는 별일 아니라는 듯이 그냥 양성애자가 되었다. 그녀는 일흔이고, 새로운 것을 시도하지 않으면 죽는 게 낫다고 생각한다. 폴라는 아들 가족을 위해 똑같은 포장과 모양의 선물 세 개를 가져왔고, 그들 셋을 위해 똑같은 선물을 선택한 것이 무신경의 소산이 아님을 강조했다. "온가족이 마음에 들어하고 잘 쓸 거라고 생각해서 고른 거야." 폴라가 말했다.

마야는 포장지를 뜯기도 전에 선물이 뭔지 알았다.

학교에서 본 적이 있었다. 요즘은 거의 다들 하나씩 갖고 다니던데, 아빠는 허락하지 않았다. 마야는 포장 해체 속도를 늦추면서 할머니와 아버지 양쪽의 심기를 최소한으로 거스를 만한 반응을 고안해낼 시간을 벌었다.

"전자책 단말기다! 전부터 갖고 싶었던 건데." 마야는 재빨리 아버지 쪽을 흘끔 살폈다. 에이제이는 고개를 끄덕이면서도 눈썹에서 약간 경련이 일었다. "고마워요, 할머니." 마야는 할머니의 뺨에 키스했다.

"고맙습니다, 어머니." 어밀리아가 말했다. 이미 일 때문에 전자책 단말기를 갖고 있었지만 그건 비밀에 붙이기로 한다.

내용물이 뭔지 알게 되자마자 에이제이는 포장을 뜯던 손을 멈췄다. 상자를 뜯지 않으면 누군가 다른 사람에게 줄 수 있을지도 모른다. "고마워요, 어머니."라고 한 다음 에이제이는 혀를 깨물며 말을 삼켰다.

"에이제이, 부루퉁한 얼굴이구나." 그의 어머니가 지적했다.

"안 그래요." 에이제이는 잡아뗐다.

"넌 시대의 흐름을 따라잡을 필요가 있어." 폴라가 말을 이었다.

"내가 왜요? 시대가 뭐 그리 대수라고?" 에이제이는 종종, 이 세상 최고의 것들은 죄다 고기에 붙은 비계처럼 야금야금 깎여나가는 중이라는 생각이 들었다. 제일 먼저 레코드 가게가 그랬고, 그다음엔 비디오 가게가, 신문과 잡지에 이어 이제는 사방에 보이던 대형 체인 서점마저 사라지는 중이다. 그의 관점에서 보자면 대형 체인 서점이 있는 세상보다 더 나쁜 유일한 세상은, 대형 체인 서점 '조차' 없는 세상이었다. 적어도 대형 서점은 약이나 목재가 아니라 책을 팔지 않는가! 적어도 그런 서점에는 문학 공부를 한 사람, 책을 읽을 줄 알고 사람들에게 책을 골라줄 수 있는 사람도 좀 있지 않겠는가! 적어도 그런 대형 서점이 온갖 출판 쓰레기를 만 부씩 팔아치우는 동안 아일랜드 서점에서는 순문학을 백 부는 팔 것 아닌가!

"사람이 늙는 가장 쉬운 방법은 기술적으로 뒤처지는 거야, 에이제이." 컴퓨터 산업에 이십오 년을 종사한 끝에 어머니가 건진 거라곤 알량한 연금과 그 신념 하나뿐이지, 에이제이는 신랄하게 생각했다.

에이제이는 깊은 한숨을 내쉬고, 시간을 들여 물을 마시고, 또다시 한숨을 내쉬었다. 뇌가 두개골에 빡빡하게 끼인 느낌이다. 어머니가 모처럼 오셨는데, 함께 있는 시간을 망치고 싶지는 않다.

"아빠, 얼굴이 좀 빨개졌는데요." 마야가 말했다.

"에이제이, 어디 아프냐?" 그의 어머니가 물었다.

그는 주먹 쥔 손을 커피 테이블에 탕 내려놨다. "어머니, 저 극악한 기계가 단지 내 사업을 간단히 박살을 내는 것으로도 모자라서 수백 년 동안 살아 숨쉬던 문학 문화를 체면 차릴 겨를도 주지 않고 급속한 쇠망의 길로 확실히 내몰고 있다는 것을 정녕 이해 못하십니까?" 에이제이가 물었다.

"호들갑 떨기는." 어밀리아가 말했다. "진정해."

"내가 왜 진정해야 하는데? 난 오늘날의 세상이 마음에 들지 않아. 난 저 물건이 마음에 안 들고, 저런 물건을 내 집 안에 세 개나 두다니 당연히 안 될 일이지. 차라리 해가 덜하게 손녀 선물로 마약 같은 걸 사오시지 그랬어요."

마야가 킥킥거렸다.

에이제이의 어머니는 울음을 터뜨릴 것만 같다. "음, 화를 돋울 생각은 전혀 아니었다만."

"괜찮아요." 어밀리아가 말했다. "무척 훌륭한 선물인걸요. 우리 가족 모두 독서를 좋아하고, 분명 이 단말기를 아주 즐겁게 사용할 거예요. 정말이지, 에이제이는 괜히 호들갑이라니까요."

"미안하다, 에이제이." 폴라가 말했다. "네가 그 문제에 그렇게 확고한 생각을 가지고 있을 줄은 몰랐다."

"미리 물어볼 수도 있었잖아요!"

"입 다물어, 에이제이. 사과는 그만하세요, 어머니." 어밀리아가 말했다. "애서가 집안에 완벽한 선물이에요. 많은 서점들이 전통적인 종이책과 함께 전자책도 판매하는 방안을 찾고 있는 중이죠. 에이제이가 싫어하는 건 단지 — "

에이제이는 말허리를 잘랐다. "그건 말도 안 되는 헛소리라는 거 당신도 알잖아, 에이미!"

"무례함이 지나쳐." 어밀리아가 말했다. "머리를 모래 속에 처박고 전자책이 존재하지 않는 것처럼 행동할 수는 없어. 그건 어떤 대안도 될 수 없어."

"무슨 냄새 안 나요?" 마야가 물었다.

곧이어 화재경보기가 울렸다.

"이런!" 어밀리아가 말했다. "내 브리스켓!" 그녀는 부엌으로 뛰쳐나갔고, 에이제이가 그 뒤를 따랐다. "전화기 타이머를 맞춰 됐는데, 안 울렸어."

"내가 당신 전화기를 무음으로 돌려놨어, 크리스마스를 망칠 *까봐!*" 에이제이가 말했다.

"뭐가 어째? 내 전화기에 손대지 마, 좀."

"오븐에 달려 있는 타이머는 왜 안 쓰는데?"

"왜냐면 그 타이머는 *믿을 수 없으니까!* 당신은 몰랐는지도 모르지만 이 집 안의 다른 모든 기기들과 마찬가지로 저 오븐도 백 년은 된 거라고!" 어밀리아는 불 붙은 브리스켓을 오븐에서 꺼내면서 소리질렀다.

브리스켓을 망쳤으니, 크리스마스 디너는 오로지 곁들임 요리로만 이루어졌다.

"난 사이드디시가 제일 좋더라." 에이제이의 어머니가 말했다.

"저도요." 마야가 말했다.

"핵심이 빠졌잖아." 에이제이가 중얼거렸다. "금방 배고파질 거야." 그는 머리가 아팠지만 아랑곳하지 않고 적포도주를 꽤 여러 잔 들이켰다.

"누가 에이제이한테 와인 좀 건네달라고 말해줄래요?" 어밀리아가 말했다. "누가 좀 에이제이한테 와인을 혼자 독차지하고 있다고 말해줄래요?"

"아주 어른스럽군그래." 에이제이가 말했다. 그는 어밀리아의 잔에 와인을 따랐다.

"솔직히 전 이거 얼른 써보고 싶어서 죽겠어요, 할머니." 마야

265

는 풀 죽은 할머니에게 속삭였다. "하지만 침대에 들어갈 때까지 기다렸다가요." 마야는 에이제이 쪽으로 시선을 흘끔 주었다. "아시잖아요."

"나도 그게 좋을 것 같구나." 폴라도 마주 속삭였다.

그날 밤 침대에서도 에이제이는 여전히 전자책 단말기에 관한 얘기였다. "저 기계장치의 진짜 문제가 뭔지 알아?"

"당신이 말해주겠지." 어밀리아는 읽고 있던 종이책에서 눈도 떼지 않고 말했다.

"사람들은 다들 자기 안목이 높은 줄 알지만, 대부분 안 그래. 아니, 대부분의 사람들 안목은 지독히 후지다고 말하겠어. 오로지 자기네 기계, 문자 그대로 자기네 기계에만 의지해 쓰레기를 읽으면서도 그 차이를 모를 거야."

"전자책 단말기의 좋은 점이 뭔지 알아?" 어밀리아가 물었다.

"모르겠는데요, 왕긍정 여사님." 에이제이가 말했다. "알고 싶지도 않고."

"흐음, 점점 노안이 되어가는 남편을 둔 우리 같은 사람들한테 말이야, 누구라고 실명을 거론하지는 않겠지만. 중장년이 되어가며 급속히 시력이 나빠지는 남편을 둔 우리 같은 사람들한테는 말이지. 찌질하고 철없는 남자를 배우자로 짊어진 우리네 한테—"

"변죽은 그만 울려, 에이미!"

"전자책 단말기는 그런 저주 받은 중생들도 마음껏 활자를 확

대해서 볼 수 있게 해준다는 거지."

에이제이는 아무 말도 하지 않는다.

어밀리아는 책을 내려놓고 남편에게 의기양양한 미소를 날렸지만, 남편을 본 순간 그대로 얼어붙었다. 에이제이는 예의 소발작 상태였다. 어밀리아는 걱정할 것 없다고 마음을 다잡았지만, 에이제이가 발작할 때마다 그녀는 몹시 괴로웠다.

일 분하고도 삼십 초 후, 에이제이가 돌아왔다. "나는 늘 원시였다고," 그가 말했다. "중년이 돼서 그런 게 아냐."

어밀리아는 크리넥스로 그의 입가에 흐른 침을 닦았다.

"맙소사, 방금 내가 의식을 잃었어?" 에이제이가 물었다.

"응."

그는 어밀리아에게서 휴지를 빼앗았다. 그는 이런 식으로 보살핌 받는 것을 좋아하는 타입의 남자가 아니다. "몇 초쯤?"

"구십 초쯤인 것 같아." 어밀리아는 멈칫했다. "길어졌어, 아님 평균이야?"

"조금 긴 것 같은데 기본적으로는 평균에 가까워."

"검사하러 병원에 가봐야겠지?"

"아냐." 에이제이가 말했다. "내가 흐릴 때부터 그랬다는 거 알잖아."

"흐릴 때?"

"어릴 때. 내가 뭐랬는데?" 에이제이는 침대에서 일어나 욕실로 향했고, 어밀리아가 그를 뒤따라갔다. "에이미, 좀. 나도 내 공간이 필요하다고."

"당신한테 공간을 주고 싶지 않은데."

"알았어."

"병원에 가보자. 추수감사절 이후로 세번째야."

에이제이는 고개를 흔들었다. "에이미, 여보, 내 건강보험은 형편없다고. 그리고 닥터 로즌은 어차피 십수 년간 했던 말을 똑같이 할걸. 평소처럼 삼월에 정기검진 받으러 갈게."

어밀리아는 욕실 안으로 들어섰다. "어쩌면 닥터 로즌이 새로운 약을 처방해줄 수도 있지 않아?" 그녀는 욕실 거울과 에이제이 사이로 끼어들어가 지난달에 새로 설치한 더블싱크 세면대에 넉넉한 엉덩이를 걸쳤다. "당신은 무척 소중한 사람이야, 에이제이."

"내가 대통령이라도 되나." 그가 쏘아붙였다.

"당신은 마야의 아버지야. 내 인생의 사랑이고. 그리고 이 지역사회의 문화 공급자시죠."

에이제이는 눈알을 굴리고는 왕긍정 어밀리아 여사에게 입맞춤했다.

크리스마스와 연말연시가 지나갔다. 그의 어머니는 즐겁게 애리조나로 돌아갔다. 마야는 학교로, 어밀리아는 일터로 돌아갔다. 명절이 주는 진짜 선물은, 그게 끝이 있다는 거라고 에이제이는 생각한다. 그는 반복되는 일상이 좋다. 아침에 식사준비를 하는 게 좋다. 가게까지 달리는 게 좋다.

에이제이는 러닝복을 입고, 건성으로 몇 번 스트레칭을 하고,

머리띠로 귀를 덮고, 백팩을 메고, 가게까지 달릴 준비를 한다. 이젠 더이상 가게 위층에 살지 않으므로 니콜이 살아 있을 때, 마야가 아기였을 때, 어밀리아와 결혼하고 첫 몇 해 때 달리던 루트와 정반대 방향으로 달린다.

그는 이즈메이의 집 앞을 지나쳐 달린다. 그녀가 한때 대니얼과 함께 살던 집이자, 도무지 사실로 받아들이기 힘들지만 지금은 램비에이스와 함께 사는 집이다. 그는 대니얼이 숨진 지점도 지나친다. 예의 그 무용학원 앞을 지나쳐 달린다. 무용 선생님 이름이 뭐였더라? 이름은 생각나지 않았지만, 그녀가 얼마 전에 캘리포니아로 이주했으며, 학원이 현재 비어 있다는 것은 알고 있다. 이제 누가 앨리스 섬의 꼬마 여자애들한테 무용을 가르치지? 그는 마야의 학교들을 지나쳐 달린다. 초등학교, 중학교, 고등학교. 고등학교라니. 마야는 남자친구가 있다. 그 퍼네스란 녀석은 글을 쓴다. 둘이 만나면 늘 말씨름을 한다. 그는 들판 사이로 난 지름길로 들어섰고, 길을 거의 다 나와 캡틴 위긴스 스트리트에 닿았을 무렵 의식을 잃었다.

밖은 영하 5도였고, 정신이 들었을 때는 얼음 위에 놓였던 한쪽 손이 푸르뎅뎅했다.

그는 일어나서 상의에 손을 넣어 녹였다. 달리는 중에 의식을 잃은 건 난생처음이었다.

"마담 올렌스카였어." 그는 말했다.

닥터 로즌은 종합건강검진을 시행했다. 에이제이는 나이에 비해 건강했지만, 눈에 뭔가 이상이 있어 의사는 멈칫했다.

"다른 문제는 없으신가요?" 의사가 물었다.

"음…… 그냥 좀 나이가 들어서 그런 거겠지만, 최근 들어 이따금 자잘한 언어적 결함이 있는 것 같아요."

"결함?" 의사가 말했다.

"말을 하다 멈춰요. 그렇게 심하지 않습니다. 하지만 가끔 단어를 바꿔 말해요. 가령 '어릴 때'를 '흐릴 때'라고 한다든가. 지난주에는 『분노의 포도』를 『불호의 파도』라고 했어요. 확실히 나 같은 업종의 사람에게 이건 곤란한 문제죠. 난 내가 제대로 말하고 있다고 제법 확신했거든요. 제 아내는 혹시 도움이 될 만한 항발작제가 있을지도 모른다고 하던데?"

"실어증." 의사가 말했다. "느낌이 안 좋은데." 에이제이의 발작이력을 고려하여 의사는 그를 보스턴의 뇌신경 전문의한테 보내기로 했다.

"몰리는 잘 지냅니까?" 에이제이는 화제를 바꿀 요량으로 물었다. 그 퉁명스런 아르바이트 아이가 일을 그만 둔 지 육 년인가 칠 년이 흘렀다.

"걔가 얼마 전에 등록한 데가……"라면서 의사는 한 문예창작 강좌의 이름을 말했는데, 에이제이는 듣고 있지 않았다. 그는 자기 두뇌에 관해 생각하고 있었다. 제대로 돌아가지 않는 물건에 대해 생각하기 위해 제대로 돌아가지 않을지도 모르는 물건을 써야 하다니 참 묘하다는 생각이 들었다. "……걔가 '위대한 미국소설'을 쓸 작정인가 봐요. 난 그게 당신과 니콜의 탓이라고 생각해요." 의사가 말했다.

"책임을 통감합니다." 에이제이가 말했다.

"괜찮으시면 철자를 좀 알려주시겠습니까?" 글리오 어쩌고로 시작해서 무슨 포미로 끝나는 복잡하고 긴 진단명을 듣고 에이제이가 부탁했다. 그는 이번 외래 방문에 아무도 데려오지 않았다. 확실해질 때까지 아무에게도 알리고 싶지 않았다. "이따 구글에서 찾아보게요."

희귀한 암이라 매사추세츠 종합병원의 암 전문의도 학술지와 TV 의학 드라마에서 본 것 말고 실제 임상은 처음이었다.

"학술지에 실린 사례는 어떻게 됐습니까?" 에이제이가 물었다.

"죽었죠, 이 년 만에." 암 전문의가 말했다.

"이 년 꽉 채워서?"

"일 년 남짓이라는 편이 맞을 겁니다."

에이제이는 두번째 의견을 구했다. "그럼 TV 드라마에서는 요?"

암 전문의는 웃음을 터뜨렸고, 요란한 전기톱 소리 같은 폭소는 방안에서 가장 시끄러운 음을 내뿜도록 설계된 것이었다. 봤지, 암이 이렇게나 유쾌하다니까. "저녁 연속극을 토대로 진단을 내릴 수는 없을 것 같은데요, 피크리 씨."

"어떻게 됐는데요?"

"내 기억에 환자는 수술을 받고, 한 회인가 두 회 정도 더 살면서 위험에서 벗어났다고 생각하고 의사인 여자친구에게 청혼하죠. 그런데 심장마비가 와서, 이건 명백히 뇌종양과는 관련이 없는 것 같은데, 그다음 회에 죽어요."

"아."

"내 여동생이 TV 작가인데, 텔레비전 작가들은 그런 걸 삼 회짜리라고 부른다는군요."

"그럼 저는 삼 회분과 이 년 사이의 어딘가 언저리쯤 살겠네요."

암 전문의의 전기톱 웃음이 또 터졌다. "좋네요. 유머감각은 중요하죠. 그 추정이 대충 맞을 거라고 말씀드려야겠군요." 암 전문의는 당장 수술 날짜를 잡고 싶어했다.

"지금 바로요?"

"당신의 증상은 발작에 가려져 있었어요, 피크리 씨. 그리고 정밀촬영 결과 암이 상당히 진행된 상태입니다. 제가 환자분이라면 시간을 끌지 않겠습니다."

수술비용은 거의 부동산 계약금만큼 들 것이다. 에이제이의 빈약한 자영업자 건강보험에서 얼마나 커버해줄지 불확실했다. "수술을 하면 제가 시간을 얼마나 벌 수 있을까요?" 에이제이가 물었다.

"수술로 얼마나 제거할 수 있을지가 관건이죠. 십 년, 주변부까지 깨끗이 제거할 수 있다면. 그렇지 않으면 아마 이 년. 이런 종류의 암은 워낙 재발 위험이 높아서."

"그놈을 성공적으로 제거하고 나면, 난 식물인간이 되는 건가요?"

"저희는 '식물인간'이라는 용어 사용을 좋아하지 않습니다, 피 크리 씨. 암이 좌측 전두엽에 있어서 이따금 언어기능장애를 겪을 수 있습니다. 실어증이 심해진다든가 기타 등등. 당신 자아가 온전히 남지 못할 정도로 들어내지는 않을 겁니다. 물론, 수술하지 않고 내버려두면 암이 점점 커져 뇌의 언어중추 상당부분이 훼손되겠지요. 수술을 하든 하지 않든, 십중팔구 결국에는 그렇게 될 겁니다."

희한하게도 에이제이는 프루스트가 생각났다. 끝까지 다 읽은 척했지만, 『잃어버린 시간을 찾아서』 첫 권만 겨우 읽었을 뿐이다. 거기까지 읽는 것만도 악전고투였고, 지금 드는 생각은 '적어도 나머지는 읽을 필요가 없겠군' 하는 것이다. "아내와 딸하고 상의를 해봐야겠습니다." 그가 말했다.

"네, 당연히 그러셔야죠." 암 전문의가 말했다. "그래도 시간을 너무 끌지는 마십시오."

돌아오는 기차 안에서, 그리고 앨리스로 가는 페리에서, 에이제이는 마야의 대학 등록금과 구입한 지 일 년도 채 되지 않은 집의 장기주택자금 대출을 어밀리아가 감당할 수 있을까 고민했다. 캡틴 위긴스 스트리트를 걸어갈 즈음, 가장 가깝고 소중한 사람들을 빈털터리로 내몰게 된다면 그런 수술은 받을 수 없다고 결심이 섰다.

에이제이는 집에 있는 가족들과 아직 얼굴을 마주할 엄두가 나지 않아 램비에이스에게 전화를 걸었고, 두 남자는 바에서 만났다.

"좋은 경찰 얘기 좀 해봐." 에이제이가 말했다.

"좋은 경찰에 관한 얘기 아니면 경찰이 나오는 재미있는 얘기?"

"아무거나. 자네 맘대로. 머릿속에 맴도는 사적인 문제를 좀 떨치게 즐거운 얘기를 듣고 싶어."

"문제가 뭔데? 완벽한 아내에다 완벽한 아이. 사업도 잘 되고 있고."

"나중에 얘기해줄게."

램비에이스는 고개를 끄덕였다. "좋아. 있어 봐. 한 십오 년쯤 됐을 거야, 앨리스타운 고등학교에 다니는 한 아이가 있었어. 녀석은 한 달 동안 학교에 가지 않았어. 부모님한테는 학교에 간다고 하고는, 매일 교실에는 코빼기도 안 뵈는 거야. 애를 학교에 데려다놔도, 어떻게든 딴 데로 빠져나가."

"어딜 가는데?"

"그게 문제였지. 부모도 애한테 분명 심각한 문제가 있을 거라 생각해. 애가 좀 거칠고, 거친 무리들하고 어울려 다니거든. 다들 성적은 나쁘고 바지는 엉덩이에 걸쳐 입고. 걔 부모님은 해변에서 포장마차를 하니까 돈도 별로 없어. 하여간 부모는 별 뾰족한 수가 없고, 그래서 내가 하루종일 애를 미행하기로 했어. 아이가 학교에 가긴 가. 그리고 일교시와 이교시 사이에 학교를 나와. 나는 애 뒤를 쫓아가고, 우리는 마침내 내가 생전 처음 보는 건물에 도착했어. 메인과 파커의 교차로에 있는 건물이야. 어딘지 알겠어?"

"도서관이네."

"빙고. 알겠지만 당시의 난 별로 책을 읽지 않았어. 그래서 녀석을 따라 계단을 올라가서 도서관 안쪽의 개인 열람실로 들어가 생각했지. 녀석이 분명 거기서 약을 하거나 뭔가 나쁜 짓을 할 거라고. 장소가 딱 안성맞춤이잖아? 호젓한 것이. 근데 녀석이 뭘 갖고 왔는지 알아?"

"책이겠지. 보나마나잖아, 안 그래?"

"녀석이 두꺼운 책을 펼쳤어. 한창『한없는 웃음거리』를 읽는 중이더라고. 그런 책 제목 들어봤어?"

"이젠 얘기를 막 지어내는구나."

"녀석은『한없는 웃음거리』를 읽고 있었어. 애가 하는 말이, 집에는 돌봐야 할 동생이 다섯이나 있어서 집에서 읽을 순 없고, 학교에서도 친구들이 놀려서 못 읽는다는 거야. 그래서 평화롭게 책을 읽으려고 수업을 빼먹는다는 거지. 그 책이 엄청난 집중력을 요한다나. '이봐요, 옴브레,'[1] 녀석이 말했어. '학교에선 배울 게 없어요. 모든 건 이 책 안에 있거든요.'"

"알겠어, 녀석은 라틴계지, '옴브레'라는 단어를 쓰는 걸 보니 그렇군. 앨리스 섬에 히스패닉 사람들이 많은가?"

"조금."

"그래서 어떻게 했는데?"

"녀석의 귀때기를 잡고 학교로 끌고 왔지. 교장이 애를 어떻게

---

[1] hombre. 스페인어로 남자를 뜻하며, 미국에서 마초적 사내를 칭하는 비격식어로 쓰인다.

처벌해야겠냐고 나한테 묻길래, 나는 애한테 그 책을 다 읽으려면 얼마나 걸릴 것 같냐고 물어봤어. 애가 '두 주쯤요.' 하더라. 그래서 비행 죄목으로 두 주 정학을 먹이라고 권했지."

"틀림없이 지어낸 얘기야." 에이제이가 말했다. "솔직히 인정해. 그 불량 청소년은 『한없는 웃음거리』를 읽기 위해 학교를 빼먹은 게 아니었어."

"진짜야, 에이제이. 맹세한다니까." 그러더니 램비에이스는 곧바로 껄껄 웃음을 터뜨렸다. "하도 우울해 보이길래. 좀 분위기 띄울 만한 이야기를 들려주고 싶었지."

"고마워. 정말 고맙구먼."

에이제이는 맥주를 한 잔 더 주문했다.

"무슨 얘기를 하고 싶었어?"

"당신이 『한없는 웃음거리』를 언급하다니 재밌군. 근데 왜 하필이면 그 책을 고른 거야?" 에이제이가 말했다.

"서점에 있는 걸 항상 봤거든. 서가에서 자리를 무척 많이 차지하고 있어서."

에이제이는 고개를 끄덕였다. "옛날에 한 친구랑 그 책에 관해 엄청 크게 논쟁이 붙었는데. 그놈은 그 책을 좋아했고. 난 싫어했지. 하지만 그 논쟁의 가장 웃기는 부분은, 지금에야 고백하는데……"

"응?"

"내가 그 책을 끝까지 읽은 적이 없다는 거야." 에이제이는 웃었다. "그거랑 프루스트, 그 두 작품이 나의 끝까지 안 읽은 책 목록에 올라갈 수 있게 됐어, 야호! 그건 그렇고, 내 뇌가 고장났어." 에이제이는 종이쪽지를 꺼내서 병명을 읽었다. "식물이 되었다가 죽는대. 그래도 최소한 신속하게 끝나긴 하지."

램비에이스는 맥주를 내려놨다. "수술이나 뭐 그런 방법이 분명 있을 텐데."

"있대. 하지만 수십억 들걸. 그래 봤자 진행을 좀 늦출 뿐이고, 내 목숨을 두어 달 연장하려고 에이미와 마야를 빈털터리로 만들지는 않을 거야."

램비에이스는 맥주를 마저 들이켰다. 그는 바텐더에게 한 잔 더 갖다달라고 손짓으로 주문했다. "가족들 스스로 결정할 수 있게 해야 할 것 같은데." 램비에이스가 말했다.

"감정에 치우칠걸." 에이제이가 말했다.

"그러는 것도 그들의 결정이지."

"내가 해야 할 올바른 일은 내 멍청한 뇌가 그냥 날아가게 놔두는 거야."

램비에이스는 고개를 저었다. "마야한테 그런 짓을 한다고?"

"뇌사한 아버지에다 학자금 무일푼이 마야한테 좋을 리가 없잖아?"

그날 저녁 침대에 누워 불을 끈 후, 램비에이스는 이즈메이를 가까이 끌어당겼다. "사랑해." 그는 이즈메이에게 말했다. "그리고 당신이 과거에 어떤 일을 했더라도 내가 그걸로 당신을 나무라지 않는다는 걸 알아줬으면 좋겠어."

"응." 이즈메이가 말했다. "근데 나 지금 졸려서 당신이 무슨 말 하는지 모르겠어."

"옷장에 있는 가방 말인데." 램비에이스가 속삭였다. "그 가방 안에 있는 책 있잖아. 그게 어떻게 거기에 있게 됐는지 난 알지도 못하고 알 필요도 없어. 다만 그건 원래의 정당한 소유주에게 돌아가는 게 옳아."

한참 침묵이 흐른 후 이즈메이가 말했다. "책이 망가졌는데."

"손상된 『태멀레인』이라도 여전히 값어치가 나갈지도 몰라." 램비에이스가 말했다. "크리스티 경매 웹사이트에서 찾아봤는데, 마지막으로 시장에 나온 판본은 오십육만 달러에 팔렸어. 손상된 판본이라도 오만 달러나 그쯤은 나가지 않을까. 그리고 에이제이랑 에이미한테는 돈이 필요해."

"왜 돈이 필요한데?"

그는 이즈메이에게 에이제이의 암에 대해 얘기하고, 그녀는 두 손으로 얼굴을 감싼다.

"내 생각은," 램비에이스가 말한다. "책에서 지문을 닦아내고, 봉투에 넣어서 돌려주는 거야. 그게 어디서 온 건지 누가 그랬는지는 아무도 몰라도 돼."

이즈메이는 침대 머리맡 전등을 켠다. "언제부터 알고 있었어?"

"당신 집에서 잔 첫날 밤부터."

"그런데도 개의치 않았단 말이야? 왜 날 고발하지 않은 거야?" 이즈메이의 눈빛이 번득인다.

"왜냐면 내가 상관할 일이 아니었으니까, 이즈메이. 난 당신 집에 경찰관으로서 초대받은 게 아니었어. 당신 물건을 뒤져볼 권리도 없었지. 분명 무슨 사연이 있을 거라고 생각했어. 당신은 좋은 사람이야, 이즈메이, 그리고 그런 평판을 날로 얻지도 않았고."

이즈메이는 일어나 앉는다. 두 손이 덜덜 떨린다. 그녀는 옷장으로 걸어가 가방을 꺼냈다. "어떻게 된 건지 당신에게 알려주고 싶어."

"안 그래도 돼." 램비에이스가 말했다.

"제발, 내가 얘기하고 싶어서 그래. 중간에 끼어들진 마. 만약 그랬다간 난 다 털어놓지 못하게 될 거야."

"알았어, 이즈메이."

"처음에 메리언 월리스가 날 찾아왔을 때, 난 임신 오 개월째였어. 그녀는 마야를 데리고 왔는데, 두 살쯤이었을 거야. 메리언 월리스는 아주 젊었고, 아주 예뻤고, 지치고 피로한 금갈색 눈에 키가 아주 컸어. 그녀가 말했어. '마야는 대니얼의 딸이에요.' 그래서 내가 말했지 ― 내가 잘했다는 건 아냐 ― '그게 사실인지 아닌지 내가 어떻게 알아요?' 거짓말이 아니라는 건 충분히 잘 알고도 남았지. 어쨌든 내 남편이잖아. 그 사람 취향이야 빤하거든. 대니얼은 우리가 결혼한 날 당일부터 바람을 피웠고, 십중팔구 그 전부터 그랬을 거야. 그래도 난 그의 책을, 적어도 첫 작품은 좋아했어. 그의 속 깊은 곳 어딘가에는 그 책을 쓴 사람이 반드시 존재할 것만 같았어. 그렇게 추한 가슴을 지니고 그런 아름다운 작품

279

은 쓸 수 없을 거라 생각했지. 하지만 사실이 그렇더군. 그는 아름다운 작가이면서 흉측한 사람이었어.

하지만 그 모든 게 대니얼 탓이라고 할 수는 없어. 내가 거든 몫까지 대니얼을 탓할 수는 없을 거야. 난 메리언 윌리스한테 소리를 질렀어. 그녀는 스물둘이었는데도 어린애처럼 보였어. '대니얼의 애를 가졌다면서 우리 집에 얼씬거린 년이 니가 처음인 줄 알아?'

메리언은 미안하다고, 계속 미안하다고만 하더라. '이 아이가 대니얼 패리시의 삶에 꼭 연관되어야 하는 건 아니에요.' 대니얼을 지칭할 때 꼭 풀네임으로 부르더라고. 그 아가씨는 팬이었던 거야. 대니얼을 존경했던 거지. '아이가 대니얼 패리시의 삶에 연관되어야 하는 건 아닙니다. 다시는 번거롭게 하지 않을게요, 하느님께 맹세합니다. 다만 새로 시작할 돈이 좀 필요해요. 나름대로 살아가려면. 그분이 도와주겠다고 하셨는데, 어디 계신지 찾을 수가 없어서요.' 그건 이해가 됐어. 대니얼은 노상 여행중이었거든. 스위스에 있는 학교에 찾아가 다른 작가들을 만나고, 로스앤젤레스로 여행을 가고, 그래봤자 아무 소득도 없었지만.

'알았어요.' 내가 말했지. '내가 남편한테 연락해서 무슨 수가 있는지 알아볼게요. 만약 남편이 당신 얘기가 사실이라고 인정하면……' 당연히 사실이란 건 알고 있었어! '만약 남편이 당신 얘기가 사실이라고 인정하면, 어떻게든 도와줄 방도가 있겠지요.' 메리언은 나한테 연락을 취할 방법을 알고 싶어했어. 난 내가 연락하겠다고 말했어.

그날 밤에 대니얼과 통화했어. 화기애애한 대화였고, 난 메리언 윌리스에 대해서는 일언반구도 꺼내지 않았어. 대니얼은 세심하게 나를 배려하면서 출산 계획을 짜기 시작했어. '이즈메이, 아기가 태어나면 난 딴사람이 될 거야.' 전에도 많이 듣던 얘기거든. '아냐, 이번엔 진심이야.' 그가 우기더군. '단언컨대 여행도 줄일 거야. 집에 있으면서 집필도 더 많이 하고 당신과 우리 감자도 소중히 돌볼게.' 대니얼은 늘 입심 좋은 사내였고, 난 그날 밤이야말로 내 결혼생활이 완전히 개변되는 기점이라고 믿고 싶었어. 바로 그때 그 지점에서 메리언 윌리스 건은 나 혼자 알아서 처리해야겠다고 결심한 거야. 돈을 줘서 쫓아버릴 방법을 강구해야겠다고.

이 동네 사람들은 늘 우리 집안에 돈이 많다고 생각해, 사실은 안 그런데. 니콜과 내 앞으로 신탁기금이 있긴 했지만 그게 뭐 수십억은 아니었거든. 니콜은 가게를 사느라 다 써버렸고, 난 이 집을 사는 데 썼어. 그러고 나서 얼마 남지 않은 건 남편이 금방 다 탕진했지. 대니얼의 첫 책은 잘 팔리긴 했지만 후속작들은 별로였고, 그는 늘 좋은 샴페인을 찾는데 수입은 들쭉날쭉해. 난 일개 교사일 뿐이고. 대니얼과 나는 부자로 보였을 뿐이지 실은 가난했어.

아랫동네에선 내 여동생이 세상을 뜬 지 일 년이 넘었고, 제부는 꾸준히 술을 먹다 죽게 생겼어. 동생에 대한 의무감에 난 가끔씩 저녁 때면 에이제이를 살펴보러 갔거든. 집 안에 들어가서 에이제이의 얼굴에 묻은 토사물을 닦아주고 침대로 끌고 가서 재워. 어느 날, 집에 들어갔어. 에이제이는 평소처럼 맛이 갔어. 그리고 『태멀레인』이 식탁 위에 놓여 있어. 이쯤에서 이 말을 안 할 수 없는데, 에이제이가 『태멀레인』을 발견하던 날 나도 그 자리에 같이 있었거든. 에이제이는 빈말로라도 돈을 나누자는 얘긴 안 하더라. 그렇게 하는 게 도리에 맞는 거잖아. 그 구두쇠 자식은 내가 아니었으면 그때 벼룩시장에 가지도 않았을 거면서. 그래서 난 에이제이를 침대에 누이고 거실로 나와서 엉망진창이 된 걸 다 치우고 몽땅 닦아낸 다음, 마지막으로 정말 아무 생각 없이 그 책을 내 가방에 넣었어.

다음날, 다들 『태멀레인』을 찾고 있을 때 나는 동네 밖에 있었어. 당일치기로 케임브리지에 갔어. 메리언 월리스의 기숙사 방에 찾아가서 침대 위에 『태멀레인』을 던지며 말했어. '자, 그걸 팔면 될 거야. 그거 값이 꽤 나가.' 그랬더니 메리언이 반신반의하는 표정으로 책을 보면서 이러는 거야. '훔친 거예요?' 그래서 내가 말했어. '아냐, 대니얼 책인데 당신이 받았으면 한대. 하지만 어디서 난 책인지는 밝히지 않는 게 좋겠지. 경매 회사나 희귀본 판매상이나 그런 데 갖고 가요. 어디 중고서점 쓰레기통에서 발견했다고 하고.' 한동안 메리언 월리스 소식은 다시 들리지 않았고, 난 그걸로 끝이라고 생각했어." 이즈메이는 말꼬리를 흐렸다.

"하지만 그게 아니었다?" 램비에이스가 물었다.

"응. 메리언은 마야와 책을 가지고 크리스마스 직전에 우리집에 나타났어. 그녀가 하는 말이, 보스턴 지역의 경매 회사와 판매상에 다 가봤는데, 출처가 확실치 않다며 책을 거래하려는 사람이 없더래. 경찰에서는 도둑 맞은 『태멀레인』을 수소문하고 있고.

메리언이 가방에서 책을 꺼내 나한테 주더라. 난 그걸 도로 그녀 한테 던졌어. '나더러 이걸 갖고 뭘 어쩌라고?' 메리언 월리스는 고개만 절레절레 젓더군. 책은 바닥에 떨어졌고, 꼬마애가 그걸 집어들고 휘리릭 넘기는데 아무도 그애한테 신경을 안 썼어. 메리언 월리스의 커다란 호박색 눈이 눈물로 그렁그렁해졌어. '『태멀레인』을 읽어보셨나요, 패리시 부인? 무척 슬퍼요.' 나는 고개를 흔들었지. '자신이 사랑하던 가엾은 시골 처녀를 권력과 맞바꾼 터키 정복자에 대한 시예요.' 나는 눈살을 찌푸리고 그녀를 노려보며 말했어. '지금 여기서 일어나는 일이 그런 거라고요? 당신은 가엾은 시골 처녀고, 나는 당신의 사랑을 방해하는 심술 맞은 아내고, 뭐 그렇게 생각하는 건가?'

'아뇨.' 그때쯤엔 아기가 울고 있었어. 메리언은 자기가 무슨 짓을 하는지 잘 알고 있었다는 게 최악이라고 하더라. 대니얼이 낭독회를 하러 자기가 다니는 대학에 왔대. 그녀는 그의 책을 무척 좋아했고, 그와 같이 잘 때는 이미 작가 약력을 수백만 번 읽어서 유부남이라는 걸 충분히 잘 알고 있었다는 거야. '너무 많은 잘못을 저질렀어요.' 그녀가 말했어. '난 당신을 도와줄 수 없어요.' 내가 말했지. 그녀는 고개를 저으며 아기를 안아올렸어. '이제 부인 앞에 나타나지 않을 겁니다.' 메리언이 말했어. '메리 크리스마스.'

그리곤 가버렸어. 나는 나대로 충격이 커서 부엌에 들어가 차를 한 잔 우려냈어. 다시 거실에 와보니까 그 꼬마애가 가방을 놓고 갔더라고, 『태멀레인』은 그 옆 마룻바닥에 있고, 책을 집어들었지. 내일이나 그다음날 밤에 에이제이의 집에 슬쩍 들어가서 돌려주면 되겠지 생각하면서. 그때야 온통 크레파스로 낙서가 되어 있는 게 눈에 들어왔어. 그 꼬마애가 책을 망가뜨린 거야! 난 책을 가방에 넣고 지퍼를 잠그고 옷장에 올려뒀어. 굳이 꽁꽁 숨기려고 애쓰지도 않았어. 대니얼이 그걸 발견하면 나한테 물어볼 줄 알았는데, 절대 안 그래. 신경도 안 쓰지. 그날 저녁에 에이제이가 전화해서 아기는 뭘 먹여야 맞냐고 물어보더라고. 마야가 자기 집에 있다길래, 가서 보겠다고 했어."

"메리언 월리스는 이튿날 등대 근처에 떠밀려 올라왔지." 램비에이스가 말했다.

"응, 난 대니얼이 뭔가 얘기를 하려나 기다렸어. 그 아가씨를 알아보거나 아기를 데려오려나 기다렸는데, 안 하더라. 그리고 나도, 비겁했지, 얘기를 꺼내지 않았어."

램비에이스는 두 팔로 그녀를 끌어안았다. "그런 건 전혀 중요하지 않아." 잠시 후 그는 덧붙였다. "설령 범죄 행위가 있었더라도—"

"범죄 행위는 틀림없이 있었어." 이즈메이는 주장했다.

"설령 범죄 행위가 있었더라도," 그가 거듭 말했다. "그와 관련된 내용을 조금이라도 아는 사람은 모두 죽었어."

"마야를 제외하면."

"마야의 인생은 훌륭하게 풀렸지." 램비에이스가 말했다.

이즈메이는 고개를 끄덕였다. "그렇게 됐어, 그렇지?"

"내 관점에서 보면," 램비에이스는 말을 이었다. "그 초판본을 훔쳤을 때 당신은 에이제이 피크리의 인생을 구한 거야. 내 보기엔 그래."

"대체 무슨 경찰이 이래?" 이즈메이가 묻는다.

"나이든 경찰은 그래." 램비에이스가 말한다.

이튿날 저녁, 지난 십 년간 매달 셋째주 수요일이면 늘 그랬듯, 대장의 선택 독서회가 아일랜드 서점에서 열렸다. 처음에 경찰들은 의무감에 마지못해 참석했는데, 몇 년 흐르는 동안 진짜 인기 있는 동아리로 성장했다. 이제 대장의 선택은 아일랜드 서점에서 제일 큰 독서모임이다. 여전히 경찰관이 회원의 대다수를 차지하지만, 아내들도 오고, 심지어 아이들도 충분한 나이가 되면 참여한다. 몇 년 전 램비에이스는 '무기 지참 금지' 제도를 도입해야 했다. 『모래와 안개의 집』[1]을 두고 유난히 열띤 토론이 이어지던 중 한 혈기왕성한 경찰관이 다른 경찰을 향해 총을 뽑아들었던 것이다. (램비에이스는 나중에 에이제이에게 책 선정을 잘못했다고 회고하곤 했다. "흥미로운 경찰 캐릭터가 나오긴 하지만 도덕적으로 너무 애매모호하게 그려졌어. 앞으로는 좀더 흑백이 분명한 장르물만 다룰 거야.") 그때 사건만 빼면 독서회에는 어떠한 폭력도 없었다. 물론 책 내용 자체는 별개로 하고.

늘 해왔던 전통대로 대장의 선택 독서회를 준비하기 위해 서점에 일찍 도착한 램비에이스는 에이제이에게 말을 걸었다. "이

[1] 앤드리 듀버스 3세의 1999년 소설로, 경매로 넘어간 집을 둘러싼 욕망의 충돌을 비극적으로 그렸다.

런 게 문 앞에 있던데." 램비에이스는 안으로 들어가며 말했다. 그는 에이제이의 이름이 적힌 도톰한 완충 서류봉투를 친구에게 건넸다.

"보나마나 또 견본쇄겠지." 에이제이가 말했다.

"그러지 말고." 램비에이스가 농담처럼 말했다. "거기 차기 대박작이 들어 있을지 누가 알아."

"암, 그렇고 말고. 위대한 미국의 소설이 납셨군. 내 방의 책 무더기에 추가할게. '내 두뇌가 고장나기 전에 읽어야 할 것들'."

에이제이는 봉투를 카운터에 올려놨고, 램비에이스는 그 모양을 빤히 쳐다보았다. "혹시 모르잖아." 램비에이스가 말했다.

"난 소개팅을 수만 번 해본 여자하고 비슷해. 너무 많이 실망했고, 다들 '대박'이라고 큰소리치는데 대박은 개뿔. 당신도 경찰일 하면서 점점 그렇게 되지 않아?"

"어떻게?"

"시니컬해진달까." 에이제이가 말했다. "매번 사람에 대한 기대치를 밑바닥까지 끌어내리게 되지 않아?"

램비에이스는 고개를 흔들었다. "아니. 나쁜 사람들만큼이나 착한 사람들도 많이 보는데."

"그래, 어디 이름 좀 대보시지."

"자네 같은 사람 말이야, 친구." 램비에이스는 헛기침을 하며 목청을 가다듬었고, 에이제이는 대꾸할 말을 떠올릴 수 없었다. "범죄 쪽 신작 안 나왔어? 대장의 선택에서 골라 읽을 새 책이 몇 권 필요한데."

에이제이는 범죄 섹션으로 걸어가서 서가에 꽂힌 책등을 쭉 훑어본다. 대체로 검고 붉은 바탕에 은박 혹은 흰색 글자가 대문자로 박혀 있다. 어쩌다 불쑥 형광색이 단조로움을 깬다. 에이제이는 범죄 소설은 모두 다 비슷해 보인다는 생각이 든다. 어째서 이 책은 저 책과 다른 걸까? 책이 저마다 다른 건, 에이제이는 결론을 내린다, 그냥 다르기 때문이야. 우리는 많은 책을 들여다보아야 한다. 우리는 믿어야 한다. 때로 실망할 수 있음을 인정해야 이따금 환호할 수도 있다.

에이제이는 한 권을 골라서 친구에게 내민다. "이건 어때?"

사랑을 말할 때 우리가 이야기하는 것

레이먼드 카버, 1980

두 커플은 점점 술에 취한다. 무엇이 사랑이고 무엇이 사랑이 아닌지 말다툼을 벌인다.

내가 한참을 골똘히 생각해온 문제는, 어째서 싫어하는/혐오하는/결함이 있다고 인정하는 것들에 관해 쓰는 것이 사랑하는 것들에 관해 쓰는 것보다 훨씬 더 쉬운걸까 하는 거야.* 이 소설은 내가 제일 좋아하는 단편인데도, 마야, 아직 그 이유에 대해선 뭐라고 운을 뗄 수가 없구나.

(또한 너와 어밀리아는 내가 가장 좋아하는 사람이다.)

— A. J. F.

* 물론 이것으로 인터넷에 올라온 많은 글들이 설명된다.

"경매번호 2200번. 고서적 전문가를 위한 드문 기회이자 오늘 오후 경매의 마지막 순간에 추가된 물품입니다. 에드가 앨런 포의『태멀레인 외 여러 시들』. 포가 열여덟 살 때 쓴 작품이며, 지은이가 '어느 보스턴 사람'으로 표기되어 있죠. 당시 단 오십 부밖에 인쇄되지 않았습니다.『태멀레인』은 모든 주요 희귀본 컬렉션에서 정점을 찍을 겁니다. 이 판본은 책등이 약간 마모됐고 표지에 크레용 자국이 있군요. 그러나 손상은 어느 면에서도 이 작품의 아름다움을 훼손하거나 희귀성을 감소시키지 않을 것이며, 이것은 과장이 아닙니다. 그럼 이만 달러에서 입찰을 시작하겠습니다."

시집은 최저가를 겸손하게 넘겨 칠만이천 달러에 팔렸다. 비용과 세금을 제하고도, 에이제이의 수술과 첫번째 방사선 치료의 본인부담금을 충분히 치를 수 있는 금액이었다.

크리스티 경매회사에서 대금을 받은 후에도 에이제이는 치료를 받을지 말지 확신이 없었다. 이 돈으로 마야의 대학 학비를 대는 게 더 낫지 않을까 고민했다. "안 그래요." 마야가 말했다. "난 똑똑하거든요. 장학금을 받을 거예요. 세상에서 제일 슬픈 대입 자기소개서를 써서 말이죠. 내가 어떻게 싱글맘한테서 서점에 버려져 고아가 됐고, 나를 입양한 의붓아버지는 희귀하기 이를 데 없는 뇌종양에 걸렸는데, 지금의 나를 봐라. 나는 이 사회의 나무랄 데 없는 구성원이다. 심사위원을 몽땅 사로잡을 거예요, 아빠."

"징그럽게 무신경한 꼬마 너드 같으니." 에이제이는 자신이 만들어낸 괴물을 보며 껄껄 웃었다.

"그리고 나도 돈 있어." 아내는 단호히 말했다. 요는, 에이제이의 인생의 두 여자가 그가 살기를 원한다는 것이고, 그리하여 그는 수술을 예약했다.

"여기 이렇게 앉아 있자니 『늦게 핀 꽃』은 진짜 순 헛소리였다는 생각이 들어." 어밀리아는 씁쓸하게 말했다. 그녀는 일어나 창문 쪽으로 다가갔다. "블라인드를 올릴까 내릴까? 올리면, 자연광이 한 뼘 들어오고 맞은편 어린이 병동이 사랑스럽게 내다보여. 내리면, 형광등 불빛 아래 죽이게 창백한 내 얼굴을 감상할 수 있겠지. 골라봐."

"올려줘." 에이제이가 말했다. "상태가 좋은 당신을 기억할래."

"병실을 제대로 묘사하기란 불가능하다는 프리드먼의 문장 기억나? 사랑하는 사람이 병실에 있을 때 너무나 고통스러워 묘사할 수 없다나 뭐라나 하는 그 흰소리 말이야. 우린 그게 시적이라고 생각했잖아? 우리 자신한테 구역질이 나네. 이만큼 살고 보니, 애초에 그 책을 읽고 싶지 않다던 사람들이 이해가 가. 앞표지에 꽃과 발을 넣은 표지 디자이너도 할 만큼 한 거였어. 왜냐면, 있잖아, 병실은 완벽하게 묘사할 수 있거든. 방안은 회색이야. 액자는 살면서 본 중 가장 형편없는 그림이야. 홀리데이 인 호텔에서 퇴짜 맞은 그림 같아. 사방에서 오줌 냄새를 덮으려 노력한 듯한 냄새가 나고."

"에이미, 당신 『늦게 핀 꽃』 좋아했잖아."

그녀는 아직도 리언 프리드먼에 대해 에이제이에게 말하지 않았다. "그렇더라도 내 나이 사십대에 그 책의 엉터리 연극 버전을 겪고 싶지는 않았어."

"당신 정말 내가 이 수술을 받아야 한다고 생각해?

어밀리아는 미간을 찌푸렸다. "응, 받아야 한다고 생각해. 첫째, 수술은 이십 분 후에 시작될 테니 좋든 싫든 이미 돈을 환불받기는 글렀어. 둘째, 당신은 머리를 밀었고, 테러리스트처럼 보여. 이제 와서 물린다고 무슨 의미가 있는지 모르겠네." 어밀리아가 말했다.

"개떡같을 가능성이 높은 두 해에 그 돈을 들일 가치가 있을까?" 에이제이가 어밀리아에게 묻는다.

"있어." 어밀리아는 그의 손을 잡으며 말한다.

"내가 아는 어떤 여자는 감수성 공유가 아주 중요하다고 했어. 내가 아는 어떤 여자는 결국 진정한 미국의 영웅을 차버렸는데 대화가 잘 안 통해서 그랬다는 거야. 그런 일이 우리한테도 생길 수 있다고." 에이제이가 말한다.

"이건 전적으로 상황이 달라." 어밀리아가 주장한다. 잠시 후,

그녀는 소리친다. "씨발!" 평생 욕하는 법이 없는 어밀리아였으므로, 에이제이는 뭔가 심각하게 잘못된 게 틀림없다고 생각한다.

"무슨 일이야?"

"흠, 문제는, 내가 당신 뇌를 좀 좋아했나봐."

그는 웃음을 터뜨리고, 그녀는 눈물을 주르륵 흘린다.

"아, 눈물은 됐어. 당신의 동정은 원치 않아."

"당신 때문에 우는 게 아냐. 나 때문에 우는 거지. 당신을 발견하기까지 얼마나 오래 걸렸는지 알아? 끔찍한 데이트를 몇 번이나 했는지 알아? 다시 —" 이제 그녀는 숨이 찬다. "— 다시 데이트 사이트에 가입할 순 없어. 그럴 순 없다구."

"빅버드, 늘 앞서가는군."

"빅버드라니. 아니 대체……? 이 시점에 우리 사이에 그 별명을 들먹이면 안 되지!"

"누군가를 만나게 될 거야. 나도 그랬는걸."

"엿이나 드셔. 난 당신을 좋아해. 당신에게 길들여졌어. 당신이 내 남자라고, 이 바보야. 새로운 사람을 만날 순 없어."

그는 그녀에게 키스했고, 그녀는 그의 환자복 가랑이 사이에 손을 넣고 힘주어 잡았다. "난 당신이랑 섹스하는 게 좋아." 그녀가 말했다. "수술이 끝나고 당신이 식물인간이 되면, 그래도 당신이랑 섹스해도 돼?" 그녀가 물었다.

"물론이지." 에이제이가 말했다.

"날 경멸하지는 않을 거지?"

"안 해." 그는 잠시 뜸을 들였다. "화제가 이렇게 돌아가는 게

편한지는 잘 모르겠지만." 그가 말했다.

"당신은 나를 안 지 사 년 만에 데이트 신청을 했어."

"그랬지."

"우리가 처음 만났던 그날 당신 나한테 진짜 고약하게 굴었어."

"그랬지."

"난 완전 망했어. 어떻게 내가 딴 사람을 찾을 수 있겠어?"

"내 뇌에 관해선 놀랍도록 걱정하지 않는 것 같네."

"당신 뇌는 어차피 끝났어. 그건 우리 둘 다 아는 거고. 하지만 난 어떡하냐고."

"불쌍한 에이미."

"응, 여태껏 나는 서점 주인의 아내였지. 그걸로도 충분히 불쌍했는데. 이제 서점 주인의 과부가 되게 생겼어."

그녀는 기능장애를 겪는 그의 머리에 온통 키스를 퍼부었다. "난 요 뇌가 좋았어. 지금도 좋고! 아주 훌륭한 뇌인데."

"나도." 그가 말했다.

간호조무사가 와서 그를 휠체어에 태워 데려갔다. "사랑해." 어밀리아는 체념하듯 어깨를 으쓱하며 말한다. "이보단 좀더 멋진 말로 당신을 보내고 싶었는데, 이 말밖에 모르겠어."

의식을 회복한 에이제이는 어휘가 그럭저럭 제자리에 있음을 알았다. 어떤 건 찾는 데 시간이 좀 걸렸지만, 그래도 없어지진 않았다.

피.

진통제.

토사물.

양동이.

치질.

설사.

물.

수포.

기저귀.

얼음.

수술 후, 그는 한 달 코스의 방사선 치료를 위해 격리병동으로 옮겨졌다. 방사선 때문에 면역체계가 무너져 면회가 허락되지 않았다. 니콜의 사망 이후 기간까지 포함해서, 이토록 외로웠던 적이 없었다. 술에 취했으면 좋겠다는 생각이 들었지만, 방사선을 쬔 그의 위가 알코올을 받아들일 리 만무했다. 마야 이전의 삶, 어밀리아 이전의 삶이 이랬다. 인간은 홀로 된 섬이 아니다. 아니 적어도, 인간은 홀로 된 섬으로 있는 게 최상은 아니다.

토하거나 비몽사몽 상태로 있지 않을 때면, 에이제이는 어머니가 크리스마스 선물로 준 전자책 단말기를 끄집어낸다. (간호사는 종이책보다 전자책 단말기를 더 위생적으로 간주한다. "박스에 그런 문구를 넣어야겠군." 하고 에이제이는 빈정거린다.) 해보니 소설 한 권을 다 읽을 정도로 깨어 있기가 힘들다. 단편이 더 낫다. 어차피 원래 단편 쪽을 더 좋아했다. 책을 읽으면서 그는 마야를 위해 새로운 단편소설 목록을 만들고 싶어진다. 마야는 작가가 될 거야, 라고 생각한다. 그는 작가는 아니지만, 작가란 직업에 대해 나름대로 생각이 있고, 마야에게 그 생각을 얘기해주고 싶다. '마야, 장편소설도 분명 그 나름대로 매력적이지만, 산문 세계에서 가장 우아한 창조물은 단연 단편이지. 단편을 마스터하면 세상을 마스터하는 거야.' 까무룩 잠이 들기 직전에 든 생각이다. '메모해 놔야겠다' 하고 그는 생각한다. 펜을 찾아보지만 그가 지금 기대고 있는 변기 근처에는 하나도 안 보인다.

방사선 치료가 끝날 무렵, 암 전문의는 에이제이의 종양이 커지지도 줄어들지도 않았음을 알았다. 그는 에이제이에게 일 년을 선고했다. "말하는 거나 그 밖의 모든 기능이 점점 저하될 가능성이 높아요." 이렇게 말하는 의사의 말투는 어울리지 않게 명랑 쾌활하게 들렸다. 뭔 상관이람, 에이제이는 집에 돌아가게 되어 기쁠 따름이다.

서적상

로알드 달, 1986

특이한 방법으로 고객의 돈을 갈취하는 서점 주인에 관한 짧은 희극. 캐릭터들을 보면, 로알드 달의 작품에 흔히 등장하는 기회주의적인 기괴한 인물들의 집합이다. 플롯을 보면, 반전은 늦게 오고 이야기의 결함을 충분히 상쇄하지도 못한다. 「서적상」은 정말이지 이 목록에 있어선 안 되는데―어느 모로 봐도 로알드 달의 특출난 작품은 아니다. 「도살장에 끌려가는 어린 양」 발끝에도 못 미치지―그럼에도 여기에 올렸다. 범작에 불과하다는 걸 알면서도 이 목록에 올려놓은 이유를 어떻게 설명할까? 답은 이렇다. 네 아빠는 거기 나오는 캐릭터들과 연결점이 있어. 그 점이 나한테 의미가 있다. 이 일은 하면 할수록(그래, 당연히 서점이지, 그리고 오그라들게 감상적이 아니라면 이 삶 또한) 그게 바로 핵심이라는 생각이 든다. 연결되는 것 말이다, 우리 귀여운 꼬마 너드. 오직 연결되는 것.

― A. J. F.

아주 심플한 거야, 그는 생각한다. 마야, 그는 말하고 싶다, 이젠 다 알아.

하지만 그의 두뇌가 말을 듣지 않는다.

마땅한 말을 못 찾으면 빌려 쓰는 거지.

우리는 혼자가 아니라는 걸 알기 위해 책을 읽는다.[1] 우리는 혼자라서 책을 읽는다. 책을 읽으면 우리는 혼자가 아니다. 우리는 혼자가 아니다.

내 인생은 이 책들 안에 있어, 그는 마야에게 말하고 싶다. 이 책들을 읽으면 내 마음을 알 거야.

우리는 딱 장편소설은 아니야.

그가 찾고 있는 비유에 거의 다가간 것 같다.

우리는 딱 단편소설은 아니야. 그리고 보니 그의 인생이 그 말과 가장 가까운 것 같았다.

결국, 우리는 단편집이야.

---

1 C. S. 루이스가 한 말로 알려져 있지만 확실하지 않다. 루이스를 다룬 영화
〈새도우랜드〉(윌리엄 니콜슨 극본)에서 극중 루이스(앤서니 홉킨스 분)의 대사
로 나온다.

수록된 작품 하나하나가 다 완벽한 단편집은 존재하지 않는다는 것 정도는 알 만큼 읽었다. 성공작이 있으면 실패작도 있다. 운이 좋으면 뛰어난 작품도 하나쯤 있겠지. 결국 사람들은 그 뛰어난 것들만 겨우 기억할 뿐이고, 그 기억도 그리 오래가지 않는다.

맞아, 별로 오래가지 않아.

"아빠." 마야가 말했다.

에이제이는 마야가 하는 말을 이해하려 애썼다. 입술 모양과 소리. 저게 무슨 뜻이더라?

천만다행으로 마야가 한 번 더 말해준다. "아빠."

그래, 아빠. 아빠란 건 바로 나지. 내가 아빠가 됐지. 마야의 아버지. 마야의 아빠. 아빠. 이 얼마나 작고도 큰 말인가. 이 얼마나 놀라운 말이요 세계인가! 눈물이 났다. 가슴은 너무 벅찬데 그걸 풀어놓을 말이 없다. 난 말이 어떤 일을 하는지 알아, 그는 생각한다. 말은 감정을 덜 느끼게 해주지.

"아냐, 아빠. 괜찮아. 가만. 괜찮아."

마야는 양팔을 벌려 에이제이를 감싸안았다.

독서는 힘들어졌다. 엄청 노력하면 아직 단편 하나 정도는 다 읽을 수 있다. 장편소설은 언감생심이다. 말하는 것보다 쓰는 편이 좀더 낫다. 쓰는 게 쉽다는 얘기는 아니다. 그는 하루에 한 문단을 쓴다. 마야를 위한 한 문단. 대단한 건 아니지만, 마야에게 주기 위해 남기는 것이다.

그는 딸에게 아주 중요한 무언가를 얘기하고 싶다.

"아파요?" 마야가 물었다.

아니, 그는 생각한다. 뇌에는 통각세포가 없으므로 아플 리가 없다. 에이제이의 정신 손실은 기이하리만치 통증 없이 진행되었다. 그는 좀더 아파야 한다는 느낌이 든다.

"겁나요?" 마야가 물었다.

죽는 건 겁나지 않아, 그는 생각한다. 하지만 내 지금 상태는 약간 두려워. 날마다 내 존재는 조금씩 줄어들어. 오늘의 나는 말이 결여된 생각이지. 내일의 나는 생각이 결여된 몸뚱이가 될 거야. 그렇게 되는 거지. 하지만 마야, 지금 네가 여기 있으니 나도 여기 있는 게 기뻐. 책과 말이 없어도 말이야. 내 정신이 없어도. 대체 이걸 어떻게 말하지? 어디서부터 어떻게?

마야는 그를 빤히 쳐다보다가 같이 눈물을 흘렸다.

"마야." 그가 말했다. "중요한 말은 하나밖에 없어." 그는 자기 말이 제대로 전달됐는지 딸을 쳐다본다. 마야의 미간이 찌푸려진다. 똑바로 전달하지 못한 게 분명하다. 젠장. 요즘 그가 하는 말은 대부분 우물우물 횡설수설이다. 얘기를 잘 전달하고 싶다면 응답을 한 단어로 제한하는 게 최선이다. 하지만 한 단어로는 설명이 안 되는 것들도 있다.

그는 다시 시도한다. 절대 시도를 멈추지 않는다. "마야, 우리가 사랑하는 것들이 바로 우리야. 우리가 좋아하는 것들이 우리다."

마야는 고개를 흔들었다. "아빠, 미안해요, 무슨 말을 하시는지 모르겠어요."

"우리는 우리가 수집하고, 습득하고, 읽은 것들이 아니다. 우리는, 우리가 여기 있는 한, 그저 사랑이야. 우리가 사랑했던 것들. 우리가 사랑했던 사람들. 그리고 그런 것들이, 그런 것들이 진정 계속 살아남는 거라고 생각해."

마야는 여전히 고개를 흔들고 있다. "못 알아듣겠어요, 아빠. 알아들었으면 좋겠는데. 에이미를 불러다 드려요? 아니면 타이핑으로 시도해 볼까요?"

그는 땀을 흘리고 있다. 대화가 이제는 즐거운 일이 아니다. 예전에는 그렇게나 쉬웠는데. 좋아, 그는 생각한다. 한 단어가 돼야 한다면 한 단어로 하지 뭐.

"사랑?" 그는 말했다. 제대로 발화됐기를 빈다.

마야는 눈썹을 찡그리고 그의 표정을 읽으려 애썼다. "장갑?" 마야가 물었다. "손 시려요, 아빠?"

그는 고개를 끄덕였고, 마야는 아버지의 두 손에 자기 손을 포 갰다. 차갑던 그의 손이 이제 따뜻해지고, 그는 오늘은 이걸로 할 만큼 했다고 판단한다. 내일은, 어쩌면, 말을 찾아낼지도.

서점 주인의 장례식 때, 모두의 머릿속에 든 궁금증은 아일랜드 서점은 이제 어떻게 될 것인가 하는 것이었다. 동네 사람들은 이 서점에 애착이 있었고, 그 애착은 에이제이 피크리가 상상도 못했을 만큼 컸다. 열두 살짜리 우리 딸애의 물어뜯은 손톱에 『시간의 주름』[1]을 쥐여준 사람이 누구냐, 나한테 『렛츠 고 하와이』여행가이드를 판매한 사람이 누구냐, 취향이 아주 까다로운 우리 이모한테 『클라우드 아틀라스』[2]라면 분명 마음에 들거라고 주장한 사람이 누구냐는 아주 중요한 문제였다. 더욱이, 그들은 아일랜드 서점을 좋아했다. 그들이 항상 충성도 높은 고객은 아니었지만, 가끔은 전자책도 사고 온라인 쇼핑도 하긴 했지만, 그들은 자기네 동네 소개에 번화가 한가운데 아일랜드 서점이 있고, 이 서점은 페리에서 내린 후 두번째 혹은 세번째로 들르는 명소라고 나오는 게 좋았다.

장례식에서 사람들은 마야와 어밀리아에게 다가와, 물론 각자

1 매들렌 랭글의 SF 판타지 동화로, 5차원 모험을 떠나는 세 남매의 이야기다. 1963년 뉴베리상 수상작.
2 19세기 남태평양에서부터 대재앙 후 미래까지 여섯 가지 이야기를 퍼즐처럼 엮은 데이비드 미첼의 2004년작. 동명의 영화로도 만들어졌다.

개별적으로, 소곤거렸다. "에이제이를 대신할 수는 없겠지만, 그래도, 서점을 운영할 누구 딴 사람을 찾을 거죠?"

어밀리아는 어떻게 해야 할지 알 수 없었다. 그녀는 앨리스를 사랑했다. 아일랜드 서점도 사랑했다. 그러나 서점을 운영해본 경험은 전무했다. 그녀는 늘 업계의 출판사 측에서 일해왔다. 안정된 급여와 건강보험도 필요한데 이제 혼자 마야를 책임져야 하는 상황이니 더욱 절실했다. 일단 서점 문은 열고 주중에는 딴 사람한테 맡길까 생각해 봤지만, 그런 식으로 오래 유지할 수는 없었다. 통근 거리가 멀어도 너무 멀었고, 사실 합리적인 방안은 완전히 섬을 떠나는 것이었다. 일주일 동안 슬픔에 잠겨 끙끙 가슴 앓이를 하고 잠을 설치고 머리를 굴리며 방 안을 서성인 끝에, 어밀리아는 서점 문을 닫기로 결정을 내렸다. 서점 — 정확히는 가게 건물과 부지 — 은 꽤 값어치가 나갔다. (니콜과 에이제이는 그 아득한 시절에 빚 없이 현금을 주고 샀다.) 아일랜드 서점을 사랑하지만 도리가 없었다. 한 달 남짓 서점을 팔려고 시도했지만 사겠다고 나서는 사람이 없었다. 그녀는 건물을 부동산에 내놓았다. 아일랜드 서점은 여름이 지나면 문을 닫을 것이다.

"한 시대의 종말이군." 램비에이스는 동네 식당에서 계란 요리를 앞에 두고 이즈메이에게 말했다. 그는 소식을 듣고 가슴이 쓰라렸지만 어찌됐든 그도 앨리스를 조만간 떠날 계획이었다. 내년 봄이면 경찰 복무 이십오 년이 되고, 저축해둔 돈도 꽤 있었다. 엘모어 레너드 소설에 나오는 은퇴한 경찰 캐릭터처럼, 배를 한 척 사서 따뜻한 플로리다 키즈 어느 섬에 사는 자기 모습을 그리고 있었다. 그는 이즈메이한테 같이 가자고 한참을 꼬셨고, 거의 다 넘어왔다고 생각하는 참이었다. 최근 들어 이즈메이는 점점 더 반대할 이유를 찾기 어려워졌다. 정작 그녀는 겨울을 좋아하는 기묘한 뉴잉글랜드 생물 중 하나인데도.

"새 주인이 나타나서 서점을 계속 하길 바랐는데. 하지만 사실 에이제이와 마야와 어밀리아가 없는 아일랜드 서점은 예전같지 않을 거야, 어차피." 램비에이스가 말했다. "똑같은 마음일 수가 없지."

"그러게." 이즈메이가 말했다. "속상해. 아마 포에버21 같은 게 들어올걸."

"포에버21이 뭐야?"

이즈메이는 램비에이스를 놀렸다. "어떻게 포에버21을 모를 수가 있어? 당신이 맨날 읽는 그 영어덜트 소설에 한 번도 안 나왔어?"

"영어덜트 소설은 그런 게 아냐."

"의류 체인 매장이야. 사실 그 정도면 운이 아주 좋은 거지. 어쩌면 은행으로 바뀔지도." 이즈메이는 커피를 한 모금 마셨다. "약국이나."

"아니면 잠바주스?" 램비에이스가 말했다. "나 잠바주스 좋아하는데."

이즈메이는 울음을 터뜨렸다.

웨이트리스가 테이블 앞에 멈춰섰고, 램비에이스는 그릇을 좀 치워달라고 손짓했다. "당신이 어떤 기분인지 알아." 램비에이스가 말했다. "나도 마음이 좋지 않아, 이즈메이. 나 되게 웃겼던 거 알아? 난 에이제이를 만나서 아일랜드 서점에 다니기 전까진 거의 책을 안 읽었어. 어릴 때 선생들이 내가 읽기를 너무 못한다고 하는 바람에 그쪽으론 습관을 들이지 못했거든."

"애한테 넌 독서를 싫어하는구나 하면 애는 그 말을 그대로 믿어버리지." 이즈메이가 말했다.

"국어는 거의 C를 받았어. 근데 에이제이가 마야를 입양하고 나서 그들의 사정을 파악하기 위해 서점에 갈 핑계가 필요했고, 그래서 에이제이가 주는 책은 뭐든 읽어치웠던 거야. 그러다 보니 책이 점점 좋아지기 시작했지."

이즈메이는 더욱 격렬하게 흐느꼈다.

"몰랐는데, 내가 진짜 서점을 좋아하더라. 당신도 알다시피 내가 직업상 사람들을 많이 만나잖아. 앨리스 섬을 들르는 수많은 사람들, 특히 여름에 말이야. 휴가중인 영화 쪽 사람들도 보고, 음악 쪽 사람들이나 언론 쪽 사람들도 보고. 근데 세상에 책 쪽 사람들만 한 사람들이 없더라고. 신사 숙녀들의 업종이지."

"너무 멀리 간 거 아냐." 이즈메이가 말했다.

"잘 모르겠어, 이즈메이. 있잖아, 서점은 올바른 종류의 사람들을 끌어당겨. 에이제이나 어밀리아 같은 좋은 사람들. 그리고 난, 책 얘기를 좋아하는 사람들과 책 얘기를 하는 게 좋아. 종이도 좋아해. 종이의 감촉, 뒷주머니에 든 책의 느낌도 좋고. 새 책에서 나는 냄새도 좋아해."

이즈메이는 그에게 입맞춤했다. "당신은 내가 본 경찰들 중 가장 웃기는 사람이야."

"이 동네에 서점 하나도 없으면 앨리스가 어떻게 될지 걱정이
야." 램비에이스는 커피잔을 비우며 말했다.

"동감이야."

램비에이스는 테이블 너머로 상체를 기울여 이즈메이의 뺨에
입맞춤했다. "저기, 이거 완전 정신 나간 생각인데. 만약에, 플로
리다에 안 가고, 당신과 내가 거기를 인수한다면?"

"요즘 같은 경기에 그거 진짜 정신 나간 생각이다." 이즈메이가
말했다.

"응," 그가 말했다. "아마 그렇겠지." 웨이트리스가 디저트를 원
하는지 물었다. 이즈메이는 됐다고 하지만, 램비에이스는 그녀가
항상 그의 것을 조금 나눠먹는다는 것을 알고 있다. 그는 체리 파
이를 주문하며 포크를 두 개 달라고 했다.

"하지만, 그냥, 만에 하나 우리가 인수한다면?" 램비에이스는
말을 이었다. "저축도 좀 있고 앞으로 들어올 연금도 꽤 되고, 당
신도 그렇잖아. 그리고 에이제이가 여름철 관광객들은 늘 책을
잔뜩 산다고 했어."

"여름철 관광객들은 이제 전자책 단말기를 들고 다니지." 이즈
메이가 반격했다.

"맞아." 램비에이스가 말했다. 그는 그만 이 화제를 접기로 마
음먹었다.

두 사람이 체리 파이를 반쯤 먹었을 때 이즈메이가 말을 꺼냈
다. "카페 코너를 만드는 거야. 손익분기점을 넘기는 데 도움이

되겠지."

"응, 에이제이도 가끔 그 얘기 했었어."

"그리고," 이즈메이가 말했다. "지하실은 극장으로 바꾸는 거야. 그러면 작가 이벤트를 서점 한가운데서 안 해도 되잖아. 이따금 사람들한테 공연장이나 회의장소로 대여해 줄 수도 있고."

"당신의 연극계 인맥과 경험을 살리면 되겠네." 램비에이스가 말했다.

"당신 진짜로 하고 싶은 거 확실해? 우리가 뭐 한창 청춘도 아니고." 이즈메이가 말했다. "겨울 없는 곳은 어쩌고? 플로리다 말야."

"늙어서 가면 되지. 아직 그 정도로 늙진 않았어." 램비에이스는 잠시 말을 끊었다. "난 평생을 앨리스에서 살았어. 내가 아는 유일한 곳이지. 좋은 동네고, 이곳을 쭉 그렇게 살리고 싶어. 서점이 없는 동네는 동네라고 할 수도 없잖아, 이즈메이."

서점을 이즈메이와 램비에이스에게 넘기고 얼마 후, 어밀리아는 나이틀리 프레스에서 퇴직하기로 했다. 곧 있으면 마야도 고등학교를 졸업할 테고, 잦은 출장에 질리기도 했다. 그녀는 메인 주의 대형 마트 서적 구매 담당 자리를 얻었다. 출판사를 떠나기 전, 어밀리아는 전임자 하비 로즈가 했던 대로 자신이 관리하는 모든 거래처에 관한 보고서를 썼다. 그녀는 아일랜드 서점을 맨 마지막으로 남겨놨다.

'아일랜드 서점,' 그녀의 전달사항은 이렇다. '소유주: 이즈메이 패리시(전직 교사)와 니콜라스 램비에이스(전직 경찰). 램비에이스는 직판의 달인으로, 특히 범죄문학과 영어덜트 소설 분야에 강함. 고등학교에서 연극부를 담당했던 패리시는 A⁺급 작가 이벤트 주최자로 믿을 만함. 매장에는 카페와 극장이 있고 온라인 노출도 훌륭함. 이 모든 것은 전 주인 에이제이 피크리가 닦아놓은 단단한 기초 위에 이룩되었는데, 피크리의 취향은 문학 쪽에 경도되어 있었음. 여전히 문학을 크게 취급하고 있으나, 주인 내외는 자신들이 팔지 못할 것은 들여놓지 않음. 나는 진심으로 아일랜드 서점을 사랑한다. 나는 신을 믿지 않고, 종교도 없다. 하지만 내게 이 서점은 이승에서 교회에 가장 가까운 곳이다. 이곳은 신성한 곳이다. 이런 서점들이 있는 한, 출판업은 오래도록 이어져갈 거라고 확언한다. ―어밀리아 로먼.'

어밀리아는 마지막 몇 문장에 살짝 민망함을 느끼고 '주인 내외는 자신들이 팔지 못할 것은 들여놓지 않음.' 이후로 다 삭제해버렸다.

'……주인 내외는 자신들이 팔지 못할 것은 들여놓지 않음.' 제이컵 가드너는 전임자의 메모를 마지막으로 다시 한 번 확인하고 스마트폰 화면을 끈 다음, 단호한 걸음걸이로 페리에서 성큼성큼 내렸다. 올해 나이 스물일곱, 아직 학자금 중 절반도 못 갚았지만 논픽션 글쓰기 석사 학위로 무장한 제이컵은 이미 단단히 준비가 됐다. 취업에 성공하다니 그는 자신의 운을 믿을 수 없었다. 물론 급료가 더 나은 직장도 있겠지만, 그는 책을 사랑하는,

항상 사랑해온 사람이다. 책이 자신의 인생을 구원했다고 믿는다. 심지어 저 유명한 C. S. 루이스의 금언을 손목에 문신으로 새기기까지 했다. 문학에 관해 얘기하는 걸로 월급을 받는 사람들 중 하나가 됐다고 상상해보라. 돈을 받지 않더라도 기꺼이 하겠지만, 그걸 출판사에 알릴 생각은 없다. 돈은 필요하다. 보스턴의 생활비는 싸지 않고, 이 수입원이 있어야만 열정을 품고 있는 다른 일을 할 수 있었다. 게이 공연예술가들에 관한 구술사 작업이 그것이다. 그렇다고 제이컵 가드너가 독실한 신자라는 사실에 변함이 있는 것은 아니다. 그는 심지어 걸음도 소명을 받은 사람처럼 걷는다. 선교사로 오인될 정도다. 실제로 그는 모르몬교도로 자랐는데, 그 얘기를 하려던 건 아니니까 이쯤 해두자.

아일랜드 서점은 제이컵의 첫 방문 영업지이고, 그는 얼른 가보고 싶어 죽을 지경이다. 나이틀리 프레스 쇼핑백에 넣어 들고 온 이 모든 훌륭한 책들에 관해 얘기하고 싶어 죽을 지경이다. 쇼핑백은 분명 20킬로그램은 가뿐히 넘는데, 제이컵은 잘도 들고 다니며 무게도 느끼지 못한다. 올해 나이틀리는 눈부시게 강렬한 도서목록을 내놨고, 제이컵은 일이 수월하게 풀릴 거라 자신한다. 독자들은 이 작품들을 좋아할 수밖에 없다. 그를 채용한 멋진 여자 상사는 아일랜드 서점부터 시작하는 게 어떠냐고 제안했다. 그곳 주인은 범죄문학을 좋아한다나? 뭐, 도서목록 중 제이컵이 제일 좋아하는 것도 아미시파[1] 소녀가 럼스프링가[2] 도중 사라진 얘기를 담은 데뷔작이고, 제이컵 생각에 이 작품은 범죄문학의 진정한 팬이라면 반드시 읽어야 할 책이다.

제이컵이 자주색 빅토리아풍 문지방을 넘자 문에 달린 풍경에서 늘 나오던 선율이 흘러나오고, 무뚝뚝하지만 불친절하지는 않은 목소리가 인사한다. "어서 오십시오."

　제이컵은 역사 섹션 통로로 들어가 사다리를 타고 앉은 중년의 사내에게 손을 내밀어 악수를 청했다. "램비에이스 씨, 당신에게 전해드릴 책이 있습니다!"[3]

　1　현대문명을 거부하고 독립적으로 농경 공동체 생활을 하는 미국 개신교의 한 갈래.
　2　아미시 교파의 청소년들이 공동체를 떠나 3~4년 가량 세속의 삶을 사는 기간.
　3　영국 BBC의 시사 풍자 프로그램 이름 〈당신에게 전할 뉴스가 있습니다 Have I Got News for You〉의 변용.

감사의 말

유니콘 같은 건 없고, 앨리스 섬은 존재하지 않으며, 에이제이 피크리의 취향이 늘 나와 같은 것은 아니다.

램비에이스와 첫번째 피크리 부인은 '서점 없는 동네는 동네도 아니다'라는 문장을 조금씩 변형해서 사용하는데, 둘 다 닐 게이먼의 『신들의 전쟁』을 읽었음이 틀림없다.

캐시 포리스는 아주 정확하고 포용력 있게 이 책을 편집했고, 같은 식으로 나의 삶을 송두리째 개선시키는 데 기어이 성공했다. 그게 바로 좋은 편집자의 힘이란 거다. 앨곤퀸 출판사의 모든 분들께 감사드리며, 특히 크레이그 파플러스, 에마 보이어, 앤 윈슬로, 브런슨 홀, 데브러 린, 로런 모즐리, 엘리자베스 샬랫, 아이나 스턴, 주드 그랜트에게 고마움을 표한다.

나의 에이전트 더글러스 스튜어트는 훌륭한 포커 플레이어이며 가끔은 마술사이기도 하다. 이 책을 위해 그 재주가 사용됐다. 더글러스의 동료인 매들린 클라크, 커스틴 하츠, 그리고 특히 실비아 몰나르에게도 감사를 전한다. 또한 클레어 스미스, 탬슨 베

315

리면, 진 페이월, 스튜어트 젤워그, 앵거스 킬릭, 킴 하이랜드, 안잘리 싱, 캐럴라인 매클러, 리치 그린에게 다양한 이유로 빚을 졌다.

나의 아버지 리처드 제빈은 나에게 첫 책으로 『큰숲 작은집』을 사주셨고, 내가 그 책을 마음에 들어하자 그후로 기꺼이 천 권쯤 선물해 주셨다. 나의 어머니 애란 제빈은 점심시간에 직장에서 빠져나와 나를 데리고 서점에 가서 내가 제일 좋아하는 작가의 신간을 발행 첫날 살 수 있게 해주셨다. 외할머니와 외할아버지 아델 서스먼과 마이어 서스먼은 그야말로 나를 보실 때마다 책을 사주셨다. 십일학년 때 영어 선생님이었던 주디스 베이너 선생님은 유난히 감수성 충만했던 시기에 내게 현대문학의 세계를 보여주셨다. 한스 카노사는 거의 사반세기 동안 나의 첫번째 독자이자 가장 참을성 많은 독자였다. 재닌 오맬리, 란런 웨인, 조녀선 버넘은 나의 전작 일곱 권을 담당한 에디터였다. 이 모든 사람들과 일련의 행위들이 융합하여 작가 한 명을 키우는 화학식을 만들어냈을 것이다.

패러 스트라우스 지루 출판사의 영업사원으로 사람들과 어울리기 좋아했던 마크 게이츠, 이제는 우리 곁에 없지만, 그는 2007년 나의 북투어 때 시카고랜드 일대를 안내해 주었다. 그때 이 책의 씨앗이 싹튼 게 아닌가 한다. 몇 년 후, 버네사 크로닌은 도서목록의 발행 시기와 영업 방문에 관한 내 질문에 친절하게 답해주었다. 물론, 잘못된 점이 있다면 내가 미숙한 탓이다.

수많은 서적상, 북투어 안내인, 도서관 사서, 교사, 작가, 도서

축제 자원봉사자 들, 그리고 첫 소설을 낸 이후 십 년 동안 나를 담당하며 나와 수다를 떨었던 모든 출판계 사람들에게 감사를 빼먹는 건 도리가 아니다. 그때의 대화가 아일랜드 서점을 세운 기초가 되었다.

마지막으로, 로드아일랜드 포츠머스의 그린 애니멀 토피어리 가든을 묘사하면서 제멋대로 변형을 가했음을 알려둔다. 진실은 이렇다. 가든은 겨울에 문을 닫지만, 여름에는 진짜로 유니콘을 볼 수 있다.

지은이 **개브리얼 제빈**
1977년 뉴욕에서 태어났다. 하버드 대학교에서 영문학을 공부했다. 책으로 이어진 사람들의 따뜻한 이야기를 그린 『섬에 있는 서점』이 세계적 베스트셀러가 되었고, 여성에게만 적용되는 이중잣대를 그려낸 소설 『비바, 제인』이 현실의 사건들을 환기시키며 화제를 모았다. 청춘 성장물이자 독특한 러브스토리인 『내일 또 내일 또 내일』은 2022년 아마존 올해의 책 1위에 올랐다.

옮긴이 **엄일녀**
을묘년 화곡동에서 태어났다. 서울 대학교 언론정보학과를 졸업하고 출판 기획과 잡지 편집을 겸하다 지금은 전업 번역가로 일하고 있다. 『내일 또 내일 또 내일』 『비바, 제인』 『세번째 호텔』 『그녀의 몸과 타인들의 파티』 『여자는 총을 들고 기다린다』 『비극 숙제』 『샬럿 스트리트』 『미스터 세바스찬과 검둥이 마술사』 『거짓말 규칙』 등을 번역했다. 『리틀 스트레인저』로 제10회 유영번역상을 수상했다.

문학동네 세계문학
섬에 있는 서점

1판 1쇄 2017년 10월 5일 | 1판 22쇄 2025년 1월 17일

지은이 개브리얼 제빈 | 옮긴이 엄일녀
편집 윤정민 강무성 | 디자인 김현우 강무성 | 저작권 박지영 형소진 최은진 오서영
마케팅 정민호 서지화 한민아 이민경 왕지경 정유진 정경주 김수인 김혜원 김예진
브랜딩 함유지 함근아 박민재 김희숙 이송이 김하연 박다솔 조다현 배진성
제작 강신은 김동욱 이순호 | 제작처 영신사

펴낸곳 (주)문학동네 | 펴낸이 김소영
출판등록 1993년 10월 22일 제2003-000045호
주소 10881 경기도 파주시 회동길 210
전자우편 editor@munhak.com | 대표전화 031) 955-8888 | 팩스 031) 955-8855
문의전화 031) 955-1927(마케팅) 031) 955-2685(편집)
문학동네카페 http://cafe.naver.com/mhdn
인스타그램 @munhakdongne | 트위터 @munhakdongne
북클럽문학동네 http://bookclubmunhak.com

ISBN 978-89-546-4830-1 03840

www.munhak.com